Brandon Sanderson

布蘭登・山德森

Brandon Sanderson

布蘭登・山德森

BEST 嚴選

奇幻基地出版

陣學師

亞米帝斯學院

The Rithmatist

布蘭登・山德森 著

段宗忱 譯

Brandon Sanderson

BEST 嚴選

緣起

在繁花似錦的奇幻文學花園裡，你或許還在門外徘徊，不知該如何抉擇進入的途徑；也或許你已經置身其中，卻因種類繁多，或曾經讀過不合口味的作品，而卻步、遲疑。

BEST嚴選，正如其名，我們期許能透過奇幻基地對奇幻文學的瞭解，以及對讀者的理解，站在出版者與讀者的雙重角度，為您精選好作家與好作品。

他們是名家，您不可不讀：幻想文學裡的巨擘，領域裡的耀眼新星。

它們最暢銷，您怎可錯過：銷售量驚人的大作，排行榜上的常勝軍。

這些是經典，您務必一讀：百聞不如一見的作品，極具代表的佳作。

奇幻嚴選，嚴選奇幻。請相信我們的眼光，跟隨我們的腳步，文學的盛宴、幻想世界的冒險，就要展開。

excellent bestseller classic

獻給喬依・山德森，因爲他永遠都充滿熱情。

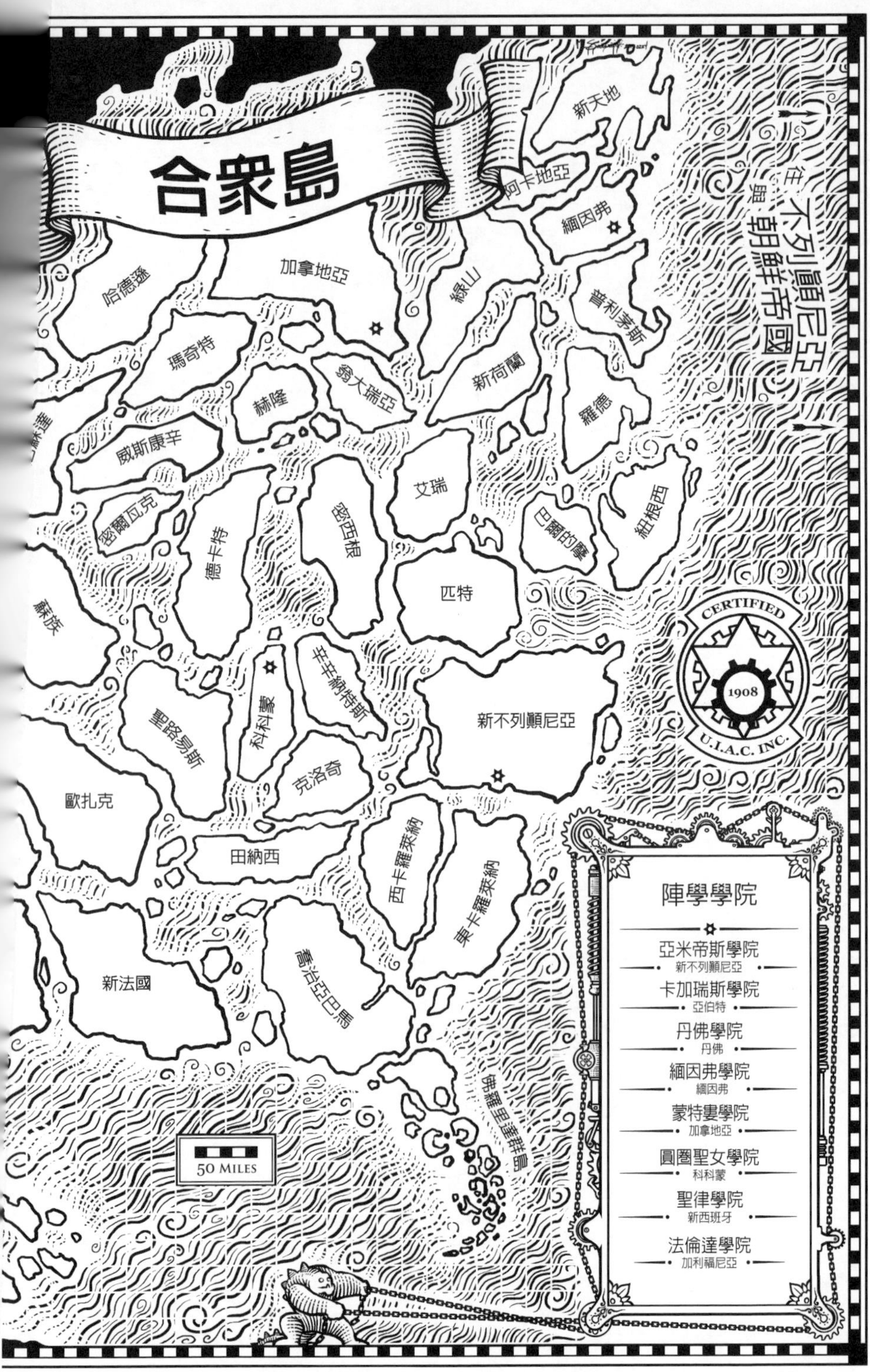

合衆島
新天地
阿卡地亞
緬因弗
往不列顛尼亞
與朝鮮帝國
加拿地亞
哈德遜
綠山
普利茅斯
瑪奇特
翁大瑞亞
新荷蘭
赫隆
羅德
威斯康辛
艾瑞
紐根西
密爾瓦克
德卡特
密西根
巴爾的摩
匹特
蘇族
CERTIFIED
1908
U.I.A.C. INC.
辛辛納特斯
科科蒙
聖路易斯
新不列顛尼亞
克洛奇
歐扎克
田納西
西卡羅萊納
東卡羅萊納
新法國
喬治亞巴馬
佛羅里達群島
50 Miles
陣學學院
亞米帝斯學院
新不列顛尼亞
卡加瑞斯學院
亞伯特
丹佛學院
丹佛
緬因弗學院
緬因弗
蒙特婁學院
加拿地亞
圓圈聖女學院
科科蒙
聖律學院
新西班牙
法倫達學院
加利福尼亞

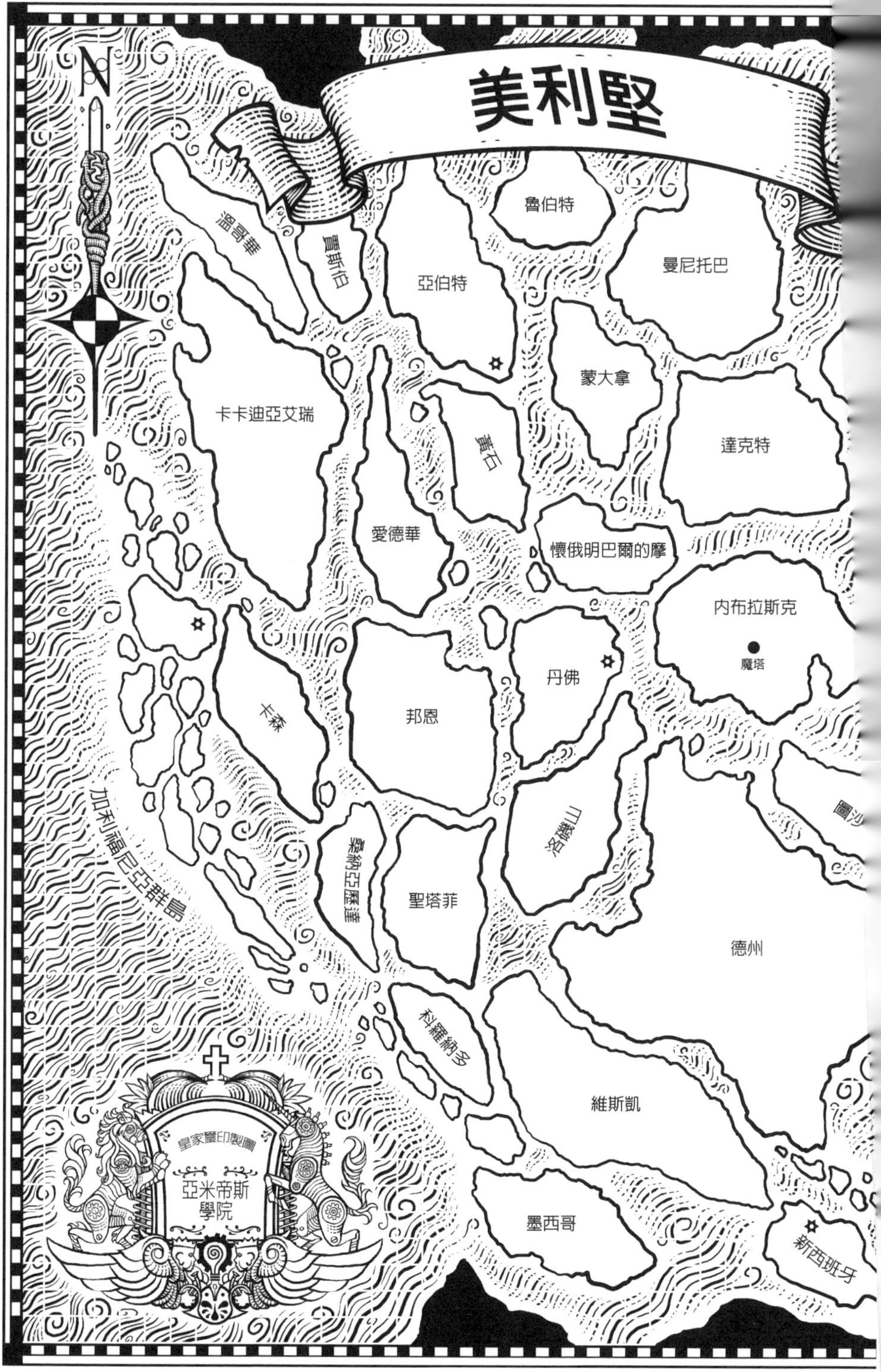
美利堅
溫哥華
賈斯伯
亞伯特
魯伯特
曼尼托巴
卡卡迪亞艾瑞
蒙大拿
黃石
達克特
愛德華
懷俄明巴爾的摩
內布拉斯克
魔塔
卡森
邦恩
丹佛
洛磯山
圖沙
加利福尼亞群島
桑納亞歷達
聖塔菲
德州
科羅納多
維斯凱
皇家璽印製圖
亞米帝斯
學院
墨西哥
新西班牙

基本伊斯頓防禦陣

伊斯頓防禦陣擅長用來應對多名敵人，但是不容易繪製，因為在使用九點圈的同時要畫出缺三邊的九邊形相當困難。

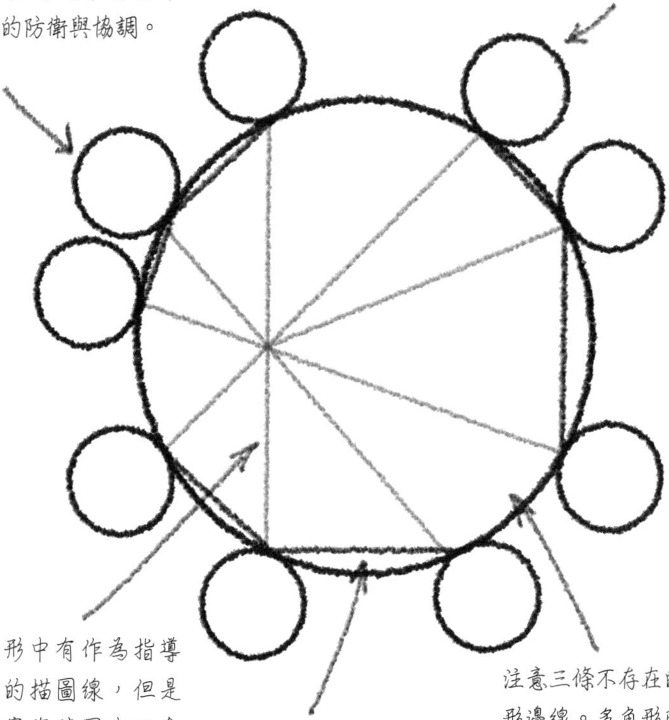
九個接點上的圓圈有助於攻擊型粉筆精的防衛與協調。
伊斯頓陣的變形包括在外圈上綁縛防禦型粉筆精。
圖形中有作為指導用的描圖線，但是在實際陣圖中不會出現。
不規則的九邊形讓陣圖的穩定性大幅提高。
注意三條不存在的九邊形邊線。多角形除了增加穩定性外，萬一圓圈被突破時亦可提高防禦性，但同時會使活動範圍受到限制。

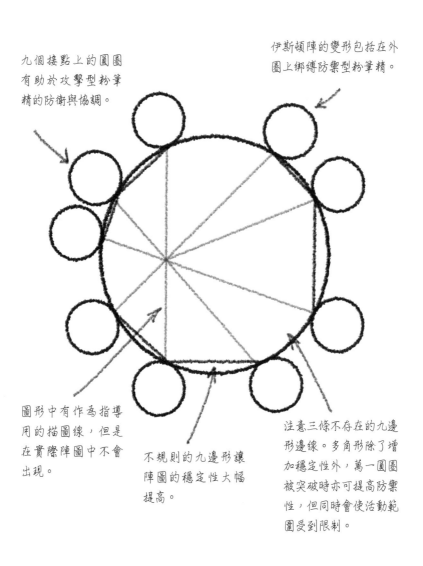

序幕

莉莉（Lilly）的提燈在她沿著走廊狂奔時熄滅了。她把燈往旁邊一丟，燈油潑上彩繪牆壁與精緻的地毯，濕潤的痕跡在月光下微微散發著光芒。

屋子裡空無一人，四下一片寂靜，只有她驚慌的喘息聲。她已經放棄尖叫，因爲似乎沒有人會聽到。

感覺好像整個城的人都死光了。

她衝入客廳，猛然停下腳步，不知道接下來該怎麼辦。月光從大片窗戶照進來，落在角落古老的立式時鐘上，發出滴滴答答的聲響。窗外寬廣的天際線點綴著十多層高的樓房，大樓間發條鐵軌交錯。詹姆斯鎮（Jamestown），她十六年以來的家。

我會死。她心想。

絕望終於戰勝了恐懼，她把房間正中央的搖椅推到一旁，急急忙忙地捲起地毯，好接觸到木頭地板。她伸手探向繫在裙腰上的布囊，拿出一段如骨頭白皙的粉筆。

她跪在木板上盯著地面，努力集中心神。*專心*。

她把粉筆抵上地面，以自己爲中心畫出一個圓圈，但發抖的手讓圓圈的線條不均勻，費奇教授（Professor

Fitch）看到這麼凌亂的禦敵線一定很不滿意。她笑了。絕望中的慘笑，更近似於哭。

她額頭滴下的汗水在木地板上印下深色的印子，莉莉在圓圈裡畫了幾條直線，雙手不住顫抖。禁制線可以用來增強防禦圈的穩定性，馬森防禦陣……是怎麼畫的？兩個小圈，以接點連接造物線……

搔抓聲。

莉莉猛然抬起頭，看著走廊盡頭那扇通往街道的門。隔著門上的霧玻璃，可以看到外面有陰影在動。

門開始搖晃。

「神主啊。求求祢……求求祢……」她忍不住低語。

門不再搖晃。在一切靜止下來的片刻過後，門猛然炸開。

莉莉想要尖叫，卻發現聲音卡在喉嚨。一個人影站在月光下，頭上戴著圓頂禮帽，肩上披著短披風，手握著身側的拐杖。

光線來自於他的後方，她看不見那個人的臉，可是微微仰起的頭與被陰影所籠罩的五官卻顯得無比陰森。在月光的映照下，鼻子與下巴的輪廓隱約可見，那雙眼睛則是從純然的黑暗中盯著她。

那些東西從他身邊湧入房間，憤怒的身影扭動爬過地面、牆壁、天花板，骨白色的身軀在月光下幾乎散發著螢光。

每一個都如紙片般平坦。

每一個都是粉筆灰組成的。

每一個都不一樣，卻都是有著利爪跟尖牙的怪物圖形。它們湧入走廊，沒有發出半點聲音，數百隻怪物無聲地顫抖、晃動著，朝她撲來。

莉莉的聲音終於恢復，開始尖叫。

第一部

四種陣學線

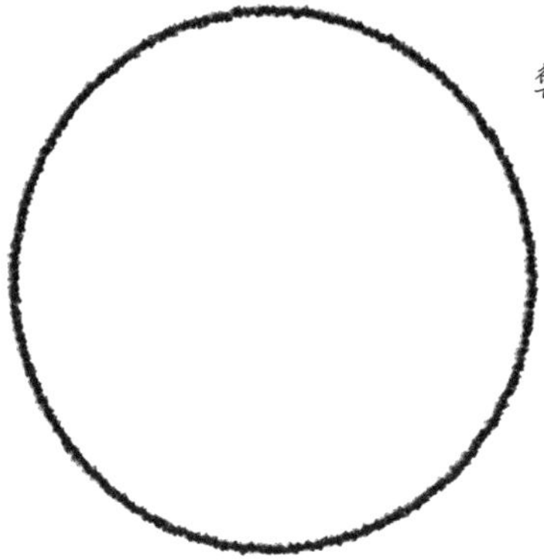

禦敵線

禁制線

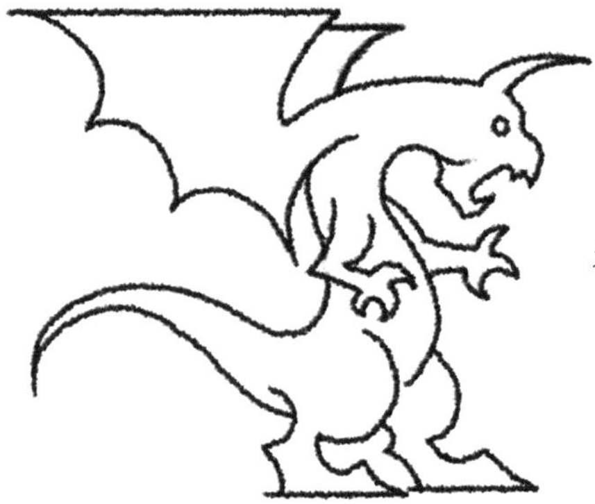

造物線（粉筆精）

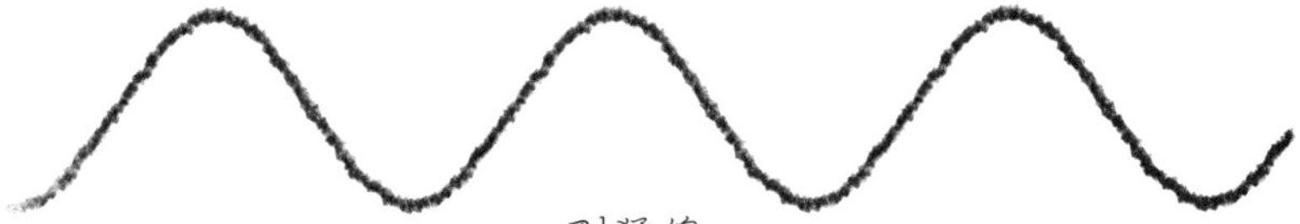

剛猛線

「無聊？你覺得一八八八年的克魯對曹決戰很無聊？」喬依（Joel）停在半路質問。

麥克聳聳肩，停下腳步轉頭去看喬依。「我不知道。我看了一頁就看不下去了。」

「那是因爲你沒有好好利用想像力。」喬依走到朋友身邊，一手按著他的肩膀，另一手舉在前面做出擦拭的動作，像是要把亞米帝斯學院（Armedius Academy）的景物抹去。

「你想像一下。現在是大混戰的尾聲，這個國家有史以來最龐大的陣學（Rithmatic）活動，而場上只剩下保羅．克魯跟曹亞黛兩名決鬥者。亞黛的團隊開戰前幾分鐘幾乎就被殲滅，只剩下她奇蹟似地留下。」

幾名正在前往下一堂課途中的學生停下腳步聽他們說話。

「那又怎麼樣？」麥克打著呵欠。

「怎麼樣？麥克，這可是決戰啊！你想像一下，所有人都在看。在一片寂靜中，兩名陣學師開始決鬥。你想像一下，亞黛當時會多緊張！她的團隊從來沒有贏過一場混戰，而她面對的可是同輩中最出色的陣學師之一。保羅的團隊一直把他保護在中心，都是比較弱小的成員先倒下。他們知道這麼做可以讓他在混戰接近尾聲的時候依然保有完整的實力，他的防護圈幾乎沒有任何損傷。這可是冠軍對上敗犬的決戰。」

「無聊。他們只不過是坐在那裡畫畫而已。」麥克說。

「你沒救了。你上的可是培育陣學師的學校。你對他們半點興趣都沒有嗎？」喬依回答。

「已經有一堆人對他們有興趣了。」麥克表情不悅地說。「喬依，陣學師從來不跟別人打交道。不過沒關係，我寧願他們甚至不在這裡。」說話時一陣風吹動他金色的頭髮，亞米帝斯學院中碧綠的山丘與莊重的磚造建築環繞兩人周圍，旁邊一隻機械蟹安靜盡責地把草坪修剪平整。

「如果你明白的話就不會這樣想了。」喬依拿出一段粉筆。「你拿著。站在這裡。」他把朋友帶到位置上，然後跪下來在周圍的地上畫一個圈。「你是保羅，這是你的防禦圈。如果圈子被打破，你就輸了。」

接著喬依往後退幾步，在自己身邊的水泥中庭地面又畫了個圈。「亞黛的圈有四處快要破了。她很快地將馬森防禦陣轉換成……算了，這個技術細節太深了。你只要知道她的圓圈很薄弱，而保羅的很牢固，處於絕對優勢。」

「你說是就是吧。」麥克說著朝抱書經過的艾薇．溫特斯微笑。

「現在，保羅開始用用剛猛線朝對手的圓圈進攻，亞黛知道自己一定來不及改變防禦區域來迎接這波攻擊。」喬依說。

「什麼線進攻？」麥克問。

「剛猛線。決鬥者會朝對方發射線，用這個方式打破圓圈。」喬依說。

「我以爲他們只是用粉筆畫……東西。會動的東西。」

「是沒錯，那東西叫粉筆精，可是所有人在二十多年後仍然記得一八八八年那場混戰的原因不是因爲粉筆精，而是因爲亞黛發射的線。大家都認爲她會選擇盡可能撐下去，拖延這場決鬥，好讓自己不要輸得太慘。」

然後喬依把粉筆放在圓圈前面低聲說道：「可是她沒這麼做。她發現了一件事。保羅的圓圈後方有一小塊薄弱的區域，當然，唯一能擊中那個位置的方法是利用其他決鬥者留下的三條線反彈她的射線。這簡直是不可能的事。可是她還是做了。她在保羅的粉筆精蠶食自己的防禦圈同時畫了一條剛猛線，發射，然後……」

說到激動處，喬依畫完面前的剛猛線舉起手，驚訝地發現有三十幾名學生都聚集過來聽他說話。他可以感覺到他們屏住呼吸，以爲他的圖畫會活過來。

然而什麼都沒發生。喬依不是陣學師，他的圖畫只是普通的粉筆圖。所有人都知道這點，喬依更是比任何人都清楚。那瞬間打破了說故事的氛圍，聚集的學生們紛紛離開，留下他一人跪在圓圈中央。

「我猜猜看，她射中了？」麥克又打了個呵欠。

「對啊。」喬依突然覺得自己很蠢，於是站起來收回粉筆。「那一擊成功了。亞黛的團隊的得勝機率是最低的，但她最後贏得了混戰。那一發攻擊眞美。至少後來所有人都是這麼描述的。」

「我相信你一定會希望自己當時在場。」麥克走出喬依畫的圓圈。「神主的，喬依，我敢打賭，如果能回到過去，你一定會把機會浪費在觀看陣學師決鬥上！」

「應該吧。要不然還能幹嘛？」

「這……你可以去阻止凶殺案、想辦法發財，或者找出內布拉斯克當時到底發生了什麼事。」麥克說。

「也許吧。」喬依說著把粉筆放回口袋，然後往旁邊一跳，避開朝他飛來的足球。傑斯·戴林追在後面，在朝麥克跟喬依一揮手後又追著球走了。

喬依和麥克繼續穿過校園。美麗的綠色丘陵上大樹開著花，綠色的藤蔓順著建築物的牆壁生長，學生們在課堂間匆忙來去，穿著不同款式的洋裝與長褲。如今春季到了尾聲，炎熱的天氣讓許多男孩把袖子捲了起來。

只有陣學師需要穿制服。三個陣學師顯眼地走在建築物之間，其他學生假裝不在意地讓道，大多數人甚至不看他們。

「喬依，你會不會覺得你……花太多時間想陣學這件事了？」麥克說。

「我覺得很有意思。」喬依說。

「我知道。可是……我的意思是，這有點怪，因爲你……」

麥克沒說，但喬依明白。他不是陣學師，永遠也不是。他錯過屬於自己的機會，可是爲什麼不能對他們做的事情感興趣？

麥克瞇起眼睛，看著那三名陣學師穿著灰與白的制服經過，低聲說道：「這就像……就像他們是他們，我們是我們，你懂嗎？他們的事留給他們自己就好了，喬依。」

「你只是不高興他們可以做你做不到的事情。」喬依說。

這句話換來麥克一個白眼，也許他說得有些太貼近事實了。麥克是武士議員的兒子，擁有貴族的出身，向來不習慣被排擠在外。

麥克別過頭，繼續在擁擠的通道上前進。「不管怎麼說你都成爲不了他們的一員，所以幹嘛一直講他們的事？沒有用的，喬依，不要再想著他們了。」

我也永遠成爲不了你們的一員啊，麥克。喬依心想。其實，他根本不應該出現在這所學校。亞米帝斯的學費貴得驚人，想成爲這所學校的學生，要不是有地位，再不然就是有錢，或是擁有陣學師的資質。喬依離這三種身分都遠得不能再遠。

他們在下一個路口停下。

「我得去上歷史課了。」麥克說。

「嗯，我沒課。」喬依說。

「又要去跑腿送訊息了？希望有機會可以偷偷朝陣學課教室瞄上一眼？」麥克問。

喬依臉一紅，但他說得沒錯。「快到夏天了。你要回家嗎？」

麥克精神來了。「對啊。我父親說我能帶些朋友回家。釣魚、游泳、海灘上穿著短洋裝的女孩子……」

「聽起來很棒，我也想看看。」喬依努力不讓自己的語氣充滿期待。麥克每年都會帶一群人去他家作客，喬依從來不在邀請名單上。

可是今年……他放學後都跟麥克在一起。麥克需要有人幫他弄懂數學，喬依負責解釋給他聽，他們處得很好。

麥克不安地挪動腳步。「嗯，喬依，我……在這裡跟你相處的時光很愉快。你知道吧？這裡指的是學校，可是回到家，那是不一樣的世界。我會忙著參與家族的事，我的父親對我的期待很高……」

「噢，對，當然。」喬依說。

麥克換上一臉微笑，方才所有的尷尬立刻消失得無影無蹤。不愧是政客的兒子。「你明白就好了。」他拍拍喬依的手臂。「晚點見。」

喬依看著麥克小跑步離開，他在路上碰到瑪麗．艾森赫，立刻跟她有說有笑——瑪麗的父親擁有規模龐大的發條器物工廠。喬依站在通道的交叉口，可以看到幾十個這個國家最頂尖的人物：李亞當跟朝鮮的皇帝是直系血親，喬夫．哈米爾頓一家出過三任總統，溫蒂．史密斯的父母擁有喬治亞巴馬州裡一半的畜牧場。

而喬依……他是粉筆匠跟清潔女工的兒子。*看樣子這個夏天又會只剩我跟戴維斯待在學校裡。*之後他嘆口氣，走向辦公室。

二十分鐘後，喬依在通道上快步前進，趁著空堂在校園裡遞送訊息。現在外頭幾乎沒有學生，大多數人都在上課。

喬依看到今天要遞送的訊息時，憂鬱立刻一掃而空。今天只有三封，他很快就能完成工作，而這意謂著……

他把第四個訊息裝在口袋，一個瞞著其他人，擅自加進去的訊息。因爲之前他的動作很快，所以現在還有多餘的時間，能夠一路跑向禦敵樓——教授陣學的其中一棟大樓。現在正在裡面講課的是費奇教授。喬依摸了摸放在口袋裡的東西，那是他克服極大的恐懼後，寫給那位陣學教授的信。

*這或許是我唯一的機會。*喬依試圖壓下心裡所有的害怕。費奇是個很隨和、善良的人。他不需要擔心。

喬依三步併兩步爬上灰色磚樓外面的台階，這棟建築的外牆布滿藤蔓。他從橡木門溜了進去後來到授課大樓的上層，課堂大廳像是一個小型劇院，座位層層往上，洗白的牆壁掛著陣學的圖樣，椅子上附有厚實的坐墊，面對下方的講台。

喬依進來時，有幾名學生瞥向他，但費奇教授沒有。他講課時鮮少會注意到別的事情，往往要講完一堂課之後才會注意到其中一名聽課者不該出現。喬依完全不介意。他興致勃勃地在台階上坐下，今天上課的內容似乎是伊斯頓防禦陣。

「所以這個防禦陣是最適合用來抵禦多方進攻的陣法之一。」費奇在下面說著。他用一根紅色的長棍子指著畫了大圓圈的地板，大廳的設計讓所有學生都能俯瞰地上的陣學圖。

然後費奇用教學棍指向他畫在圓圈接點上的禁制線。「伊斯頓防禦陣最爲人稱道的地方在於畫在接點上的大量小圈。畫九個這樣的圈的確很耗費時間，但是防禦功能絕對成正比。

「同時大家可以看到，圓圈裡的線形成一個不規則九邊形，那些少掉的邊線會決定你有多少空間可以繼續畫陣，以及你的陣圖有多穩固。當然，如果你想要兼顧攻和守，也可以在接點上畫粉筆精。」

那剛猛線呢？要怎麼樣防禦？喬依心想。

喬依沒有問。他不敢引起更多注意，萬一費奇開口問起訊息的事，他就沒有留下來聽課的理由了。所以，喬依只是默默聽著，辦公室並不急著要他回去。

他向前傾身，祈禱有另一個學生開口問剛猛線的事，但沒有人問。年輕的陣學師們懶洋洋地倒在座位上，男孩們穿白長褲，女孩穿白裙子，上半身配的都是灰色毛衣，這兩種顏色可以掩飾無所不在的粉筆灰。

費奇教授則是穿著一件深紅色的外套。外套的布料厚實、袖口筆挺，下襬長至他的腳背，釦子則是扣到高領的領口，幾乎完全遮住費奇裡面的白西裝。外套的設計帶有軍裝的感覺，線條硬挺，肩膀上的布條像是顯示軍階的徽紋。這件紅色的外套是身為正式陣學教授的象徵。

「這就是為什麼在大多數情況下，克柏林防禦陣略遜於伊斯頓防禦陣。」費奇教授微笑轉身面向學生。教授上了年紀，兩鬢灰白，身體乾瘦，但那件外套讓他憑添幾分尊貴。

你們明白自己學習的知識有多寶貴嗎？喬依看著不專心的學生心想。這班學生多半十五、六歲，跟喬依的年紀相當，雖然他們的身分高高在上，行為卻像是……普通的青少年。

不過於拘謹是費奇授課時的一貫作風，許多學生抓住這個機會不專心聽講，忙著跟朋友聊天或是躺在那兒盯著天花板發呆，喬依身邊有幾個人根本是在睡覺。他不知道他們的名字——他不知道大多數陣學學生的名字——他們通常不會理會他的攀談。

費奇看沒有人說話便跪下用粉筆抵著剛才畫的陣圖。他閉上眼睛，幾秒後圖畫便因爲創造者的意志而消失。

然後他舉起粉筆說：「如果沒有問題，那麼接下來我們談談該如何擊敗伊斯頓防禦陣。也許你們已經有人發現，我沒有提到剛猛線，因爲剛猛線應該從攻擊的角度來談。如果要——」

這時，教室的門猛然被推開。費奇站起身，手指捏著粉筆，挑著眉毛轉過身去。

一個高大的身影大步走入房間，原本無精打采的學生們紛紛坐起身。新來的男人穿著低階陣學教授的灰色外套，外型很年輕，擁有燦爛的金髮與堅定的步伐。他身上那件外套很合身，釦子扣到下巴，腿側則很寬鬆。喬依不認得他。

「有什麼事嗎？」費奇教授問。

男人橫越教室底層，經過費奇教授，然後拿出一根紅粉筆轉身跪下，把他的粉筆放在地上。一些學生開始竊竊私語。

「怎麼了？我又超過時間了嗎？我沒聽到鐘聲。很抱歉占用你的教室！」費奇說。

來人抬起頭。喬依覺得他的表情很自傲。「不是的，教授。這是我的挑戰。」男人說。

費奇一臉震驚。

「我……天啊！這……」費奇緊張地舔舔嘴唇，雙手糾成一團。「我不確定我……我該做什麼。我……」

「準備畫陣吧，教授。」新來的人說。

費奇不住眨眼，雙手明顯開始顫抖。他雙膝跪下，把粉筆放在地上。

「那是安德魯·納利薩教授。」一個離喬依不遠的女孩低聲說道。「他三年前從緬因弗學院取得他的外套，據說過去兩年都在內布拉斯克作戰！」

「他好帥。」女孩的同伴說道，在手指間翻轉粉筆。

下方的兩人開始畫陣。喬依興奮地向前傾身。他從來沒有看過兩名教授間的對決，這簡直就像在觀看混戰！

他們不約而同地先在自己周圍畫圈，以抵擋敵人的攻擊，一旦有一方的圈子被打破，決鬥就算結束。也許因爲費奇教授剛才在講解伊斯頓防禦陣，所以他現在畫起這個陣法，他身邊出現了九個小圈，在接點處跟大圈連結。

這實在不是適合決鬥的陣法，就連喬依都看得出來。他感覺到一陣失望。也許這不會是場好對決。費奇的防禦陣畫得很美，但是太強了。伊斯頓適合用於多名敵人包圍自己的時候。

納利薩畫的是略加改動的巴林坦防禦陣，這個陣法只提供基本防禦，但是很快就可成形。費奇教授還在畫內側線條的同時，納利薩已經展開攻擊，畫出粉筆精。

粉筆精。以造物線畫成的圖樣，是許多陣學對戰的主要攻擊武器。納利薩畫圖的速度很快也很有效率，沒多久就畫出像小龍

的粉筆精，生著翅膀跟長脖子。他一畫完第一隻，它便活了過來，開始朝費奇飛去。

粉筆精沒有飛入空中，它們就像其他陣學線一樣是二維的存在，陣學對決是在地面上進行，以線條攻擊其他線條。費奇的手還在抖，他不斷抬頭張望，像是因爲緊張而無法專注。喬依看到上了年紀的教授把其中一個外圈畫歪了，忍不住皺起眉頭。這是個嚴重錯誤。

之前上課時他畫的陣學圖要精準許多，歪掉的弧線很容易被破壞。費奇停頓下來，看著歪斜的弧線，似乎開始對自己產生懷疑。

加油啊！你的能力不止如此，教授！喬依握緊拳頭。

第二隻龍開始在地上前進時，費奇冷靜下來，重新拿起粉筆在地上畫線。課堂上的學生們沉默了，那些原先在睡覺的也紛紛起來觀戰。

費奇畫出一條長而彎曲的線。一條剛猛線。這種陣學線的形狀像是波浪。他完成後線條衝過地面，擊中其中一隻龍，也激起一陣粉筆灰。那隻龍被毀掉大半開始亂扭，朝別處飛去。

房間裡唯一的聲音是粉筆畫在地上的磨擦聲，搭配費奇快速，幾乎是驚慌的呼吸。隨著對決越發激烈，喬依也咬緊了下巴。費奇在防禦上占了優勢，但是他畫得太趕，所以有些地方就顯得薄弱，而納利薩簡單的防禦讓他有機會先攻，費奇只能疲於回應。費奇不斷畫出剛猛線，破壞在地上朝他飛去的粉筆怪物，但是隨時有更多新的出現。

納利薩很強，不輸喬依看過那些強大的陣學師。雖然氣氛緊繃，但是納利薩依然流暢地畫了一個又一個粉筆精，對費奇摧毀的那些絲毫不介意。喬依忍不住大感佩服。

*他最近都在內布拉斯克跟野粉筆精作戰。*喬依想起女學生的話。*這個人習慣在有壓力的情況下畫陣。*

納利薩冷靜地畫出一些蜘蛛粉筆精順著地板邊緣向前爬，強迫費奇分心守護兩翼，接著他開始送出剛猛線。蛇一般的線條以顫抖的波紋衝過地板，一旦擊中目標便會消失。

費奇終於畫出自己的粉筆精——細節精緻的武士。他讓武士守住其中一個小圈。*他是如何畫得又好又快？*喬依心想。費奇的武士是個極為美麗的創作，附有精細的盔甲與大劍，輕而易舉地抵擋了納利薩較多也較為簡略的龍。

畫好武士後，費奇可以嘗試更具攻擊性的布局。納利薩被迫要畫防守型的粉筆精——一團撲在剛猛線前面的東西。

由怪物、線條、波浪組成的軍隊在地板上越過，形成一波紅與白的對戰。粉筆精消失、線條擊中圓圈後炸掉一段段保護線……兩個人都在瘋狂地快速畫動。

喬依站在原處，朝房間中心下意識地上前一步，全神貫注地觀看這場戰鬥。然而這麼做的同時他也看到費奇教授的表情，費奇看起來很慌亂、畏懼。

喬依動也不動。

兩個教授繼續畫圖，但是費奇臉上的擔憂讓喬依轉移對戰鬥的注意力。他的動作顯得如此焦急，如此擔心，臉上都是汗水。

眼前沉重的情勢終於讓喬依意識到嚴重性。這場對決不是遊戲或是練習，而是挑戰費奇的權威，挑戰他是否有資格繼續擁有教職。如果他輸了……

納利薩的一條紅線正面擊中費奇的圓圈，幾乎把圓圈打破。納利薩所有的粉筆精立刻朝那個方向移動，一團混亂的紅朝被破壞的線條湧去。

有一瞬間，費奇僵在原處，看起來像是無力招架，然後他甩甩頭重新應戰，但已經來不及了。他無法擋下全部的攻擊。其中一頭龍闖過他的武士，開始激烈地刨抓費奇圓圈脆弱的部分，讓防禦圈的形狀變得扭曲。

費奇連忙著手畫起另一名武士，可是龍撕裂了圓圈邊緣。

「不！」喬依大喊，又向下走了一步。

納利薩微笑，從地板拿起粉筆站起身，然後拍拍雙手。費奇還在畫。

「教授。教授！」納利薩說。

費奇停下動作，這才注意到那條龍——它繼續在洞口刨抓，想要把洞挖大到能夠進入圓圈中央。在真正的戰鬥中，龍會攻擊陣學師，但這只是一場決鬥，圓圈被打破意謂著納利薩的勝利。

「噢。」費奇把手放下。「噢，對，這樣啊，我……」他轉過身，眼神迷茫地望著一整間的學生。「啊，好，我……我這就離開。」

他開始收拾起書本與筆記。喬依癱坐在石造台階上，手裡還握著要寫給費奇的信。

「教授。你的外套？」納利薩說。

費奇低下頭。「啊，對。當然。」

他解開紅色長外套的釦子，然後脫下來，露出裡面穿的白背心、襯衫和長褲，整個人看起來好渺小。費奇握著外套片刻，最後放在講桌上，拿起書本快速離開教室，一樓入口的門在他身後輕輕關上。

喬依震驚地倒坐在地板上。教室裡有幾個人膽怯地拍拍手，但大多數人只是睜大眼睛目睹這一切，顯然不知道該怎麼反應。

然後納利薩冷冰冰地開口。「現在由我接下這學期最後幾天的課程，我也會按照費奇原本的計畫教授夏天的選修課。我聽說了亞米帝斯學生的不良表現，尤其是你們這群人，我絕對不允許我的學生如此懶散。你，坐在台階上的那個。」

喬依抬起頭。

「你在那裡幹什麼？爲什麼你沒穿制服？」納利薩質問。

「老師，我不是陣學師。我是普學區的學生。」喬依站起身回答。

「什麼？那你在我的教室裡做什麼？」

你的教室？這是費奇的教室。至少……應該是。

「怎麼回事？」納利薩問。

「我有給費奇教授的訊息。」喬依說。

「那就給我。」納利薩說。

「這是要給費奇教授本人的，跟課堂無關。」喬依把信塞回口袋。

「那麼你該離開了。」納利薩對喬依揮揮手，地上的紅色的粉筆灰看起來好像鮮血，他開始一一驅散自己的畫作。

喬依向後退了幾步，然後轉身衝上台階、打開門。外頭的草地上人群來來往往，多半穿著陣學師的灰與白制服，其中有一個身影很明顯。喬依衝下樓梯，跑過柔軟的草皮，趕到費奇教授身邊。他垮著肩膀前進，手裡抱著一大疊書本跟筆記。

「教授？」喬依開口。喬依在同年齡的男孩中算高，甚至比費奇都要高幾吋。年邁的男人驚訝地回頭。「嗯？什麼？」

「你還好嗎？」

「噢，啊，是粉筆匠的兒子！你好嗎，孩子？這時候你不是應該在上課？」

「我這堂沒課。」喬依伸手接過兩本書，幫費奇拿著。「教授，你還好嗎？我是說剛剛的事。」

「你看到了啊。」費奇教授一臉沮喪。

「沒有別的辦法了嗎？你不能讓他奪走你的課啊！或許該跟約克校長談談？」

「不，不。那樣就太難看了。挑戰權是一項非常光榮的傳統，我認爲是陣學文化中很重要的部分。」

喬依嘆口氣低下頭，想著口袋裡的信，上面寫著給費奇的請求。喬依想在夏天時跟著他學習，盡量了解陣學。

可是費奇已經不是正式教授了。這會有影響嗎？喬依甚至不確定這個人會不會收非陣學師的一般學生。如果費奇不是正式教授，他會不會有更多時間教他？這個念頭立刻讓喬依覺得很有罪惡感。他幾乎要把信掏出來交給對方，可是費奇臉上的沮喪讓他停下動作。也許現在這個時機並不恰當。

「我早就該料到了。那個納利薩。上禮拜學校聘用他的時候我就覺得他太過於野心勃勃，亞米帝斯已經有幾十年沒有人提出挑戰了……」

「你要怎麼辦？」喬依問。

兩個人走在路上，經過一棵枝幹粗大的紅橡木。「這個嘛，傳統上我應該要取代納利薩的位置，他被聘來替今年被當掉的學生補課，我想現在這是我的工作了。其實我應該高興，終於不用教課，能休息一下。」

然後費奇停下腳步，轉頭去看陣學大樓。這棟建築物的外表方正，卻仍然帶有藝術美感，布滿藤蔓的外牆上是灰色的菱形磚頭花紋。

「嗯。我想我永遠不需要回去那裡教課了。」費奇說到最後幾個字時幾乎有點哽咽。「再見。」說完便低下頭快速離開。

喬依舉起手，卻沒有喊他，懷裡抱著兩本教授的書。最後他嘆口氣，轉身橫越草皮，走向學院辦公大樓。

他想到長褲口袋裡皺成一團的紙張，低聲說道：「眞是慘透了。」

兩點與四點圈

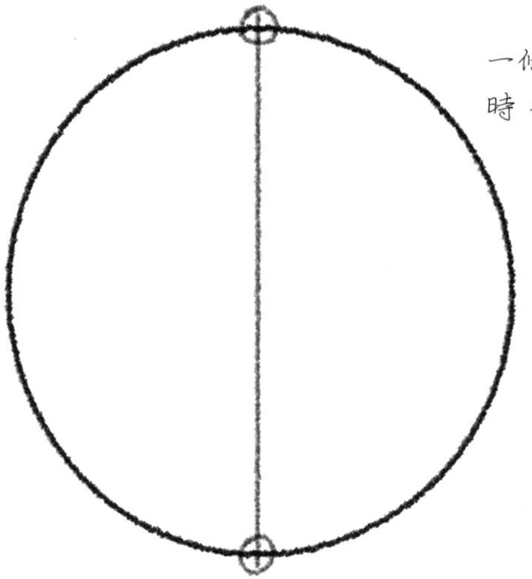

一條欒敵線畫成完整的圓圈時，就可以增加「接點」。

根據接點的位置，每個圓圈可以有二、四、六或九個接點。

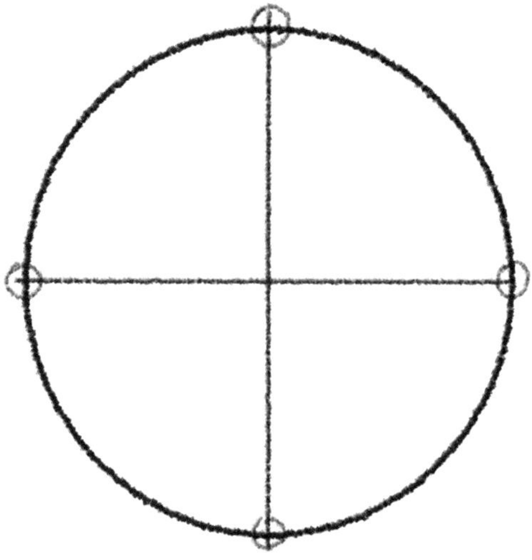

兩個接點的圓圈最好畫。圖上小圈顯示接點的位置，線條則表示接點之間的相對關係。在實際陣圖上，不會出現小圈或線，而是會在這些位置畫上其他線，利用圓圈的特性定位接點位置。

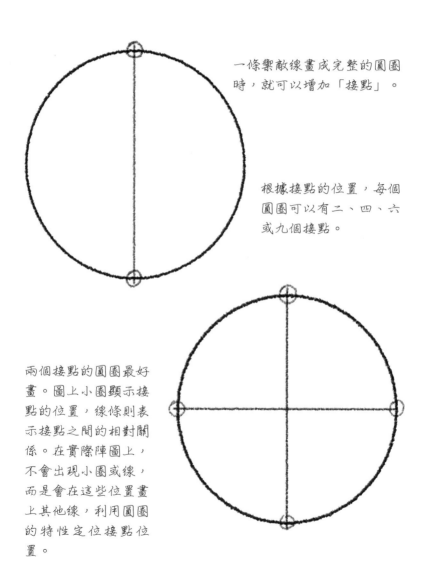

學院辦公室位於陣學區跟普學區中間的小山谷。跟亞米帝斯學院大多數建築物一樣，辦公室是磚造的，只是這一棟是紅色外觀，只有一層樓高，再加上比教室還多的窗戶。喬依向來不明白爲什麼辦公室的員工可以看窗外的景色，但是學生不行，就像是不敢讓學生接觸自由。

「聽說他居然會挑戰別人。」喬依走進辦公室時聽到有人這麼說。

說話的人是佛蘿倫絲，一名職員。她坐在橡木桌上，而不是椅子上，跟叫作艾克斯頓的另一名職員說話。艾克斯頓穿著平時的背心跟長褲，搭配領結跟吊帶，顯得非常時髦，雖然身材有點圓潤。他的圓頂禮帽掛在書桌旁的鉤子上。佛蘿倫絲則穿著黃色的春季洋裝。

「挑戰？」艾克斯頓問，手下的鵝毛筆卻沒停下來。喬依從來沒有碰過有人能像他這樣一邊書寫，一邊對話。「好一陣子沒有過了。」

「對啊！」佛蘿倫絲說。她很年輕，大約二十幾歲，未婚，校園裡一些比較傳統的教授覺得約克校長聘用女職員簡直是傷風敗俗，可是類似的事越來越常見，而且所有人都說現在已經是二十世紀了，必須改變老舊的觀念。約克曾說，如果女陣學師可以在內布拉斯克作戰，國王能以女性爲演講撰寫人，那他當然可以聘用女職員。

「內布拉斯克的戰爭剛開始時，挑戰比較常見。」艾克斯頓繼續在紙上書寫。「每個新得到外套的教授都想一步登天，那時候眞是混亂。」

「嗯……他挺帥的呢。」佛蘿倫絲說。

「誰？」

「納利薩教授。今天早上他找約克校長討論這件事的時候，我也在場。他就這麼直接走進來，然後說：『校長，我認爲我有責任告知你，我很快就會獲得本校的正式聘書。』」

艾克斯頓哼了一聲。「約克怎麼說？」

「我敢說他不高興。他想要說服納利薩放棄，但是那傢伙不接受。」

「我可以想像。」艾克斯頓說。

「你難道不想知道他想要向誰挑戰嗎？」佛蘿倫絲問。她注意到喬依站在房間一側，朝他眨眨眼。

「我想如果不聽妳說完，妳是不會讓我安靜工作的。」艾克斯頓說。

「費奇教授。」她說。

艾克斯頓停下動作，然後終於抬起頭。「費奇？」

她點點頭。

艾克斯頓笑了。「那祝他好運。費奇是學院裡最傑出的教授，他沒兩下就會把那個不知天高地厚的小子拆成好幾段，不用等粉筆灰落下就已經打完了。」

「沒有。費奇輸了。」喬依說。

兩人沉默。

「什麼?你怎麼知道?」佛蘿倫絲問。

「我在場。」喬依走到職員前面的櫃台，校長辦公室在後面，以一扇闔上的門分隔開來。

艾克斯頓朝喬依晃晃鵝毛筆。「年輕人，我記得我是叫你去人文大樓。」

「訊息送到了，其他事情也都做完。費奇的教室在我回辦公室的路上。」喬依不假思索地答道。

「回辦公室的路上?那裡根本在學院的另一個方向!」

「別說了，艾克斯頓。這孩子只是對陣學師感到好奇，學院裡大多數人都是這樣。」她朝喬依微笑，但喬依經常覺得佛蘿倫絲會幫他說話是因爲她知道艾克斯頓會生氣。

艾克斯頓抱怨兩句，繼續低頭寫字。「要多上幾堂課也不算有錯，大多數學生都是忙著蹺課，只是你有興趣的對象竟然是那些該死的陣學師……這不適合你，孩子。」

「別這麼古板。喬依，你說費奇居然輸了?」佛蘿倫絲說。

喬依點點頭。

「所以……這意謂著什麼?」

「他會跟納利薩調換資歷，同時失去正式聘任資格。一年之內，他可以反過來向納利薩提出挑戰，同時這段時間任何人都不得向兩人挑戰。」艾克斯頓說。

「眞可憐！這不公平啊。我以爲決鬥結果只是讓人可以拿出去炫耀。」佛蘿倫絲說。艾克斯頓繼續工作。

「嗯，不論他有多帥，我對納利薩的評價越來越差了。費奇是個老好人，而且他眞的很愛教書。」佛蘿倫絲說。

「他死不了。又不是要把他趕出去。喬依，我猜你在教室裡混的時間久到看完整場決鬥了吧？」艾克斯頓說。

喬依聳聳肩。

「所以決鬥如何？費奇表現得好嗎？」艾克斯頓問。

「他眞的很厲害，畫出來的陣學圖非常美，只是……嗯，他對於眞正的決鬥似乎已經生疏了。」喬依說。

「用這種方法處理事情眞粗魯。他們是學者，不是競技場上的人。」佛蘿倫絲說。

艾克斯頓停下動作，然後直直看著佛蘿倫絲，眼睛越過眼鏡的上緣盯著她。「親愛的，我相信以後一定會有更多像這樣的決鬥，也許今天的事會提醒那些自以爲了不起的陣學師自己存在的意義。如果內布拉斯克淪陷……」

「艾克斯頓，你別說鬼故事了。這些故事只是政客讓人瞎擔心而編出來的。」

「呿。妳沒事情做嗎？」艾克斯頓說。

「現在是我的休息時間，親愛的。」她說。

「我不得不注意到每次當我有重要的事情要完成，就剛好碰上妳休息。」

「看來你選的時機都不太對。」她把手伸向桌上的木盒，拿出裡面的泡菜火腿三明治。

喬依瞥了一眼角落的古老立式時鐘，距離下一堂課開始還有十五分鐘，這時間不夠派他去別處跑腿。

「我擔心費奇教授。」喬依說，一邊繼續盯向時鐘裡複雜的齒輪，發條貓頭鷹坐在時鐘上，偶爾眨眨眼、啄啄爪子，等待整點報時。

「沒有這麼嚴重。我想約克校長只會派幾個學生給他。費奇也該休個假，他說不定很高興。」艾克斯頓說。

高興？那個可憐蟲徹底被擊垮了。

「他是個天才。學校裡沒有教授的陣法像他一樣複雜。」

「他的確是個真正的學者，也許有點過頭了。納利薩在教室裡的表現可能更好。我聽說費奇的教學有些……超過學生程度。」

「不。他是個很偉大的老師，講起課非常清楚，從來不像霍華茲或西佛史密斯那樣把學生當笨蛋。」喬依說。

艾克斯頓輕笑。「看來我讓你太空閒了。又想害我被那些陣學師找麻煩啊？」

喬依沒有回答。其他陣學教授們說過，他們不希望喬依打擾他們的課程。少了費奇跟他隨興的授課風格，喬依不太可能再溜進陣學教室聽課，他感到胃部一陣糾結。

也許還是有機會。如果費奇會教幾個學生，爲什麼其中一個不能是喬依？

佛蘿倫絲把三明治放下。「喬依，親愛的，今天早上我跟你母親談過。她要我提醒你，該決定夏天的選課了。」

喬依聽了臉立刻垮下來。學院員工的兒子住在學院是有好處的，例如學費全免就是最大的優點，儘管他能得到這個機會也是因爲他父親的死。

但也有缺點。學院裡包括艾克斯頓跟佛蘿倫絲在內的大多數職員，聘僱契約中都包含食宿，所以喬依幾乎是在這群人的關注下長大的，每天都能見到他們，而職員們跟他母親也都是好朋友。

「我知道。」他想起給費奇的信。

「學期最後一天就快到了，親愛的，你得挑一門選修。你終於能挑一門自己想上的課，而不是補修了。你應該很開心吧？」佛蘿倫絲說。

「是啊。」

夏天時，學院裡的大多數學生都會回家，不回家的只要上半天課，而且可以挑一門選修，除非他們該學期成績不佳，就會需要補修。陣學師們很幸運，他們全年都得待在學校裡，但是他們的選修也是和陣學有關的課程。

「你有想過嗎？」佛蘿倫絲問。

「有。」

「課快滿了。體育課還有幾個名額，你要嗎？」她問。

要他三個月站在操場上，和周圍其他人一起踢球，進行一場大家都假裝有陣學決鬥一半有趣的比賽？「不用了，謝謝。」

「那你要什麼？」

數學說不定不錯，文學也不會太痛苦，可是沒有一堂課比跟費奇學習有趣。

「我今天晚上會挑一堂課。」他承諾，然後看著鐘。該去上下一堂課了。他從角落拿起書本，把費奇那兩本書放在最上面，趁佛蘿倫絲繼續追問下去之前離開了辦公室。

接點與圓圈的進階重點

許多人誤以為圓圈的方向必須讓接點朝北，或是面對敵人。這是錯誤的。

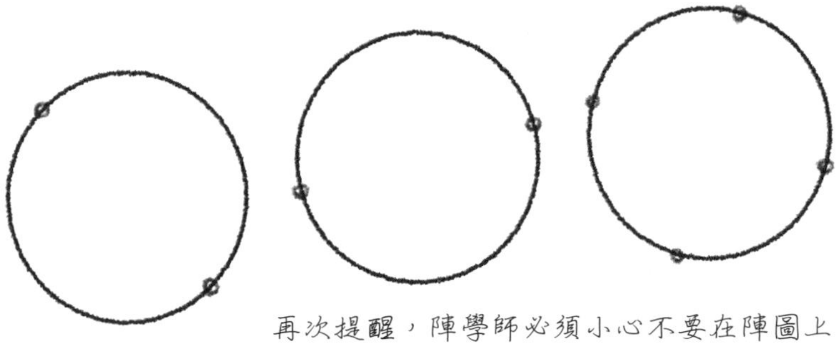

再次提醒，陣學師必須小心不要在陣圖上畫出實際的點。圖上的點只是說明使用。

很重要的一點是，兩條線只能在接點的位置有交集，否則圓圈的完整性會減弱，在禦敵線上造成敵人能夠加以攻擊的缺口，也更容易被突破。

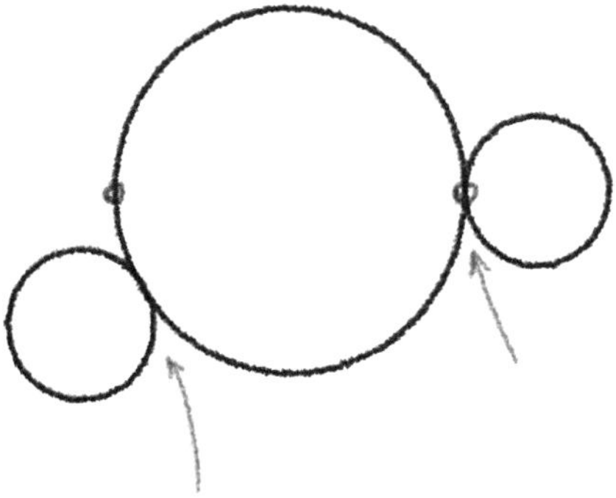

那天的歷史課很快就結束了，他們在複習隔天期末考的內容。結束後，喬依去上數學課，也是他最後一堂課。這個學期在教幾何。

喬依對數學課的心情很複雜，幾何是陣學的基礎，所以也很有趣，而幾何的歷史向來令他著迷——從阿基米德及古希臘人，一路到葛列格里王與陣學的發現。

只是有太多麻煩事要做，一堆他毫無興趣的題目。

「今天我們要複習計算面積的公式。」雷頓教授站在講台前說。

計算面積的公式。喬依幾乎在學會走路前就把這些公式背得滾瓜爛熟了。他閉上眼睛在內心呻吟，同樣的內容他們還要複習幾遍啊？

可是雷頓教授不打算讓他的學生打混，即使這學期包含期末考在內的課程都結束了，他仍堅持在最後一個禮拜重新複習先前講過的所有內容。拜託。誰會在考完期末考之後複習？

「我們今天從圓錐開始！」雷頓說。他的身材壯碩，體重有些過重，這讓喬依覺得雷頓應該是體育教練，而不是數學教授，至少他一定很擅長用演說來爲學生打氣。

「記得圓錐爲什麼很棒嗎？」雷頓比著在黑板上畫的圓錐體說。「從中間劃一刀，看，有圓形。從斜角劃一刀，看，有橢圓形。很神奇吧！」

學生們茫然地看著他。

「怎麼樣，很神奇吧？」

「對，雷頓教授。」幾個學生無精打采地回答。然而問題是，雷頓教授認爲數學沒有一處是不「神奇」的，而且似乎有著無窮的精力。他難道不能關注一些有用的事情，例如陣學決鬥？

學生們趴在書桌上，其中有幾個年輕人穿著白裙、白長褲搭配灰毛衣。陣學師。喬依靠向椅背，偷偷打量他們，雷頓正在台上起勁地講解可以用多少種方法來分解圓錐體。

陣學區有專門開給「雞毛撢」的課——這是普通人給陣學師取的外號。這些課程安排在每堂課的第一個小時，第二個小時則讓陣學師們跟普通學生一起上一般課程。

喬依一直覺得他們很辛苦，除了陣學之外還要上普通學科，但是陣學師的確應該達到更高的標準。畢竟，他們是被神主選中的人。

他們眞的不該在這裡。喬依心想。喬依因爲和陣學學生一起上課而知道他們的名字，但基本上對他們一無所知——除了他們在上普通數學課，而光這一點就很重要。

陣學源於幾何與三角函數，高階算數理論更是在陣學課程中占了很大一部分比例，而雞毛撢會來上雷頓教授的課代表他們需要加強基本公式與幾何的知識。

約翰跟路克這兩個男孩多半一起坐在房間後面，一臉寧願去任何地方也不願意跟一群不是陣學師的人上數學課。還有一個叫作梅樂蒂（Melody）的女孩。她生著一頭紅色的卷髮，但她的長相喬依卻鮮少見到，因爲她每堂課都趴在書桌上，在筆記本裡塗鴉。

有沒有方法讓他們其中一個人教我？跟我談談陣學？喬依心想。也許他可以拿幫他們補習數學作爲交換。

「我們現在來複習三角形的公式！你們今年學到了好多知識，你們的人生將徹底變得不同！」雷頓教授說。

如果他們能讓喬依上更深的課就好了。可是所有高階課程都開在陣學區，不會開放給普學學生。因此他才寫信給費奇，但如今那張字條還在他的口袋。他偷瞄了字條一眼，雷頓教授也在黑板上寫下更多公式。沒有一個公式活過來，動一動，或做出任何不尋常的事情。雷頓不是陣學師。對他，對喬依，還有對世上的大多數人而言，黑板就是黑板，粉筆也不過只是寫字工具。

雷頓看著自己寫出的一排公式說：「哇，我有沒有跟你們說過，這些公式有多神奇？」教室裡有人發出呻吟聲。雷頓轉頭微笑。「我想你們都在等著上夏天的選修課，我可以體會你們的心情。不過呢，今天你們還是我的學生，所以大家把筆記本拿出來，讓我檢查昨天晚上的功課。」

喬依眨眨眼，感到一陣驚慌。昨天晚上的功課。媽媽甚至問他有沒有功課。他答應要寫，卻一直拖，告訴自己晚點會寫……趁今天空堂的時候。

他去看費奇了。

慘了……

雷頓在教室裡來回巡視，檢查每個學生的筆記本。喬依緩緩拿出自己的筆記本，打開到正確的那一頁。十個沒有動過的算數題躺在那裡，完全被他拋到腦後。雷頓來到喬依的桌前。

「又沒寫，喬依？」雷頓嘆口氣。

喬依低下頭。

「下課後來見我。」雷頓說完就走開了。

喬依蜷縮在座位上。只剩兩天了。他只要再撐兩天就可以通過這堂課。他眞的想要寫作業。眞的！只不過他……沒寫。其實應該沒關係。雷頓很重視考試，而每次考試喬依都考滿分，少寫一份作業應該對他的成績沒什麼影響。

雷頓走到教室前面。「好了，還剩下十分鐘。該做什麼呢？我們來做一些練習題吧！」

這次有更多呻吟聲回應他。

「或者，我可以讓你們提早下課，因爲這是今天的最後一堂課，暑假又快要到了。」

整堂課都盯著牆壁發呆的學生們突然全神貫注起來。

「好吧，去吧。」雷頓揮揮手。

所有人幾秒鐘之內就消失了。喬依坐在原位，腦中想著該用什麼藉口。透過小窗戶，他可以看到走在草地上的其他學生。大多數課程的期末考已經考完了，學期不久後就要結束，喬依自己也只剩下歷史一科，不過沒什麼問題。他眞的有準備。

喬依站起身，走到雷頓教授的書桌邊，拿著筆記本。

雷頓教授的表情很嚴肅。「喬依呀喬依，我應該拿你怎麼辦？」

「讓我過？」喬依問。

雷頓沉默。

「教授，我知道我沒有交齊所有的作業——」

雷頓教授打斷他的話。「根據我的統計，你寫了九次。四十次中的九次。」

九次？我一定不只寫過這些吧……喬依回想起這個學期的作業，數學對他來說是最簡單的科目，他向來不太在意。

「嗯，我想，也許……我有點懶……」喬依說。

「你想？」雷頓說。

「可是我的考試成績……我每次都考滿分。」喬依連忙說。

「首先，考試不是學業的全部。從亞米帝斯畢業是一個重要、偉大的成就，代表一個學生知道如何念書，如何按照指示行事。我不只是在教你數學，我是在教你人生的道理。我怎麼能讓一個從來不完成功課的人過這一門課？」

這是雷頓最喜歡說教的主題之一。事實上，根據喬依的經驗，大多數教授都認爲他們的科目對一個人的未來具有決定性的影響。他們都錯了，當然陣學例外。

「我很抱歉，我……我想你說得對，我是有點懶惰。可是你不能反悔你在學期開始時說過的話，我的考試成績足以讓我通過這門課。」喬依說。

雷頓交握雙手。「喬依，你知道對一個老師來說，看到一個學生從來不寫作業，卻每次都在考試時拿滿分，他會怎麼想嗎？」

「覺得他們很懶惰？」喬依疑惑地問道。

「這是一個解讀。」雷頓說著從放在書桌裡的一疊紙中拿出幾張。

喬依認得其中一張。「我的期末考。」

「對。」雷頓把喬依的考卷放在書桌上，旁邊放著另一個學生的。另一個學生的成績也不錯，但不是滿分。「你看得出來這兩張考卷的差別嗎，喬依？」

喬依聳聳肩。他的試卷很工整，每個問題下面寫著答案，而另一張考卷很凌亂，到處都是筆記、算式，塗改的痕跡填滿了空白的位置。

「我對不交功課的學生向來抱持懷疑。」雷頓的聲音很嚴厲。「我觀察了好幾個禮拜，卻看不出來你是怎麼辦到的，所以我沒有辦法正式地指控你。」

喬依感覺自己的下巴因爲震驚而不受控制地落下。「你以爲我作弊？」

雷頓開始在紙張上書寫。「我沒有這麼說。我沒有辦法證明。在亞米帝斯，我們不能做出缺少證明的指控，可是我可以建議你需要補上幾何課。」

喬依感覺到自選課程的希望開始崩裂，取而代之的是可怕的想像——這個夏天他每天都要上基礎幾何，像是圓錐面積、三角面積、圓周……

「不行！你不可以！」喬依說。

「我絕對可以。我不知道你是從哪裡得到答案或誰在幫你，但是我們有很多時間相處，這個夏天結束時，你無論如何都能學會幾何。」

「我知道。你讓我現在寫作業好不好？上課時間還有幾分鐘，我現在就把作業寫完。這樣我能過嗎？」他從雷頓的桌上抓起一支筆，然後打開筆記本。

「喬依。」雷頓強忍住脾氣說。

第一個問題。計算圓錐中塗黑的三塊面積。圖中的圓錐少了兩塊，但下面注明了每邊的長度。喬依看著數字，計算後寫下答案。

雷頓按上他的肩膀。「喬依，這沒有用……」

當喬依看著第二個問題時，雷頓沒再說下去。數字很簡單，喬依迅速寫下答案。第二張圖是中間少了一個圓柱的立方體，問題是要計算該物體的面積。喬依寫下答案。

「喬依，這些答案你是從哪裡得來的？誰給你的？」雷頓說。

喬依寫完接下來的兩個問題。

「如果你已經從別人那裡得到答案，爲什麼之前不寫呢？你費了這麼大工夫作弊，結果卻忘記寫功課？」雷頓說。

「我沒作弊。我爲什麼要做這種事？」喬依說著寫出下一題的答案。

雷頓雙手抱胸說：「喬依，要計算這些問題，每題至少都需要五分鐘，你認爲我會相信你可以用心算？」

喬依聳聳肩。「這些都是很基本的問題。」

雷頓哼了一聲走到黑板前迅速地畫出一個圓錐，然後在黑板上寫下幾個數字。喬依乘機把接下來的三道題算完，然後瞥了一眼黑板。

「兩百零一點一公分。」雷頓還沒寫完，喬依便已說出答案，然後再低頭看向筆記本計算最後一個問題。「教授你得多練習畫圖技巧，那個圓椎體的比例完全不對。」

「什麼意思？」雷頓說。

喬依走向雷頓，和他一起站在黑板面前。「斜邊應該是十二公分，對不對？」

雷頓點頭。

「所以，比例上是這樣。」喬依舉手重畫了一個圓錐。「如果你要底部圓圈的半徑顯示爲四公分，那圓周就得畫這麼大。」

雷頓站在原地半晌，看著正確的圖，然後拿出一把尺量了量，臉色微微發白。「你用看的就可以看得出來我的圖錯了幾公分？」

喬依聳聳肩。

「畫一條斜邊三分之一長的線。」雷頓命令。

喬依畫了一條線。雷頓測量。「完全正確！你能畫出相同半徑的圓嗎？」

喬依在黑板上畫了個圓。雷頓用繩子量了一下，然後吹聲口哨。「喬依，圖的比例完美無缺！你圓圈上的弧度幾乎跟用圓規畫的一樣！你應該當陣學師的！」

喬依別過頭，雙手塞在口袋裡。

「已經晚了八年了。」他低聲說。

雷頓遲疑片刻，然後看著他。「是，的確是。所以你是想告訴我，上課時你早就知道該怎麼畫、怎麼算了？」

喬依聳聳肩。

「你一定無聊到瘋了！」

喬依再聳聳肩。

「我不敢相信。這樣好了，你的夏天選修我們就學三角函數怎麼樣？」

「我已經會三角函數了。」喬依說。

「噢。那代數呢？」

「會了。」喬依說。

雷頓揉揉下巴。

「教授，能不能請你讓我過幾何？我夏天選修已經有計畫了，但如果不成功……我可以跟你學微積分或其他的。」

「這樣啊。」雷頓仍然看著黑板。「你不是陣學師真的很可惜……」

這還用你說嗎？

「你是跟你父親學的嗎？我聽說他是個業餘數學家。」雷頓問。

「算是吧。」喬依說。雷頓幾個月前才到學院任職，他不認得喬依的父親。

「好吧。」雷頓雙手一攤。「你可以通過了。我沒辦法想像要花三個月教你一件你已經熟到不行的東西。」

喬依大大地鬆了一口氣。

「只是，喬依，盡量寫功課好嗎？」

喬依認眞地點點頭，跑回座位去拿他的書，上面有兩本是屬於費奇教授的。

也許今天不算糟糕透頂。

巴林坦防禦陣

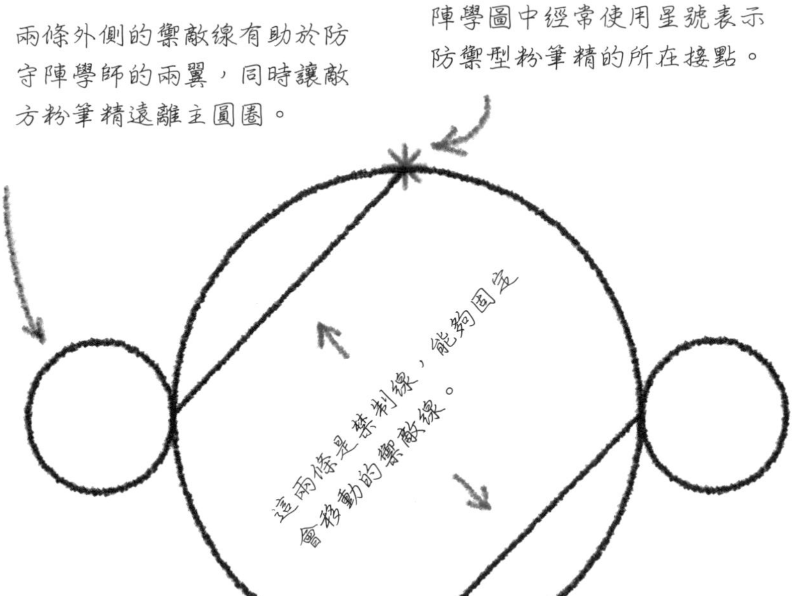

兩條外側的禦敵線有助於防守陣學師的兩翼，同時讓敵方粉筆精遠離主圓圈。
陣學圖中經常使用星號表示防禦型粉筆精的所在接點。
這兩條是禁制線，能夠固定會移動的禦敵線。

根據四點圈建構的巴林坦防禦陣既直接又快速，是相當受歡迎的防禦陣。它具備基本的固定線，同時只有在最重要的位置有防禦功能。

這也是攻擊性強的決鬥者偏好使用的陣圖。

喬依離開雷頓教授的教室，來到草地上。穿著白裙灰毛衣的女孩倚靠磚牆坐著，懶洋洋地在筆記本裡畫畫。她抬起頭看著喬依，紅色的卷髮隨之彈跳。她叫作梅樂蒂，班上其中一名陣學師。

「他跟你說完了嗎？」她問。

喬依點點頭。

「既然你的手腳都還在，應該不是太慘。沒有咬傷，沒有斷骨……」梅樂蒂說。

「妳在等我？」喬依皺眉問。

「傻瓜，當然不是。無聊教授要我留下來，在你之後就輪到我，意思大概是我要被當掉了。又來了。」

喬依朝她的筆記本瞥了一眼。他觀察梅樂蒂整個學期，想像她在筆記本上畫著複雜的陣學圖，沒想到書頁上不是禦敵線或禁制線，就連一個圓圈都沒有，而是獨角獸與城堡的圖畫。

「獨角獸？」他問。

「幹嘛？」她防備地猛力闔起筆記本。「獨角獸是尊貴偉大的生物！」

「獨角獸不是眞的。」

「那又怎樣?」她氣呼呼地站起來。

「妳是陣學師，爲什麼要浪費時間畫那種東西?妳應該練習陣學線。」喬依說。

「陣學這個，陣學那個。」她一甩頭接著說:「還有保護王國，抵禦野粉筆精。爲什麼所有事情都要跟陣學扯上關係?難道我一個女孩子不能偶爾想點其他事情嗎?」

喬依後退一步，對方激烈的反應令他感到驚訝，不確定該如何回答。陣學師鮮少跟普通學生說話——喬依剛進學院的前幾年曾經試圖跟他們攀談，可是從來沒有得到回應。現在，有一個陣學師在跟他說話，但喬依沒想到她會這麼……討人厭。

「說實在的，爲什麼我要做這種事?」梅樂蒂說。

「因爲神主選擇了妳。妳很幸運，能被選中的機率不到千分之一。」喬依說。

「祂顯然需要更好的品管。」女孩說完誇張地冷哼一聲，推開門回到雷頓教授的教室。

喬依看著她的背影搖搖頭，接著轉身穿越校園，路上遇見成群奔向發條火車站的學生們。下課了，他們該回家，可是對於喬依來說學院就是家。一群他認識的人站在中庭聊天，喬依走到他們身邊，有點心不在焉。

「我覺得不公平。」查林頓雙手抱胸，好像別人的意見都不重要。「哈利斯教授發現她沒有來考期末考，氣死了，但是校長卻不認爲這件事有多嚴重。」

「可是她是陣學師。有什麼理由逃避考試?」蘿絲回答。

查林頓聳聳肩。「也許她想提早放暑假。」

喬依原本沒什麼注意在聽，但是一聽見他們提起陣學師，他的精神就來了。他來到戴維斯身邊，後者一如往常地單手摟著蘿絲的肩膀。

「怎麼了？」喬依問。

「有一個叫作莉莉．懷廷（Lily Whiting）的陣學師學生，她翹了今天歷史課的期末考，查克氣得冒煙，因爲他也想提早結束考試好去跟在歐洲的家人會合，但是他被拒絕了。」

「他們不應該有特殊待遇。」查林頓說。

「她八成還是要考試。陣學師的生活不輕鬆，沒有空堂，每天都要早起念書，整個夏天都得待在學校……」

查林頓朝他皺眉。

「相信我，查理。如果有事情讓她必須離開，她絕對不會是躺在沙灘上享樂。也許她在內布拉斯克。」喬依說。

「或許吧。嗯，也許你說得對。你……」查林頓停下來，絞盡腦汁地思考。

「喬依。」

「對，喬依。我知道你叫喬依。也許你說得對。我不知道。不過哈利斯教授真的很生氣，我只是覺得整件事很怪。」

其他幾名學生來到他們周圍，查林頓加入他們，一起走向發條火車站，喬依隱約聽到他跟他們複述同樣的話。

「我真不敢相信。」喬依輕聲說。

「什麼？那個學生的事嗎？」

「是查林頓。我們同班三年了，可是他每次跟我說話還是會忘記我的名字。」喬依說。

「噢。」戴維斯說。

「別想太多。查林頓對沒有胸部可以盯著看的人都不是很在意。」蘿絲說。

喬依不再看離去的學生。

「你有挑夏天選修了嗎？」他問戴維斯。

「嗯，可以說沒有。」戴維斯是一名教授的兒子，因此他跟喬依一樣住在學院裡。在學校員工的子女中，只有他跟喬依年齡相仿。

大多數職員子女都會去上附近的公立學校，但教授的子女會在亞米帝斯念書。嗯，當然喬依例外。他父親在八年前去世，但在那之前跟校長兩人關係很好。

「我有個很大膽的想法，跟我的選修有關。是……」喬依說。

他沒繼續往下說，戴維斯沒在聽他說話。喬依轉身看到一群學生聚集在學院辦公室的大樓門口。「怎麼了？」喬依問。

戴維斯聳聳肩。「你看到彼特頓了吧？他不是應該搭三點十五分的車，回去喬治亞巴馬嗎？」戴維斯說的那個身材高大的高年級生正在窗外探頭探腦。

「是嗎？」喬依說。

辦公室的門打開，一個人走了出來，當喬依認出那身配上金釦的深藍色筆挺軍裝後大吃一驚。那是聯邦督察的制服。男人戴上圓頂警帽後快速離開。

「聯邦督察？很奇怪。」喬依開口。

「我偶爾會在學院裡看到警官。」蘿絲說。

「那跟督察不一樣。這個人在六十座島上都有管轄權。他不會輕易來這裡。」喬依發現約克校長站在辦公室的門口，艾克斯頓跟佛蘿倫絲都在他身後，臉上表情顯得很……很困擾。

「不管這件事了。先講夏天選修。」戴維斯說。

「對，關於這件事……」喬依說。

「呃。」戴維斯不安地挪挪腳步。「喬依，我今年不跟你一起過暑假了。其實，我後來發現自己沒空。」

「沒空？什麼意思？」

戴維斯深吸一口氣說：「蘿絲和我要跟麥克那群人一起回他家過暑假。去他家在北邊的夏季別墅。」

「你？可是……你不是他們的一份子。我是說你就像……」像我一樣。

「麥克有一天會成爲重要人士，他知道我爸一直在替我上法律系做準備，他也打算念法律系。幾年之後麥克會需要幫手，像是能夠信任的好律師。你也知道麥克遲早會當上武士議員……」戴維斯說。

「這……這眞是件好事。」喬依說。

「這是個很棒的機會。」戴維斯一臉不自在。「對不起，喬依。我知道這代表你得一個人過暑假，但我必須去。這對我來說是個機會，一個往上爬的眞正機會。」

「嗯，當然，我懂。」

「你可以問他你能不能一起來……」

「我算是有問過。」

戴維斯的臉一垮。「噢。」

喬依聳聳肩，想裝出一副無所謂的樣子。「他婉拒了我。」

「他是個有品的人。你得承認這裡的人對你挺好的。你過得不錯，喬依。沒有人欺負你。」戴維斯說。

這是眞的。他從來沒有被人欺負。亞米帝斯的學生們注重自己的身分，不可能浪費時間欺負別人。如果他們不喜歡一個人，會直接孤立對方。校園裡有十幾個小團體，喬依從來不屬於任何一個，就連被排擠都輪不上他。

他們也許覺得這是爲他好。他們有禮貌地對待他，跟他談笑，卻不曾把他視爲一份子。

喬依寧可他們欺負他，至少這代表有人覺得他值得被注意或被記得。

「我得走了。抱歉。」戴維斯說。

喬依點點頭，戴維斯跟蘿絲小跑步加入在火車站旁邊，一群以麥克爲中心的人。

戴維斯一走，喬依眞的要獨自過暑假了，和他同年級的人幾乎都走光了。

喬依拿起費奇教授的書。他原本沒有打算把他的書拿走，但既然現在這些書在他手上，乾脆物盡其用，畢竟圖書館不會把陣學書借給普通學生。

他預備找個適合讀書的地方，順帶好好思考。

幾個小時後，喬依仍然在一棵偏僻茂密的大橡木下讀書。他把書放下抬起頭，望著扶疏枝葉間露出的藍天碎片。

不幸的是，費奇的第一本書根本沒用，只是講解四種基本陣學線的初級書。喬依曾經看過他把這本書借給似乎有學習困難的學生。

幸好第二本書有料得多。這本書出版不久，最有意思的章節是在詳細解釋某個喬依從未聽過的防禦圈的相關爭議。雖然書裡很多陣學等式超過他所能理解的程度，但他還是讀懂了作者的論點。他看得聚精會神，花了好一會兒時間。

他讀得越多，發現自己越想起父親。他記得那個強壯的男人工作到深夜，終於調配出新的粉筆配方；他記得父親用帶著顫抖的興奮語調，對小喬依說起歷史上最刺激的陣學決鬥。

已經八年了。失去的痛楚仍在，永遠不會消失，只是會被時間埋藏，像是慢慢被泥土掩蓋的石頭。

天色漸漸暗去，讓他沒辦法繼續閱讀，整座校園也安靜下來。有些教室的燈還亮著，許多教學大樓的上面樓層是教授的辦公室和其家眷的住所。喬依站起來的時候，看到學校的園丁老約瑟夫在校園間穿梭，轉亮每一盞燈。當燈裡的發條機械活了過來，燈火也跟著點亮。

喬依拿起書，思緒仍然深陷於雅防禦陣的複雜歷史，還有布雷德防禦陣對禦敵線的革新應用。他被忽視的肚子開始咕嚕抱怨。

希望他還沒錯過晚餐時間。學院裡所有人都是一起用餐，包括教授、職員、小孩，甚至陣學師。住在學院裡的普通學生只有像喬依這種教職員的小孩，而陣學師學生大多都選擇住校。他們的家人要不是住得太遠，不能來看他們，要不就是學生自己需要額外的學習時間。基本上，亞米帝斯有一半的陣學師住在宿舍，其餘則通勤。

寬敞的餐廳是一團忙碌與混亂。學院教授與他們的配偶坐在房間左側，彼此間有說有笑，他們小孩的座位就在旁邊；職員被分配坐在房間的右側，那裡擺了幾張大木桌；至於陣學師學生們在後方有屬於自己的桌子，幾乎是藏在一片磚牆後面。

在餐廳中央，兩張長桌上放滿了本日的食物，雖然侍者會負責將食物裝盤送到教授桌前，但他們的家人跟職員是要自助的。此時，大多數人已經坐在自己的長椅上吃著晚餐，屋裡談話聲嗡嗡作響，盤子相互敲擊，廚房的工作人員忙碌來往，各種不同的氣味混雜在一起。

喬依朝自己的位置走去，隔著長桌在他母親對面坐下。她已經到了。他為此感到一陣安心，有時候她會一直工作到晚餐過後。媽媽還是穿著那件褐色的工作洋裝，頭髮盤起，有一搭沒一搭地吃著，一邊跟另外一名叫柯奈流斯的清潔女工交談。

喬依把書放下，趁媽媽能拿問題追問他之前跑走了。他在盤子上裝了一些米飯跟炒香腸。德國食物。學院的廚師們又開始熱衷於異國料理，但至少他們沒煮朝鮮菜，喬依覺得那實在太辣了。他抓起一瓶加了香料的蘋果汁，走回座位。

他母親正在等他。「佛蘿倫絲告訴我，你答應她今天晚上會選好一門選修。」她說。

「我正在弄。」

「喬依，你會有夏天選修吧？該不會又需要補課了？」她說。

「不用不用。眞的，我保證。雷頓教授今天才說我的數學一定會過。」

媽媽用叉子叉了一塊香腸。「別的小孩可不只是希望自己會過而已。」

喬依聳聳肩。

「如果我有時間幫你看功課就好了……」媽媽說著嘆口氣。吃完飯後，她得花上大半夜打掃，她每天都得等到下午才能開始工作，因為她負責清掃的教室白天大多有人。她眼睛下方一直有黑眼圈，她工作得太辛苦了。

「煉金術呢？會過嗎？」她問。

「科學很簡單。藍格教授已經把成績發下來了，最後幾天只剩實驗室實作，不算成績，我一定會過。」

「文學？」

「今天把報告交了。」喬依即時把功課做完，因爲索貝教授給了他們兩個禮拜的時間在課堂上寫，她自己則是在看小說。教授在學期末也會有點懶散，跟學生一樣。

「歷史呢？」他媽媽問。

「明天是期末考。」

她挑起眉毛。

「媽，明天是考陣學史。」他翻翻白眼。「我沒問題的。」

她似乎滿意了。喬依開始狼吞虎嚥起來。

「你聽說關於費奇教授那場可怕的挑戰了？」他母親問。

喬依點頭，嘴巴塞得滿滿的。

「可憐的傢伙。你知道他花了二十年努力成爲正式教授嗎？一瞬間就沒了，回到輔導老師的位置。」她說。

「媽，妳有沒有聽說關於聯邦督察來學校的事？」喬依邊嚼邊問。

她心不在焉地點點頭。「他們認爲昨天晚上有陣學師學生逃跑了，她那晚回家後就再也沒有回來學校。」

「是莉莉．懷廷嗎？」喬依猜測。

「我想是這個名字。」

「查林頓說她父母只是帶她去度假了！」

「一開始他們也是這麼說的，不過陣學師逃跑這種事很難瞞得住。眞不知道爲什麼他們沒事就想逃。他們過得這麼輕鬆，根本不需要工作，完全不知感恩……」

「他們很快就會找到她的。」喬依趁媽媽的話題導往某個特定方向前連忙打斷。

「喬依，你眞的需要夏天選修。你想去上勞動課嗎？」

大多數沒有辦法選擇或太晚選擇的學生，最後結果就是得幫忙校園綠化。根據約克校長的說法，這個課程成立的原因是爲了「教導富有的學生懂得尊敬其他經濟狀況的人」，這個概念讓家長們對他頗爲不喜。

「勞動課不算太壞，父親也是工人，也許有一天我會需要這種工作。」喬依說。

「喬依……」她說。

「怎麼？當勞工有什麼關係？妳也是啊。」他回答。

「你所接受的是合眾島上最良好的教育，這對你來說沒有任何意義嗎？」

他聳聳肩。

「你很少寫功課。」他的母親揉揉額頭。「你的老師們都說你很聰明，但是不用心。你難道不明白其他人會多努力爭取你擁有的機會？」

「我懂。媽，眞的，我會挑選修課。雷頓教授說如果我找不到別的，可以跟他上數學課。」喬依說。

「補課？」她存疑地問。

「不是，是高等數學。」他連忙回答。

如果他們讓我念我想念的東西，那就皆大歡喜了。喬依心想，一邊將叉子插入食物。這個念頭讓他想起仍然塞在口袋裡的紙張。費奇教授認得他父親，他們算是朋友。喬依現在知道今年夏天戴維斯不在，讓他想找費奇學習的想法更加堅定。他推了推食物站起來。

「你要去哪裡？」他母親問。

他抓起費奇教授的兩本書。「我得還這些書。一會兒就回來。」

六點圈

高階陣學學生會發現
六點圈比二點或四點圈能
提供更多彈性與防禦性。

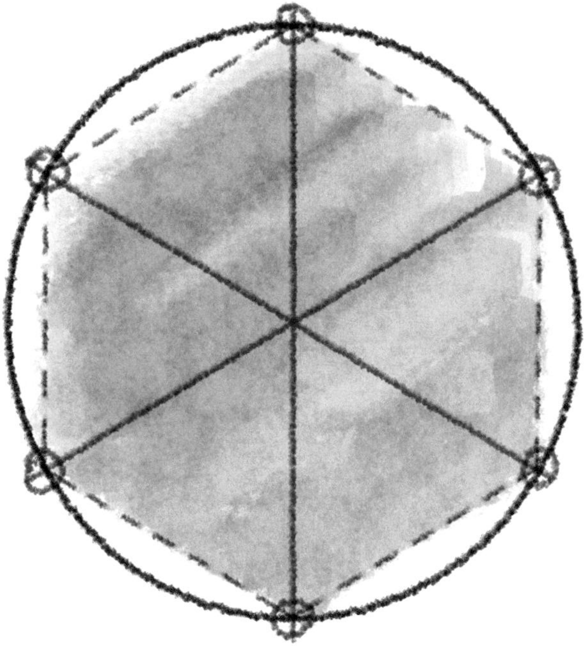

首先當然是要畫圓圈，接著陣學師必須設想如果在裡面畫一個六邊形，接點會在哪裡。在沒有實際看到六邊形或畫交叉線的情況下判斷接點的位置並不容易，但仍然是任何陣學學者都應該掌握的技術。

教授們根據等級坐在自己的位置上，而他們的配偶坐在一旁。約克校長——一個高大尊貴，嘴角生著褐色鬍鬚的男人——居於首位；他的身材壯碩，肩膀很寬，而且高得似乎能夠俯瞰所有人。

其次是正式教授。陣學師跟一般人的位置交錯，吃飯時大家一律平等，但喬依懷疑這個平等的原因是因爲校長自己不是陣學師。然後是所謂的「普通」教授——這些教授還沒有收到聘書，但是已經廣受人尊敬，頗具地位。總共有六位，其中的陣學師穿著藍色外套。

接下來是著綠色裝束的助理教授，最後才是三位灰衣服的輔導教授。費奇教授比周圍的人大上了二、三十歲，他的位置在桌子的最末端，而納利薩穿著紅衣，坐在靠近首位的地方。喬依還沒走到就聽到納利薩響亮的聲音。

「希望這能讓有些人提高警覺。我們是戰士。大多數人已經很多年沒有到過內布拉斯克防禦圈了，但是我幾個月前才在那裡，就在前線！有太多學院派的人忘記我們得負責訓練下一代的守衛。我們不能讓鬆散的教學態度威脅六十諸島的安危！」納利薩說。

「我們都懂你的意思，納利薩。」另一名陣學師哈波史多克教授說道。「你不需要再危言聳聽！」

納利薩瞥向他，從喬依的角度看過去，感覺這名年輕的教授差一點就要露出譏諷的表情。

「亞米帝斯不能有扯後腿的人存在。我們必須訓練出戰士，不是學者。」

費奇別過頭專心用餐，他似乎吃得不多。喬依不安地站在原處，猶豫著該怎麼接近。

「理論很重要。」費奇低聲說。

「你說什麼？」納利薩從桌子的另一端轉過頭來。「你有說話嗎？」

「納利薩，你是在挑釁禮教。你的行爲已經表明你的立場，不需要靠侮辱他人的方式再次強調。」約克校長說。

年輕教授滿臉漲紅，喬依瞄到他眼中的一抹怒氣。

費奇抬起頭。「校長，沒關係。讓他說。」

「費奇，你是比他更優秀的教授。」校長這句話讓納利薩的臉漲得更紅。「而且是更好的老師。我並不認同你們陣學師的規矩跟傳統。」

「我們必須遵從。」費奇說。

「校長，我無意冒犯。」納利薩打岔。「可是我無法同意你的論點。費奇教授也許是個善良的好人或優秀的學者，可是身爲一個老師？他上次有學生在陣學混戰中贏得勝利是什麼時候的事？」

這句話凝結在空中。就喬依所知，費奇的學生從來沒有贏過混戰。

「我教的是防禦，納利薩。嗯，至少我以前是教防禦。好的防禦在內布拉斯克極爲重要，即使這不是贏得決鬥的最佳方法。」費奇說。

「你教的東西根本就是多餘的。讓學生頭暈腦脹的理論，還有根本用不上的線條。」納利薩說。

費奇握緊手裡的餐具。*不是因爲生氣，而是因爲緊張。*喬依心想。他顯然不喜歡與人對峙，就連說話時也不肯看納利薩的眼睛。

「我……我不只是教學生畫線，我教他們去了解自己在畫什麼。萬一有天碰上必須以性命相搏的情況，我希望他們做好足夠的準備，而不只是爲了一場沒有意義的比賽或是表面的稱讚。」費奇說。

「沒有意義？混戰是沒有意義的？這只是你用來掩飾的藉口，我會教導這些學生如何獲勝。」納利薩說。

「我……這……」費奇吞吞吐吐。

納利薩大手一揮。「呿，老頭，說了你也不懂。你在內布拉斯克的前線服役多久？」

「幾個禮拜。我大多數時間都待在丹佛城的防衛計畫委員會裡。」費奇承認。

「那你大學的研究主題是什麼？是攻擊理論嗎？還是進階剛猛研究？甚至是你口中所說，對你的學生極爲重要的防禦陣法？」納利薩問。

費奇沉默了一會兒，終於開口：「不。我研究的是陣法力量的起源，還有美國早期社會的反應。」

「歷史學家。」納利薩轉向其他教授。「你讓一個歷史學家來教防禦陣學，卻不知道亞米帝斯的評量結果為何下滑？」

滿桌沉默。就連校長都在思索這句話。他們開始用餐時，納利薩瞥向喬依。

喬依立刻感覺到一陣驚慌。

他今天誤闖那個人的教室，已經激怒過他一次。他會不會記得……

可是他的目光掠過喬依，彷彿根本沒看到這個人，偶爾不引人注目也是好事。

「站在那裡的是不是粉筆匠的兒子？」哈波史多克教授瞇眼看著喬依問道。

「誰？」納利薩瞥向喬依說。

「你會習慣他的，納利薩。我們得不斷把這孩子趕出我們的教室。他老是找到方法溜進來偷聽。」哈波史多克說。

「這樣不行。」納利薩搖搖頭。「太散漫了。竟然允許陣學師以外的人讓學生分心。」

「我可沒讓他進我的教室，納利薩。是別人這麼做。」哈波史多克意有所指地說。

「你走吧。」納利薩朝喬依揮手。「如果我再看到你來打擾我們，我會——」

費奇打斷他的話。「納利薩，是我叫這孩子來跟我說話的。」

納利薩瞪著費奇，但他沒有權力干涉另一個教授給學生的指示，於是他轉而加入關於內布拉斯克現狀的對話，在這方面他顯然是個專家。

喬依走向費奇。「他不該這樣跟你說話，教授。」他蹲在教授旁邊低聲說道。

「也許吧，但也許他有這權力。我的確輸給他了。」

「那場決鬥不公平。你根本沒準備。」喬依說。

「我疏於練習。」費奇嘆口氣說：「孩子，說實話，我向來不擅長戰鬥。我可以在教室裡畫出一條完美的禦敵線，但是一站上決鬥場就連弧線都畫不好！這是眞的。你應該看看我今天接受挑戰時手抖成什麼樣子。」

「我有看到。我在場。」喬依說。

「你在？對，你是在。」費奇說。

「我認爲你的伊斯頓防禦陣畫得棒極了。」

「不，不。我在一對一比賽時選了不適合的防禦陣。納利薩是比較優秀的戰士，也是內布拉斯克的英雄，多年來與魔塔對抗。而我……說實話，我在那裡時鮮少戰鬥。我每次都過於緊張，連粉筆都握不好。」費奇說。

喬依沉默了。

「沒錯，沒錯，也許這樣才好。我不想讓學生疏於訓練。如果他們因爲我沒有好好接受訓練，最後在作戰時身故的話，我一定無法原諒自己。我……我不覺得我有從這個角度仔細考慮過。」

喬依該怎麼回答？他沒有頭緒，所以最後只能說：「教授，我把你的書拿回來了，你離開時沒帶走。」

費奇一驚。「所以你眞的要找我說話！有意思。我原本只是想激怒納利薩而已。謝謝。」

費奇接過書放在桌上，然後又開始撥弄食物。

「教授。」喬依鼓起勇氣說，一邊把手伸向口袋。「我還有一件事想問你。」

「嗯？什麼事？」

喬依拿出字條，在桌面攤平推到費奇面前，後者一臉不解。「夏天選修課程？」

喬依點點頭。「我想要選修你的高階陣學防禦課程！」

「可是……你不是陣學師啊，孩子。這有什麼用？」費奇說。

「我覺得這一定很有趣。我想要成爲陣學學者。」喬依說。

「這對一個永遠無法讓一條線活過來的人而言，是很遙遠的目標。」

「有不會演奏樂器的樂評，歷史學家也不需要自己創造歷史。爲什麼只有陣學師能夠研究陣學？」喬依說。

費奇盯著紙好一陣子，終於露出微笑。「某種程度而言，你的論點很有道理，可惜我已經沒有課可以讓你上了。」

「對，但是你還是會輔導別人。我可以旁聽吧？」

費奇搖搖頭。「恐怕不行。在底層的教授不能選擇教誰或教什麼，我必須接受校長指派的學生，而他已經選好了。對不起。」

喬依低下頭。「嗯……那你覺得，會不會有別的教授接手你的高階防禦課程？」

「孩子。」費奇溫和地按著喬依的肩膀。「我知道陣學師的人生看似危險又充滿刺激，但就連納利薩教授對內布拉斯克的描述也言過其實。大多數陣學研究只是一堆線條、角度、數字，至於對抗魔塔的眞實情況是一群又濕又冷的男女陣學師在地上畫線，其他時間則無所事事地淋雨。」

「我知道。」喬依連忙回答。「教授，我感興趣的是理論。」

「大家都這麼說。」費奇說。

「大家？」

「你認為你是第一個想要上陣學課的年輕人嗎？」費奇帶著微笑問。「我們沒事就會面對這樣的請求。」

「真的嗎？」喬依感覺心一沉。

費奇點點頭。「一半的人相信課堂裡有神祕、刺激的事情，另一半的人認為只要他們夠努力，自己也能成為陣學師。」

「這……這是有可能的，對不對？像你這樣的雞毛撢在被點化之前也只是普通人，所以其他普通人也能成為陣學師。」喬依說。

「孩子，不是這樣的。神主對陣學師的挑選是很仔細的。點化的年齡一過，所有的選擇就已經結束了。過去兩百年來，沒有人被挑選的時間晚於他們的點化典禮。」費奇說。

喬依低下頭。

「不要難過。謝謝你專程把書拿回來給我。為了找到它們，我一定會把書房徹底翻過三遍！」費奇說。

喬依點點頭，轉身要走。「對了，他說得不對。」

「誰？」

「亞拉，那本書的作者。」喬依朝第二本書揮手。「他認爲布雷德防禦陣應該從正式決鬥與比賽中除名，但他太短視了。也許四個橢圓區塊加在一起無法創造『傳統』的禦敵線，可是仍然很有效。如果因爲過於強大就禁止在決鬥時使用，那麼沒有人會學，需要時也沒辦法用在戰場上。」

費奇挑起一邊眉毛。「所以你眞的有用心聽我的課。」

喬依點點頭。

「也許這就是父子。你父親對這些事情也有興趣。」費奇遲疑片刻，然後朝喬依彎下腰。「你想學的東西在傳統上是被禁止的，但是永遠有人試圖打破傳統。那些新成立的大學，年輕又衝動，把陣學教給任何有興趣學習的人。你年紀大一點的時候去那裡念書吧，雖然無法讓你成爲陣學師，但就可以學你想學的東西了。」

喬依遲疑片刻。這聽起來眞的很不錯，至少是個計畫。喬依已經接受自己永遠當不了陣學師的事實，可是能上這種大學……「我很想去。可是如果我不曾跟一個陣學教授學習，他們會收我嗎？」喬依說。

「也許會。」費奇一臉若有所思地用餐刀輕敲自己的盤子。「也許不會。如果你跟我學習……」

然後費奇轉頭看向主位的納利薩跟其他人，再低頭看著自己的食物。「不行，不行，孩子，我不能同意。這有違傳統。我惹出的麻煩已經夠多了。對不起，孩子。」

意思是他該走了。喬依轉身離開，把雙手插進口袋裡。

馬森防禦陣

馬森防禦陣徹底展現了如何利用六點圈所有的接點。

除此之外，這個防禦陣有很多可以畫上粉筆精的接點，讓擅長這方面的陣學師能夠淋漓盡致地發揮。

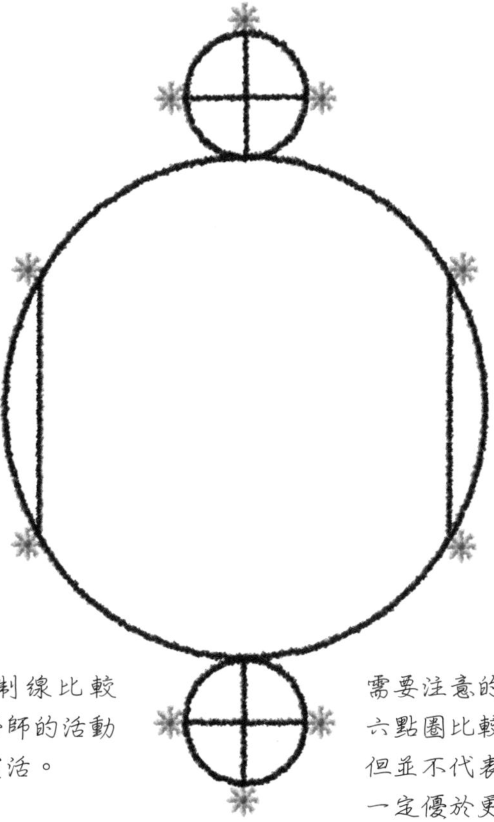

內圈的禁制線比較短，讓陣學師的活動空間更加靈活。

需要注意的是，雖然六點圈比較有彈性，但並不代表六點圈就一定優於更簡單的防禦陣。

喬依最討厭晚上。

晚上意謂著睡覺，而睡覺就是躺在黑漆漆的地方，覺得非常疲憊，卻沒有半點睡意。

他跟母親住在職員宿舍的其中一個房間，裡面有一個衣櫃兼更衣室，但得跟別人共用位於外面走廊盡頭的衛浴。磚牆打造的房間很小，只有一扇窗戶，一張床，當媽媽放假的時候，喬依睡地板，至於其他時候他會鋪好床，等她白天下班時回來睡。

他們原本住在比較大的地方，就在他父親位在宿舍地下室的工作間隔壁。出意外之後，喬依的母親要求校長允許他們搬到另一個房間。喬依沒有抱怨。製作粉筆的地方有太多回憶。

喬依盯著天花板。有些晚上，他會跑到外面的草地就著燈光讀書，但常常因此挨罵。媽媽把他在課業上的不佳表現一半歸咎於他喜歡熬夜。

透過外面照進來的校園燈光，喬依隱約可以看到房間屋頂上刻的線條。伊斯頓防禦圈，傳統陣學防禦圈中最複雜的一個。他的眼睛描繪著線條，從內圈開始，然後是缺邊的多邊形，最後是外圈。

兩年前喬依畫出這個防禦圈的時候，他爲此感覺很驕傲，儘管他畫得並不好——九個接點都歪了，有兩個圓圈不均勻。如果這是用於決鬥中的防禦陣，沒兩下圓圈就會被打破。即便是現在，喬依仍無法在沒有參照圖的情況下純熟地畫出一個九點圈。只要有一個接點歪了，整個防禦陣的結構都可能會被破壞。

結構。這根本沒什麼結構，只是畫在牆壁上的粉筆塗鴉，不具任何力量。他眨眨眼，緊咬著牙。有時候他痛恨陣學，它只能用在戰鬥跟紛爭，爲什麼不能有些別的用處？

他側過身心想，難道麥克說對了？喬依對陣學太著迷了嗎？從費奇到他母親的所有人都用不同的方式跟他這麼說。可是……這是他唯一在乎，似乎也是唯一擅長的事情。沒有了陣學，他還剩下什麼？他很明確地知道，良好的教育也無法讓他擁有跟其他學生一樣的層次。

所以他該怎麼辦？依照所有人的期待，走上他們預想的道路？在學校裡好好表現，取得職員的工作，比勞工來得好一點？還是要繼續追尋他的夢想？在大學研究陣法，成爲一個學者、專家。費奇讓他淺嚐了一口陣學的偉大後就把盤子收走了。喬依因此感覺到一陣憤怒。

他壓下這股情緒心想，*費奇是想要教我的。只是今天的事讓他震驚到不敢提出要求。*

夏天時，費奇會教約克校長指派給他的學生。喬依的腦海中的計畫逐漸成形。一個絕望、愚蠢的計畫。

喬依微笑。他需要把歷史課當掉。

「我必須再次提醒各位，這個考試有多重要。」金教授說。他是學院裡少數幾個外國人，雖然沒有口音——他們全家在他很小的時候就搬到了美利堅合眾島——但是他的亞洲膚色跟眼睛形狀明顯暴露出血統。

普通學院聘用金教授引起極大的反彈。家長們擔心他教導的歷史會是朝鮮版本，但喬依覺得事實就是事實，個人觀點再怎麼曲解都有限度。況且，朝鮮人的確征服了歐洲。這個事實是無可辯駁的吧？

「這次的考試占期末成績的百分之五十。」金教授走在一排排座位間，朝學生遞出考卷。「你們有兩個小時可以完成。不要急。」

金教授穿了西裝、打上領結，雖然其他曾在法國或是西班牙深造的教授，通常穿的是朝鮮正式服裝，而非西裝或裙裝。金可能了解自己需要比別人更像美國人。

喬依把名字寫在考卷上方，然後往下看到三個要回答的題目。

試論造成陣學發現的事件與可能原因。

試論君主被不列顛尼亞放逐帶來的影響。

試論早期與野粉筆精的爭鬥，以及之後如何將它們侷限於內布拉斯克魔塔。

喬依知道答案。他很熟悉葛列格里三世國王如何在朝鮮進攻時被迫離開不列顚尼亞。他被美國收留，即使兩國在歷史上的關係一直頗爲緊張。最後，缺乏政治力量的葛列格里變成了宗教領袖。

後來，西邊竄出的野粉筆精對島嶼上的生靈造成威脅，而葛列格里王發現了陣學，成爲第一個陣學師。這件事發生時，他已經是個老人。

所以已經過了點化年紀的喬依，仍然有可能成爲陣學師嗎？這不是沒有發生過。

他寫下問題的答案。不是對的答案，而是亂七八糟的答案。這次考試占了百分之五十的成績，如果他當掉歷史，夏天時就需要跟輔導老師複習。

媽會把我殺了。喬依心想。他寫完了考卷，最後的問題以一句關於泡菜的笑話回答，說野粉筆精大概是因爲泡菜太臭才逃到魔塔去的。

考試開始過後幾分鐘，喬依站起來，走到教室前面把考卷交給金教授。

對方遲疑地接過，皺眉看著三個簡單的答案。

「我覺得你應該要檢查一下。」金教授說。

「不用。我覺得可以了。」喬依說。

「喬依，你在做什麼？你難道沒聽到我說這個考試有多重要嗎？」

「我很清楚。」

金看著考卷。「我認爲你需要跟校長談談。」他終於說道，寫了一張給辦公室的短箋。

正好。喬依接過短箋心想。

他來到辦公室，推開門。這次佛蘿倫絲認眞在工作，房間裡除了鵝毛筆書寫在紙張上的聲音之外一片安靜。

喬依進來時，艾克斯頓抬頭看了一下。男職員今天戴著藍色領結，搭配他的吊帶。

「喬依，已經是第五節課了嗎？」他瞥向角落的鐘，然後扶扶眼鏡。「不對啊……」

「我被叫來見校長。」喬依說著拿出短箋。

「喬依啊……你這次又幹了什麼？」佛蘿倫絲說。

喬依在辦公室旁邊的一張大椅子上坐下，艾克斯頓的身影被大木頭櫃擋住。

「喬依。」佛蘿倫絲雙手抱胸。「回答我。」

「我考試沒念熟。」喬依說。

「你母親說你很有信心。」

喬依沒有回答，感覺心臟緊張地跳動。他有點不敢相信自己做了什麼事。他有過忘記寫作業或預習功課的紀錄，但是從來沒有故意破壞自己的成績。這代表他在亞米帝斯的四年，每年至少都有一堂課當掉。這樣表現的學生是會被退學的。

佛蘿倫絲低頭看著紙條。「不管如何，你都要等一下。校長在——」

辦公室的門打開，納利薩穿著那件長至腳踝的紅色陣學外套，站在門口。

「納利薩教授？你需要什麼嗎？」艾克斯頓站起來問。

納利薩大步走入房間，帶有波浪的金色頭髮看起來很時髦，身上的外套不像是費奇的，這一件很新，而且十分合身。喬依不滿地冷哼。因爲這代表納利薩早已準備好了一件新外套，卻強迫費奇在所有人面前放棄他的那件。

「我發現你讓普通學生送訊息，打擾寶貴的陣學訓練時間。」納利薩說。

佛蘿倫絲的臉上瞬間變得毫無血色，但艾克斯頓似乎完全不在意。「我們有必須送到教室的訊息，教授。難道你希望我們要求陣學教授每堂課之間都來辦公室確認有沒有訊息嗎？」

「別開玩笑了。」納利薩一揮手說，他的指尖上沾滿紅粉筆灰。「課堂被打斷是無可避免的。我在意的是出入陣學區的資格。讓不屬於那裡的學生出現在陣學區實在不成體統。」

「所以你有何高見？」艾克斯頓淡淡問道。「讓陣學學生跑腿嗎？我曾經提過一次，卻被告知他們的時間『太寶貴』。」

「孟斯小姐請進。」納利薩口氣不佳地說。一個穿著白裙子的女孩緩緩走進房間，紅色的卷髮襯著灰毛衣很顯眼。是梅樂蒂，和喬依一起上數學課的女孩。

「孟斯小姐在基本陣學上展現難得一見的遲鈍，如此散漫的態度會爲她本人以及與她並肩作戰的人帶來極大的危險，因此她必須受到懲罰。在她的夏天選修課結束後，她每天都會來辦公室報到，替你們負責陣學區的跑腿工作。」

梅樂蒂輕輕嘆口氣。

「我想這應該是可行的吧。」納利薩問。

艾克斯頓遲疑片刻後點點頭。

可是喬依感覺自己開始發怒。「你是因爲我才這麼做。」

納利薩終於低頭看著喬依，然後皺眉。「你是……」

「爲了讓一個學生不出現在你的教室就弄成這樣，未免也太小題大做了吧？」喬依口氣不佳地說。

納利薩上下打量他一陣後，歪著頭。

灰的，他居然不認得我。喬依心想。這個人對周遭環境這麼不留心嗎？

「自大的孩子。」納利薩毫不在意地說。「我必須採取這個行動，好確保陣學學生從今以後不受打擾。」說完便大步離開房間。

梅樂蒂在門邊的椅子坐下，打開她的筆記本開始畫畫。

「我不敢相信他這麼做。」喬依也坐了下來。

「我不覺得他特別在意你。」梅樂蒂說，卻沒有停止作畫。「他是個控制狂，這只是讓他能夠掌控一切的手段。」

「他是個惡霸。」喬依低吼。

「我覺得他只是用士兵的角度來思考，而且想要區隔陣學師跟其他人。他說如果有普通人在場，我們就得留心自己的行爲舉止，還說如果我們跟普通人走得太近，就會有趨炎附勢的人打擾我們工作。這——」

「梅樂蒂，親愛的，妳在自言自語。」佛蘿倫絲說。

梅樂蒂眨眨眼，抬起頭。「啊。」

「等等。妳不是該回去上納利薩的課嗎？」喬依說。

她臉一垮。「不用。我……嗯，他把我趕了出來。」

「把妳趕了出來？這門課妳都不用上了？妳做了什麼啊？」喬依問。

「我的圓圈畫得不夠好。」她誇張地一翻手說。「這圓圈到底是怎麼一回事啊？每個人講到圓圈就好像瘋了一樣。」

「禦敵線的弧度對於圓圈邊界的結構張力具有絕對性的影響力。如果妳的圓圈弧度有偏差，一旦遭受粉筆精攻擊，立刻會被打破。畫一個均勻的圓圈是陣學技巧中最基本也是最重要的一環！」

「灰的！你講話的語氣就像個教授。難怪所有學生都覺得你很怪！」梅樂蒂說。

喬依滿臉羞紅。顯然就連陣學師都覺得他對陣學太著迷了。

辦公室後面的門打開。「佛蘿倫絲？下一個是誰？」校長問。

喬依站起身與校長四目相對。壯碩的男子一皺眉，鬍子往下垂。「喬依？」

佛蘿倫絲越過房間把金教授的短箋遞給校長。校長讀完重重嘆了口氣，響亮的聲音似乎在室內迴盪。「進來吧。」

喬依繞過櫃台走向校長辦公室，佛蘿倫絲在他經過時同情地搖搖頭。校長辦公室的牆壁上裝飾著最精緻的橡木貼花，地上鋪著森林綠的地毯，不同的文憑、感謝狀和表揚狀掛在牆上。約克校長有一張配合壯碩身材的大書桌，他在後面坐了下來，揮手要喬依在對面就座。

喬依坐下，覺得在精緻的書桌與令人敬畏的校長面前，自己顯得特別渺小。他只來過這個房間三次，每次都是在學期結束前他有一門課被當掉的時候。身後的地毯響起腳步聲，佛蘿倫絲拿了一個檔案進來，她把檔案遞給約克後就離開了。房間裡沒有窗戶，但每面牆上都有兩盞油燈靜靜地旋轉著。

約克翻看檔案，讓喬依默默坐著流汗，四下只有紙張的窸窣聲和油燈、時鐘的滴答聲。隨著沉默蔓延，房裡的氣氛也如牛皮糖一樣越扯越緊，喬依開始質疑自己的計畫。

終於校長開口了，聲音低得讓人不安。「喬依，你知道自己正放棄的機會嗎？」

「是的，校長。」

「我們不允許員工的孩子進入亞米帝斯，我讓你入學是因爲與你父親的交情。」約克說。

「我明白，校長。」

「如果是別的學生，我早就已經勒令他退學了。我曾把武士議員的兒子趕出學院，也讓國王的親姪孫退學。但面對你，我卻遲疑了。你知道爲什麼嗎？」

「因爲我的老師們說我聰明？」

「完全不是。你的聰明正是讓你退學的理由。對我來說，一個能力不佳卻努力用功的孩子，遠比深具潛力卻任意放棄的孩子更有價值。」

「校長，我很努力。眞的，我——」

約克舉起手示意他安靜。「我相信我們去年有過類似的談話。」

「是的，校長。」

約克靜坐片刻，然後拿出一張紙，上頭有許多看起來很正式的戳記。那不是簽署給輔導老師的文件，是退學文件。

喬依感覺一陣驚慌。

「我會多給你一次機會是因爲你的父母。」校長從桌上的筆架拿下一支筆。

「校長，我現在明白——」

校長再次舉手打斷他。喬依煩躁地閉上嘴。如果約克不讓他說話該怎麼辦？昨晚在黑暗中，那個瘋狂的計畫顯得聰明又大膽，現在喬依卻擔心計畫會眼睜睜地在他面前失控。

校長開始寫字。

「我是故意放棄考試的。」喬依說。

約克抬頭。

「我寫了我知道是錯的答案。」喬依說。

「天啊，你爲什麼要這麼做？」

「我想要把那門課當掉，好在夏天時能上歷史輔導課。」

「喬依，如果是這樣，你該直接問金教授夏天能不能上他的課。」約克說。

「他的選修是研究朝鮮占領時期的歐洲文化，而我要當的是陣學史，這樣才能補修這一段。」喬依說。

「你可以去找另外一個教授，請他們教導你。破壞自己的考試成績並不是合適的作法。」約克嚴厲地說。

「我試過了。費奇教授說普通學生不准跟陣學教授學習。」喬依說。

「我相信金教授一定能安排一堂自行研究課程，專門念……你去找了費奇？」

「對。」

「他是陣學師啊！」

「這正是我的目的啊，校長。」他該怎麼解釋才好？「我其實不想念歷史，我想念的是陣學。我覺得如果我能跟費奇教授獨處，讓他談論陣學，那我就有辦法研究防禦陣及攻擊陣，即使我名義上是在補修歷史。」

他吞了口口水，等著對方必定會表現出的鄙夷。

「原來是這樣啊。從你這種毛頭小子的角度來思考，這個想法確實有道理。孩子，你爲什麼不直接來找我呢？」

喬依眨眨眼。「因爲……因爲所有人都認爲我想研究陣學是很自大的事情，還有說我不該去打擾教授們。」

「費奇教授喜歡被打擾，尤其是被學生打擾。他是這所學校中少有的眞正教師之一。」

「對，但是他說他不能教我。」

「的確，這是傳統。」約克把表格放在一旁，拿出另一張看了看，臉上露出遲疑的神色。

「校長？」喬依小心地詢問，心中重新燃起希望。

約克把另一張放下。「不行，喬依。費奇說得對，我們規定不能讓普通學生上陣學課。」

喬依閉上眼睛。

「不過呢，我才剛讓費奇開始一項非常重要的研究，如果有個助手在旁邊，對他來說很有用。學校規定中並沒有禁止我指派一個普學區的研究助理給他。」

喬依睜開眼睛。

約克校長拿出另一張紙。「當然，前提是這個研究助理不會讓費奇教授分心。我已經分配一個學生讓他輔導，我不希望他的負擔過重。」

「我保證不會累到他。」喬依熱切地說。

「納利薩教授這麼不遺餘力地想把陣學師跟普通人區隔開來，這件事一定會讓他頗爲不喜。眞慘啊！」約克說完微笑。喬依的心飛了起來。

「不過……」約克瞥了一眼掛鐘。「除非你能夠挑選夏季選修課程，否則我是沒有辦法把這個工作交給你的。根據我的計算，金的歷史課應該還剩下四十五分鐘，如果你現在回去，你覺得能利用剩下的時間讓這門課及格嗎？」

「當然可以。」喬依說。

約克點點手中的紙。「好。那麼這張表格會在這裡等著你，前提是你今天結束前要拿著歷史課及格的成績回來找我。」

喬依沒幾秒鐘便衝出辦公室，奔向草地另一邊的歷史教室。他回到教室，驚動坐在裡面考試的學生。他的考卷還放在金的桌上。「校長說服我再試試。我……可不可以重寫一次？」喬依說。

金輕敲雙手的手指，態度沉吟。「你出去的時候去查答案了嗎？」

「我保證沒有，教授！辦公室的人可以保證我一直坐在那裡，沒有打開書。」喬依說。

「好吧。」金瞥了一眼時鐘。「可是你仍然必須在限定的時間內完成。」他拿出一張新的考卷，遞給喬依。

喬依一把搶過，拿了墨水跟鵝毛筆奔向自己的座位，之後便振筆疾書直到鈴聲響起，這表示下課時間到了。喬依看著最後一個答案，因爲時間有限，他答得不夠深入。

深吸一口氣後，他加入其他在教室前面等著交卷的學生隊伍，等所有人都離開後，他才把自己的考卷交出。金接了過來，看到寫得很完整的答案時挑起眉毛。「如果這是你反省過後的結果，也許我好幾個月以前就應該要你去見校長了。」

「能不能請你，嗯，現在改？我想知道我有沒有及格？」喬依問。

金瞥了時鐘一眼，然後拿出鵝毛筆，沾上墨水開始閱卷。喬依心跳如雷地等待，看著教授偶爾提筆扣分。

最後，金在最下面寫下總分。

「我及格了嗎？」喬依問。

「有。告訴我，爲什麼交那張答成那樣的考卷？我們都知道你這一科念得很不錯。」

「我只是需要被鼓勵一下，教授。能不能請你寫個紙條給校長，讓他知道我及格了？」喬依說。

「可以。還有，你今年夏天有沒有興趣上我的進階歷史選修課啊？」

「也許明年吧。」喬依心中充滿雀躍。「謝謝你。」

不久後，喬依回到辦公室，他看到表格已經在那裡等著他，上頭全部填寫完成，命令喬依這個夏天必須擔任費奇教授的研究助理。旁邊是校長留給他的紙條。

下一次先來跟我談。我最近覺得，陣學師們太過著重將自己與學院的其他人區隔開來。我很好奇費奇教授會如何處理他的新研究。哈丁督察堅持要讓最優秀的陣學學者處理這個問題。雖然不幸，但我最優秀的學者剛好有很多空閒時間。

如果你不介意的話，請幫我多留心這個研究的進展。我可能會請你告知我最新的進度。

——約克校長

第二部

禁制線

陣學師必須非常注意每條禁制線的位置，因為畫下的禁制線就連陣學師自己都不可穿越。

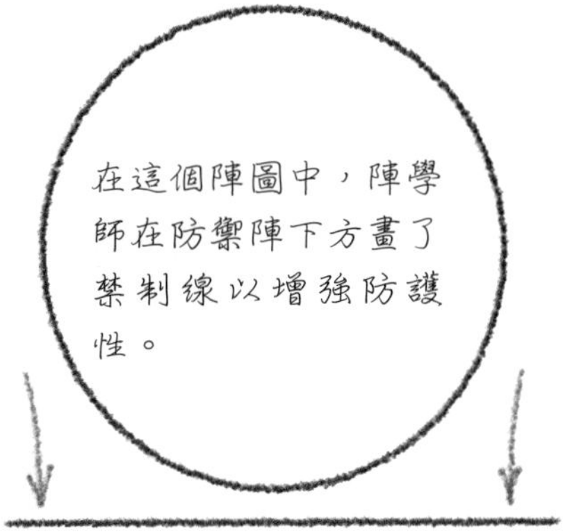
在這個陣圖中，陣學師在防禦陣下方畫了禁制線以增強防護性。

陣學師必須明白，如果他們畫了禁制線，將會阻止其他人從那個方向進入。這是禁制線的作用，但同時也帶來危險。

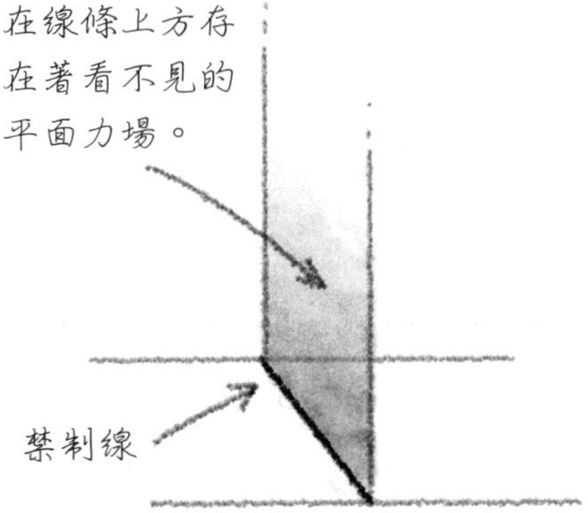
在線條上方存在著看不見的平面力場。
禁制線

在畫了禁制線之後，就不能越過這條線去畫粉筆精，或釋放剛猛線穿越禁制線。這有可能使陣學師被困住，因為解除一條禁制線需要花費四秒的時間。

喬依第二天一大早就離開了宿舍，穿過校園來到陣學學區。他深吸一口氣，享受樹上傳來的花香，以及草坪修整後的青草氣味。陣學學區有四棟主要的建築，每一棟都是雄偉大器的磚造大樓，各自以四大陣學線來命名，而教授的辦公室位於每棟大樓的上面樓層。

喬依打開禦敵樓的大門，穿過一道狹窄的樓梯間後爬上三樓，那裡有扇厚重的木門，門上的木頭紋路交疊纏繞，帶有充斥整個陣學學區的歲月感。

喬依遲疑了。他從來沒有去過陣學教授的辦公室。費奇教授是個很和藹的人，但是當他發現喬依直接去拜託約克校長幫忙時，又會有什麼樣的反應？

想知道答案只有一個辦法。他敲敲門。過了一段時間沒有回應，他伸手想再敲一次，但就在這瞬間木門打開了。費奇站在裡面，身上那件灰色陣學師外套敞開，露出下面的白背心跟長褲。

「什麼事？誰啊？噢，是粉筆匠的兒子啊。孩子，你來這裡有什麼事？」費奇問。

喬依怯生生地拿起約克校長給他的表格。

「嗯？這是什麼？」費奇接過來一看。「研究助理？是你？」

喬依點點頭。

「哈！這主意眞棒！我怎麼沒想到？太好了，太好了，快進來。」費奇興奮地說。

喬依鬆了一口氣，讓費奇把他趕進辦公室。與其說這裡是一間房間，倒不如說像條走廊，屋內的格局狹長，兩邊都堆滿了書，光線從右邊牆上的幾扇窗戶透進來，照在牆壁兩側的家具跟雜物上。天花板吊著兩座發條吊燈，轉動的齒輪發出光芒。

「眞是的。」費奇說著繞過重重書堆。「我早該想到，約克一定有辦法。他是個很出色的管理者，天知道他是如何讓學院裡這些誰也不服誰的傢伙們和平相處。武士議員的兒子加上陣學師，還有那些從內布拉斯克回來自以爲是的英雄，嘖嘖。」

喬依跟在教授後面。這棟陣學大樓有多寬，房間格局就有多長，轉角的地方以九十度直角拐彎，然後繼續順著牆往北邊延伸，走到盡頭是一面磚牆，旁邊靠著一張整整齊齊的床鋪，塞好的被角和鋪平的軟毯與亂七八糟、陰暗無光的磚牆辦公室形成強烈對比。

喬依站在角落，看著費奇在書堆裡翻找，把一些書擺往旁邊，露出一張柔軟的矮凳跟同一組躺椅。整個地方聞起來有股霉味，那是老舊的書本跟草紙混合陰暗潮濕的磚牆氣味。雖然外面的天氣已經接近夏天，裡面的溫度仍然有點涼。

喬依發現自己忍不住露出微笑。這間辦公室跟他想像的差不

多。左邊的牆上掛著一張張描繪出陳舊陣圖的紙張，有些附有畫框，而且每一張上面都有密密麻麻的注解。房間裡的書多到四處堆疊，不常見的雜物半露在外面——一柄帶有亞洲風的笛子，一個鮮豔釉色的彩繪陶碗，幾張埃及畫。

還有陣學線……在這裡隨處可見。不只掛在牆壁上，更印在書本的封面，刻在地板，編織在毯子裡，甚至畫在天花板上。

「我跟約克要求一個助手。」費奇一邊說，手也沒停下來。「可是我沒那個膽子去跟他要一個不是陣學師的助手。實在太違背傳統了。但也沒有規定說不行，所以……孩子？」

喬依看向中年的陣學師。「什麼事？」

「你好像有點失神。眞抱歉，這地方很亂，我一直想要打掃，但這裡除了我以外從來沒有別人，所以我覺得沒必要整理，嗯，但現在多了個你。」

「不，不。這裡很完美。我……」他該怎麼解釋？「這裡讓我有家的感覺。」

費奇露出笑容。他扯了扯長外套，在椅子上坐下。「很好，該開始讓你工作了！我想想——」低沉的敲門聲打斷了他。費奇歪著頭，然後站起來。「這會是……噢，對。另外那個學生。」

「另外那個？」喬依跟在費奇後面繞過房間轉角，沿著堆滿東西的走廊前進。

「嗯，對。約克安排她來讓我補課。她在我的——呃，納利薩教授的陣學課上表現很差。」費奇說。

喬依躊躇片刻。「該不會是……」

費奇一把門打開，他也就不說話了。果然，一頭紅卷髮的梅樂蒂就站在外面，穿著她的白裙裝，灰毛衣則換成一件短袖有釦子的上衣。其實她長得挺漂亮的，至少眼睛長得不錯。

「我來了。」她大聲一喊：「放膽鞭打我吧！」

只可惜是個瘋子。

「鞭打？親愛的，妳還好吧？」費奇問。

梅樂蒂走入房間。「我只是認命而已，教授。」

「這樣很好，很好。」費奇轉身走過喬依身邊，揮手要梅樂蒂跟上。

她在喬依旁邊停下腳步，趁費奇在書堆裡翻找低聲說：「你老實說，你是不是在跟蹤我？」

喬依大驚。「什麼？」

「你不是跑來跟我上同一堂數學課？」

「我們會上同一堂課是學院辦公室分配的！」喬依說。

她好像沒聽到他的辯駁。「然後，你又開始在學院辦公室工作，正是我很不幸必須勞動服務的地方。」

「我學期一開始就在那裡工作了！」

「最後，你跟蹤我到費奇的辦公室。很可疑噢。」她說。

「我沒有跟蹤妳。我比妳還早到啊！」

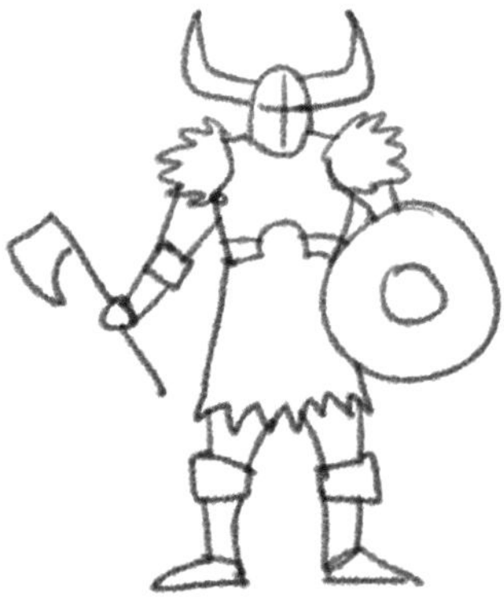

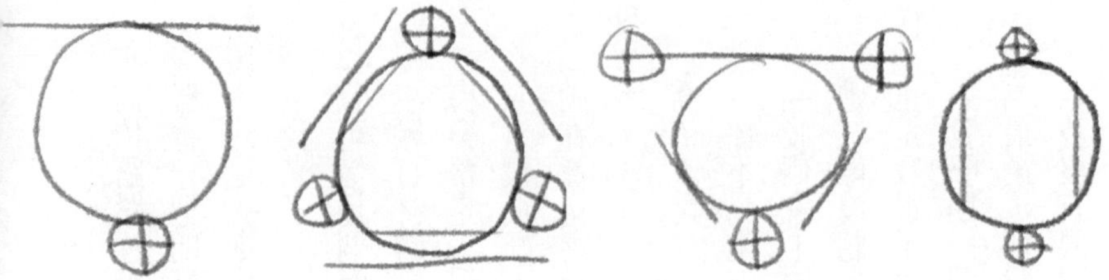

「這藉口還眞好用。反正你晚上可別站在我的宿舍窗戶外面，否則就是逼我叫人來，還有拿東西丟你。」

「啊！」費奇大喊一聲，拿出一本大大的素描本。他揉著下巴，若有所思地看著牆，最後指向牆上的其中一張圖。那是簡化版的馬森防禦陣。

費奇把圖從牆上拿下來，用腳輕踢開幾本書，在地板上挪出空間。他對梅樂蒂說：「小姑娘，妳也許以爲妳沒救了，但我不這麼認爲。妳只是需要多做些基礎練習。」他把馬森防禦陣的圖放在地板上，然後從素描本裡扯下一張紙，放在圖上。

梅樂蒂嘆口氣。「描圖？」

「一點沒錯。」

「七年級的小朋友才描圖！」

「親愛的，所以這才叫補課啊。我想今天結束前，妳應該可以畫完十張。記得要畫中間的交錯線，還有標出接點！」費奇說

梅樂蒂又嘆口氣——她顯然很愛嘆氣——然後瞪了喬依一眼，好像在責怪他不該站在那裡看她出洋相。他聳聳肩。畫一個下午的陣學圖似乎挺好玩的。

「動手吧，梅樂蒂。」費奇站起身。「喬依，我也有事情要交給你。」說完就往走廊另一端走去，喬依連忙趕上，露出期待的微笑。約克

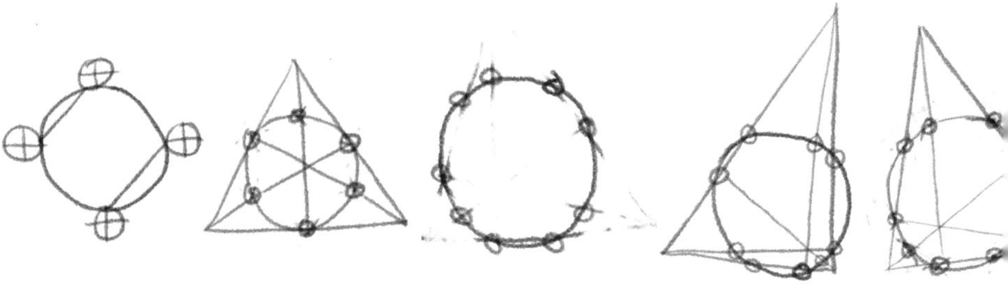

校長說費奇在負責聯邦督察的委託，所以一定很重要，他一整個晚上都躺在床上幻想費奇在做什麼樣的工作。一定是跟陣學、線條之類的……

「人口紀錄。」費奇拿起一大疊裝訂好的簿子，交給喬依。

「抱歉，我不懂。」喬依問。

「你的工作就是要讀完這些簿子裡的所有死亡紀錄，找出過去二十年所有亡故的陣學師，然後把這份名單跟我手邊從亞米帝斯畢業的學生名單進行比對，將那些已故的陣學師名字畫掉。」

喬依皺眉。「聽起來分量不少。」

「一點沒錯。所以我才要有學生助理！」費奇說。

喬依瞥了一眼費奇給他的簿子。是六十座島嶼的死亡紀錄。

「孩子，這工作比你想的容易。在這些紀錄中，陣學師會以星號標注，而訃告上也找得到他們是從八所陣學學院中哪一所畢業的。你只要尋找那些念過亞米帝斯的陣學師，找到後在另外一份名單上搜尋他們的名字，然後畫掉。除此之外，如果你發現已故的亞米帝斯學生，我要你讀讀訃告，看有沒有哪裡……不對勁。」

「不對勁？」喬依問。

「沒錯沒錯，像是他們的死法很不尋常，或是被人殺死這類的。亞米帝斯一年大概有二十名陣學師畢業，如果用八十年來算，意思是我們要查超過一千五百名陣學師！我要知道他們之中有誰已經死了，還有是怎麼死的。」教授搓搓下巴。「我以爲學校會留下紀錄，但我詢問過艾克斯頓後，他說我們沒有追蹤校友的死亡訊息。於是今天我們，哎，就是你，得爲這個疏忽付出代價。」

喬依一屁股坐在凳子上，看著毫無盡頭的人口紀錄。旁邊的梅樂蒂瞥了他一眼，然後暗自偷笑了一下，才繼續回去描圖。

*我給自己惹上了什麼麻煩啊？*喬依心想。

「我的人生，是場悲劇。」梅樂蒂宣告。

埋首於一堆簿子、人名、亡故者的喬依抬起頭。梅樂蒂坐在不遠的地板上，花了好幾個小時在描馬森防禦陣。她的描圖慘不忍睹。

費奇教授坐在角落的書桌前工作，對梅樂蒂的爆發絲毫不加以理會。

她繼續說：「爲什麼？在這些島嶼上的所有人中，偏偏就是我被選中成爲陣學師？我連用描的都畫不出完美的圓形！」

喬依闔上書本。「其實在沒有輔助的情況下，是不可能徒手畫出完美的圓形的。所以陣學決鬥才這麼有意思。」

「紙上談兵。」梅樂蒂瞪著他說。

「妳看。」喬依彎腰拿出一張紙，拾起墨水跟鵝毛筆，順手畫了一個圓。

她湊近細看。「不錯嘛。」最後頗不情願地說。

喬依聳聳肩四下張望，在一本滿是灰塵的書本夾頁中發現垂著一條繩子。他把繩子抽出，用來測量剛才畫的圓圈——先在中央固定其中一端，然後拉緊繩子繞一圈。「妳看，我大概偏了半公分左右。」他說。

「那又怎麼樣？你的圓還是圓得很變態。」她說。

「對，但是如果我們在決鬥，妳又可以看出我圓圈的弧度是從哪裡偏掉，妳就可以從那裡攻擊我。那會成為我的弱點。總而言之，畫防禦圈的重點不是要畫得完美，而是盡量完美。」

「他們應該讓我們用工具，像用條繩子。」

「妳不能指望每次手邊都有圓規，而且用工具畫圓花的時間也比較久。我的圓圈也許不完美，但是已經差不了太多，妳要找到弱點並不容易，尤其是當對手坐在自己的圈子裡，與我有五到十呎距離的時候。」喬依坐回自己的凳子續道：「最好還是學會如何徒手畫出一個正圓，長遠來說，這比妳在陣學中學到的任何東西都有幫助。」

「你知道得不少嘛。」女孩打量他說。

「我覺得很有趣。」

她靠過去。「喂，你要不要幫我畫啊？」

「什麼？」

「哎呀，就是幫我畫完啊。我們交換一下。我可以幫你查這些資料。」

喬依一指。「費奇教授就坐在那裡。妳說的話他大概都聽到了。」

「很清楚。」費奇說，一邊在筆記本裡書寫。

「噢。」梅樂蒂苦著一張臉。

「妳眞是個怪人。」喬依說。

梅樂蒂往後一靠，盤起裙襬下的腿，誇張地嘆口氣。「如果你被迫擁有一個卑微、受盡奴役的人生，也會變得怪怪的。」

「奴役？妳是被選中的，應該覺得驕傲。」喬依說。

「驕傲？驕傲我從八歲起前途就被決定了？驕傲整天都有人告訴我，如果連個笨圈都畫不好，我就會因此賠上性命，甚至是賠上整個美國諸島的安危？我應該要爲沒有自由或自我意志感到驕傲？我應該驕傲有一天會被送到內布拉斯克前線？我覺得我至少還有抱怨的權利。」她說。

「或者妳只是被寵壞了。」

梅樂蒂睜大眼睛，氣呼呼地站起身，然後抓起大型素描本，氣極敗壞地走開。她繞過轉角坐到另一條走廊上，經過時還一不小心撞翻一疊書。

「喬依，請你多做事，少挑釁別人。」費奇教授連頭都沒抬起來。

「抱歉。」喬依拿起簿子。

費奇說得沒錯。工作進展比喬依預期快，但還是很無聊。他爲什麼要做這件事？難道所謂「重要的計畫」只是要更新學校的紀錄？也許校長想找出過去的校友，要他們捐錢給學校一類的。他花了這麼大工夫才得到跟費奇單獨學習的機會，當然想要參與一些有意思的事情。不用有多了不起，但也不該是簿記吧？

他一邊工作，心思一邊飛到內布拉斯克上。費奇的工作跟督察來訪的原因有關，是關於莉莉．懷庭失蹤的事嗎？

也許她跑去內布拉斯克了。梅樂蒂可能不想去，但喬依覺得那個地方刺激極了。一座被其他島嶼包圍的黑暗之島，上頭充滿危險、可怕的粉筆精，那些怪物隨時會逃跑，席捲整個合眾島國。

陣學師們在那裡長年鎮守一個巨大的粉筆圈，圓圈範圍可以容納一座城市。在圓圈外，不同的軍營跟巡邏隊負責把粉筆精關在裡面，而在圓圈內的粉筆精則忙著攻擊防線，試圖逃跑。它們偶爾會突圍成功，這時就輪到陣學師上場。

野生的粉筆精，會殺人的粉筆精，沒有人知道它們從何而來。喬依可以想像粉筆圈畫在灌漿鋪成的水泥地上，據說暴風雨對粉筆圈的破壞最爲嚴重，雖然上方搭了可以抵擋雨水的遮棚，但免不了會從地下滲透，尤其是來自於野粉筆精那邊的地下水。水沖刷掉粉筆的痕跡，造成缺口……

角落的老時鐘指針緩緩朝中午逼近，今天的選修課程到那時就結束了。喬依繼續在筆記本上書寫，努力集中精神，但是滿腦子仍然都是粉筆精、陣學圈。

終於，喬依蓋起人口紀錄的簿子，揉揉眼睛，時鐘顯示離中午只剩十五分鐘。他起身想伸展一下雙腿，走到費奇教授身邊。

喬依一靠近，教授立刻就把筆記本闔上，可是喬依仍然瞥到書頁上似乎有某種圖樣。是陣學圖嗎？被打破的圓圈？

「什麼事，喬依？」費奇問。

「我差不多該走了。」喬依說。

「啊，是嗎？眞的，沒錯沒錯。你的研究結果如何？」

研究？用這兩個字形容好像有些奇怪……「我畫掉了三十個名字左右。」

「眞的？太好了！那明天再接著做吧。」

「教授，我無意冒犯，但是……如果讓我知道這份工作的意義應該有幫助。我爲什麼要查人口紀錄？」

「啊……這……我不知道能不能告訴你。」費奇說。

「這跟拜訪學校的督察有關，對不對？」喬依偏著頭問道。

「我不能說……」

「校長已經跟我說了。」

「他說了啊？」費奇抓抓頭。「我想讓你知道這點應該沒關係，但我眞的不宜多說。告訴我，你在研究的時候，有沒有看到什麼……可疑的內容？」

喬依聳聳肩。「說實在，看這麼多死亡名單有點毛毛的，而且如果追究起來，每個紀錄都很可疑，因爲細節並不多，不過大多數都是死於疾病或年老。」

「有意外嗎？」費奇問。

「有一、兩件。我照你說的標出來了。」

「噢，太好了。我今天晚上就來看看。幹得好！」

你倒是告訴我爲什麼啊？你在查什麼？跟逃跑的女學生有關嗎？還是只是我一廂情願的想法？喬依咬牙心想。

「那你走吧。梅樂蒂，妳也是，可以提早下課了。」費奇說。

梅樂蒂沒幾秒就步出辦公室，喬依則是站在原地一陣子，猶豫著是不是該繼續逼問費奇，但肚子傳來的抗議聲驅使他去找午餐。

他離開去弄點吃的，但在心裡決定下次一定要想辦法讓費奇拿筆記本給他看。

蘇迅防禦陣

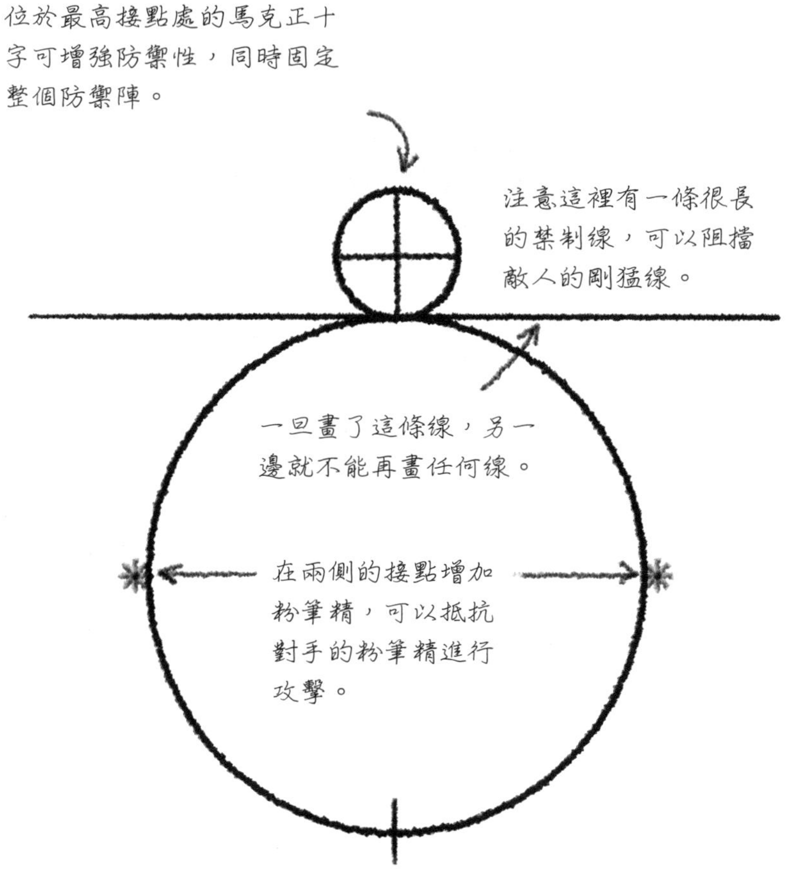
位於最高接點處的馬克正十
字可增強防禦性，同時固定
整個防禦陣。
注意這裡有一條很長
的禁制線，可以阻擋
敵人的剛猛線。
一旦畫了這條線，另一
邊就不能再畫任何線。
在兩側的接點增加
粉筆精，可以抵抗
對手的粉筆精進行
攻擊。

蘇迅防禦陣是一個可以迅速繪製的四點陣，最上面有一長條禁制線，是擅長從兩翼發動攻擊的陣學師所偏好的陣形。

喬依走向草地對面的餐廳。待在學校裡的人不多，超過一半以上的學生都放暑假了，很多職員也乘機休假，就連一些教授都不在學校——他們前往法國或朝鮮不列顛尼亞進行研究及參加研討會。

不過吃午餐的人應該還是不少，所以喬依繞過建築物，從後門走進廚房。一般來說這裡不允許學生進入，但是他不是普通學生。

荷提達今天親自監督午餐進度。那個胖胖的女子朝喬依點點頭，操著濃重的蘇格蘭腔對他說：「喬依，孩子，暑假第一天過得開心嗎？」

「我被困在教授的地窖裡。他叫我讀人口資料。」他說。

「哈！那你一定很高興我有事要告訴你！」

喬依挑起一邊眉毛。

「我兒子幫我們全家都弄到一張旅行證，我們可以去看看家鄉了！一個月後就出發！」

「太棒了，荷提達！」

「自從我的曾祖父被趕出來之後，這是麥克塔維西家的人第一次踏上屬於自己的土地。那批骯髒的鮮人，連返鄉都逼我們要辦許可證。」

因爲高地的屏障，蘇格蘭人在抵抗朝鮮部隊很久之後才被趕出來。要說服蘇格蘭人那裡已經不是他們的土地，簡直是不可能的事情。

「所以妳要不要免除我排隊，直接給我一份三明治當作慶祝？」

荷提達瞪了他一眼，但不到五分鐘就給了他一個拿手的厚實三明治。喬依咬了一口，一面享受煙燻黑線鱈的鹹味，一面走出廚房，來到校園另一邊。

事情不太對勁。約克校長的表現，還有喬依一靠近，費奇就闔上筆記本的動作……很可疑。他該如何才能更接近事情的核心呢？

費奇警告我，陣學師的生活不如外人想像那麼光鮮亮麗，但一定有辦法。喬依告訴自己。也許他能靠自己的力量找出費奇在研究什麼。喬依想了想，看著手中最後幾口三明治，一個計畫在他的腦子裡慢慢成形。他邁步衝回餐廳。

幾分鐘後，他帶著兩份剛做好的三明治走出廚房，三明治分別裝在小紙袋裡。他跑過草地，來到職員辦公室。

喬依進來的時候，佛蘿倫絲跟艾克斯頓不約而同地抬起頭。

「喬依！我沒想到你今天會來。已經放暑假了！」佛蘿倫絲說。

「我不是來工作的，只是來打招呼。妳以爲放暑假我就不會來了？」

佛蘿倫絲微笑。今天她穿著一件綠色的夏季洋裝，卷曲的金髮綁成一個髮髻。「你眞是細心。我相信艾克斯頓一定很高興能夠放鬆一下！」

艾克斯頓繼續在簿子上抄寫。「當然。我很高興又有一件令人分心的事情，不讓我專心處理完週末前必須完成的兩百份期末成績單。太棒了。」

「親愛的，不要理他，他的意思是很高興見到你。」佛蘿倫絲說。

喬依把兩個紙袋放在桌上。「好吧，我得承認我不只是來打招呼的。我去了廚房一趟，廚師覺得你們兩個也許會想要吃午餐。」

「眞貼心。」佛蘿倫絲走過去，就連艾克斯頓都不得不哼了一聲表示同意。佛蘿倫絲把一個紙袋遞給他，兩人立刻吃起來，而喬依也拿出自己只剩幾口的三明治，小口小口地啃著，免得讓人覺得他在這裡是多餘的。

「暑假開始的這四個小時裡，有發生什麼刺激的事情嗎？」他靠著櫃台說。

「沒什麼。艾克斯頓說了，每年的這時候總有很多瑣事要忙。」佛蘿倫絲說。

「很無聊吧？」喬依問。

艾克斯頓朝三明治哼了一聲。

「哎，總不可能天天都有聯邦督察來。」喬依說。

「這倒是眞的。謝天謝地，他一來弄得大家人仰馬翻。」佛蘿倫絲說。

「你們最後弄清楚他拜訪學院的原因了嗎？」喬依問，順便咬了一口三明治。

「猜到一些。」佛蘿倫絲壓低聲音。「我當然聽不清楚校長辦公室裡的談話內容……」

「佛蘿倫絲。」艾克斯頓警告地說。

「哎，別吵，吃你的三明治。喬依，你有聽說過幾天前消失的那個陣學師女孩嗎？莉莉·

懷庭？」女職員說。

喬依點點頭。

「可憐的孩子啊。根據成績看來，她是個很好的學生。」佛蘿倫絲說。

「妳查了她的成績？」艾克斯頓問。

「當然啊。總而言之，我聽說她並不是報紙上寫的那樣逃家了。她成績優異、受人歡迎，跟父母相處也很融洽。」佛蘿倫絲說。

「那她怎麼了？」喬依問。

「被殺了。」佛蘿倫絲輕聲說。

喬依陷入沉默。學院裡的學生被殺了。這很合理，畢竟連聯邦督察都牽扯進來了，可是真的聽人說出這件事的感覺又不一樣。他想起他們討論的是一個貨眞價實的人，不只是邏輯推理。

「被殺了。」他又說了一次。

「是陣學師殺的。」佛蘿倫絲說。

喬依全身一僵。

「妳這只是沒有意義的猜測。」艾克斯頓對她擺擺手指。

「約克關起門前我聽到不少。督察覺得殺人案件和陣學師有關，他想要找專家幫忙。所以——」

喬依身後的門打開又關上，女職員立刻安靜下來。

「我把訊息交給哈波史多克了。」一個女孩子的聲音說。「可是我——」

喬依呻吟一聲。

「是你！」梅樂蒂憤怒地指著喬依。「你果然在跟蹤我！」

「我只是來——」

「我不要聽你的藉口。我有證據了。」梅樂蒂說。

「梅樂蒂，妳的表現太幼稚了。喬依是我們的朋友。他隨時可以來辦公室看我們。」佛蘿倫絲怒叱。

紅頭髮的陣學師冷哼一聲，可是喬依不想跟她爭論。他覺得從佛蘿倫絲那裡應該也沒辦法套出更多話來，所以他朝兩人點點頭後就走了出去。

*被陣學師殺了？他們怎麼會知道？*喬依一走到外面就開始猜想。

莉莉是決鬥失敗被殺的嗎？可是學生不知道那些會使粉筆精變得危險的圖樣。通常用造物線畫出來的粉筆精只能傷害其他粉筆精，要讓它們具有危險性需要特別的符文。

這種符文叫作撕裂符，在學生接受陣學訓練的最後一年，也就是必須保護魔塔周圍的防禦圈時才在內布拉斯克學會，但也不是沒有可能被學生在校外發現它的樣式。如果這件事有陣學師涉入，那找費奇幫忙就很合理了。

*有大事正在發生，而且是重要的大事。*喬依心想。如果他想知道更多，就需要一個計畫。

如果他用最快的速度看完所有紀錄呢？他可以讓費奇知道他有多努力、多願意工作，而且是可以信賴的。到時候費奇教授就得派另一件工作給他，而新工作將讓他更參與其中，清楚整件事情的進展。

擬好計畫後，喬依往費奇的辦公室走去，想要帶幾本簿子回家看。他原本打算利用晚上時間讀小說，他找到一部很有趣的作品，背景設定在朝鮮的可銳王朝，當時朝鮮人剛把蒙古人擊退。不過這本書可以先放到一邊。

他有正事要做。

歐斯本防禦陣

注意兩側的圓圈沒有跟主防禦圈相交。橢圓形只有兩個接點，一個在上面，一個在下面，所以最好不要讓圓圈碰在一起。兩側的圓圈為非必要的結構，可根據時間以及希望達到的防禦效果進行調整。

因為只有一個粉筆精的接點，所以使用這個防禦陣的陣學師應該要在這裡畫一條非常詳細的造物線，以提供額外防護。

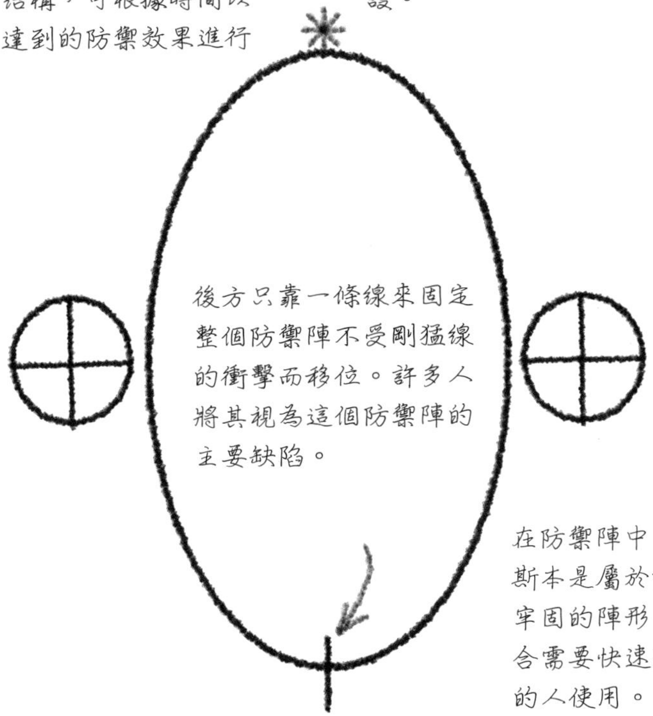

後方只靠一條線來固定整個防禦陣不受剛猛線的衝擊而移位。許多人將其視為這個防禦陣的主要缺陷。

在防禦陣中，歐斯本是屬於前方牢固的陣形，適合需要快速防禦的人使用。

歐斯本也是唯一一個以橢圓為基本的基礎防禦陣，利用橢圓結構前後防禦性較強，但兩翼較弱的特性。

週末來臨時，喬依對於自己有一個重大的體認，這個體認十分深刻，宛如與生俱來的一部分，完全無法辯解。

神主的天意絕對不是讓他成爲一位辦事員。

他對日期感到厭煩，受夠了那些簿子。筆記、交叉比對、人名旁邊的小星號，沒有一樣不讓他反胃。

即便如此，他仍然坐在費奇辦公室的地板上一頁看過一頁。他覺得自己的腦子被吸乾，嘴唇被釘書機釘死，而手指變得不受控制。機械化的工作具有某種蠱惑人心的力量，在完成之前他沒有辦法停下來。

而他也快要完成了。經過一個禮拜的努力後，他已經確認了一半以上的名單。喬依每天都會把紀錄帶回家看到天黑，甚至碰上睡不著的時候，他還會藉著油燈看上好幾小時。

就快了，很快就可以結束這一切。*不是先結束就是我發瘋。*喬依如此心想，一邊在名單上的人名旁邊標上意外身亡的注記。

辦公室另一端傳來紙張磨擦的聲音。費奇每天都會給梅樂蒂不同的防禦圈讓她描圖。她有進步，但還有待長遠的努力。

到了晚餐時間，梅樂蒂不會跟其他陣學師坐在一起，而是自己一個人靜靜地吃飯，其他人也自顧自地聊天。所以覺得她煩的人不只他。

這一個禮拜以來，費奇都在翻看古老發霉的陣學古書。喬依偷看了一兩本，都是十分高深的理論書籍，遠不是他能明白的。喬依把注意力擺回整理人口紀錄的工作上，又勾了一個名字，然後預備換下一本。那是……

最後一張名單有哪裡讓他覺得怪怪的。名單上寫著一堆亞米帝斯學院的學生姓名，並且按照畢業的時間排序，喬依先前已經把過世學生的姓名勾掉，但一個他沒有勾掉的名字引起他的注意。艾克斯頓．L．普拉特（Exton L. Pratt）。辦事員艾克斯頓。

艾克斯頓從來沒有表示過他是畢業校友。就喬依的記憶所及，他一直是辦公室裡的資深辦事員，簡直可以說是亞米帝斯的地標，包括那身筆挺的西裝、領結，還有從加州群島訂製的時髦衣服。

「夠了！」梅樂蒂突然大聲宣布。「我，梅樂蒂．孟斯，受夠了！」

喬依嘆口氣。她爆發的頻率很固定，幾乎只能勉強安靜大約一個小時，然後就必須誇張地爆發一次。

「啊？」費奇教授抬頭問了一聲。「什麼事？」

「我受夠了。」梅樂蒂雙手抱胸。「我覺得我沒有辦法再描下去了。我的手指根本不聽使喚，它們寧可自己從我手上逃掉！」

喬依站直身體，伸伸懶腰。

「我就是不行。一個人在陣學上的表現到底要爛到什麼地步才能讓所有人放棄，放任我去做點別的事？」梅樂蒂說。

「比妳現在這樣要差得遠呢，親愛的。」費奇把書放到一旁。「我在這裡這麼多年，只看過這種事發生兩次，而且都是因爲事件中的學生被視爲危險份子。」

「我是危險份子。你也聽到納利薩教授對我的評語。」梅樂蒂說。

「納利薩教授不像他自己說的在所有事情上都是專家。也許他知道要怎麼決鬥，但是他不了解學生。親愛的，妳還不到無可救藥的地步。妳看看，光一個禮拜，妳的描圖進步多少！」費奇說。

「好啊，下次你想讓一群四歲小朋友見識厲害就找我吧。」她說。

「妳眞的變厲害了。」喬依說。她還是不太行，但是的確有進步。費奇眞的知道該從何下手。

「聽到了嗎，親愛的？」費奇又拿起他的書。「聽到就繼續畫吧。」

「我以爲你是要來指導我的，但你只是坐在那邊看書。我覺得你在逃避責任。」她說。

費奇驚愕地眨眨眼。「描防禦圖是一項經過時間洗禮，並且證實普遍有效的訓練方式，它能讓學生專注於基本技能。」

「可是我練煩了。沒別的事情給我做嗎？」她問。

「嗯，好吧，我想連描七天的圖是有點無聊了。好，我們大家都休息一下。喬依，可以請你幫我搬這些書嗎？」

喬依走過去幫費奇把幾疊書搬開，清空一塊大概六呎長的地面。

費奇往地上一坐。「要成爲成功的陣學師靠的不只是畫線。畫圖能力固然重要，因爲那是一切的根基，但是思考能力更重要。腦筋動得比敵手快的陣學師就和畫得比較快的陣學師一樣厲害。畢竟如果畫的線不對，畫得再快也沒有用。」

梅樂蒂聳聳肩。「似乎有點道理。」

「很好。」費奇從口袋掏出一截粉筆。「妳記得我這週要妳練習的五大防禦陣嗎？」

「怎麼可能忘記？馬森、歐斯本、巴林坦、蘇迅、艾司克瑞奇。」

「這些都是基本陣圖，有各自的強項跟弱點。以這五個陣圖爲範例，我們可以討論陣學師們所謂的『洞悉』。」

「洞悉？」喬依一問出口就在心中大罵自己，萬一被費奇注意到他在聽，說不定他會被叫去繼續整理人口資料。

但費奇連頭都沒抬起來。「不錯。有些年輕的陣學師喜歡稱之爲『預想』，但我覺得這個說法有點普通。我們先從想像兩個陣學師的對決開始。」

他開始在地板上畫畫，不是平常比例大小的圓圈，而是教學用的小圓圈，大概只有一個手掌寬，因爲是用粉筆尖畫的，所以線條偏細。

「想像你在對決。在對決開始以前，你有三個開場的選擇，並且根據自己的策略選擇防守的陣圖。如果妳想要打延長戰就選比較強大的防禦，如果想要趕快結束或發動攻勢的話，那就選比較弱的防禦。

「但同時妳也可以先不畫自己的防禦圈，直到確定敵手想做什麼爲止。我們稱之爲洞悉妳的敵人。妳讓他們取得先機，然後準備相應的守勢來獲得優勢。假設妳的敵人在畫馬森防禦陣。妳的反應是什麼？」

費奇在面前畫出一個小圓圈，在前後的接點畫了更小的圓圈，然後在其他接點加上小粉筆精。第一隻畫的是一條蛇，完成後那條蛇立刻搖頭擺尾地活了過來，開始在圓圈前面來回潛行。蛇的脖子上套著一個小項圈把牠綁在接點上。

「怎麼樣？用哪個防禦陣來跟我對抗最合適？」費奇問。

「我不知道。」梅樂蒂說。

「巴林坦。」喬依猜。

「噢，為什麼呢？」費奇說。

「因為馬森意謂著我的對手必須畫很多防禦用的粉筆精。如果我能很快完成一個基本防禦陣，只要留下空間畫剛猛線，那我就能在敵手畫完防禦陣前開始發射。」

「非常好。嗯，很可惜，這正是納利薩用來對付我的戰略。我想他沒有洞悉我，他很早就開始動筆了，快速的防禦八成是納利薩慣用的風格，而且他很有可能知道我偏好複雜的防禦陣，預測到這樣的戰略很適合對付我。」

費奇停頓片刻後把粉筆放在小防禦圈上，幾秒後，圓圈在粉筆灰中消失。任何陣學師都能用這種方式驅散自己的線條，但同樣的方法對別人的陣圖無效。只要把粉筆抵著自己畫的線條，然後用意念要它們消失即可。

「可是，不要以為採取先攻就能打垮一個好防禦陣。的確，強大的防禦陣在對抗多重敵人時很管用，但是一個優秀的決鬥者可以在對付攻勢的同時，建立起強大的防線。」費奇說。

「所以你的意思是我用哪個防禦陣都沒有差。」梅樂蒂說。

「我完全不是這個意思！呃，好吧，我好像是這麼說的。妳用哪個防禦陣都可以，因爲最重要的是策略。妳必須了解每個防禦陣，才知道選用時可以爲自己爭取到什麼優勢；同時也要了解對手的防禦陣，才能知道他們的弱點。好了，這個呢？」

費奇在地上畫了個橢圓形，然後開始畫出一條條禁制線，上面還有一個粉筆精。

「這是歐斯本防禦陣。」喬依說。

「非常好。當然，這不難判定，因爲只有一個基本防禦陣是以橢圓爲底。現在告訴我，哪個防禦陣適合抵抗歐斯本？」費奇說。

喬依想了想。歐斯本是橢圓形防禦陣，意思是防禦陣的前後遠比一般陣形強大，可是兩邊卻較爲薄弱。

「我會用另一個歐斯本。這樣我跟對方的力量將不相上下，而成爲一場比技巧的決鬥。」

「嗯，我明白了。妳呢，梅樂蒂?妳也會這樣做嗎？」

她開口，也許是想說她才不在乎，然後又想了想。

「不會。」她偏著一頭紅色卷髮。「如果我光顧著看對方在做什麼，就不能用同樣的防禦陣，因爲我已經慢了對方一步，整場比賽我都得追趕對方的腳步！」

「啊哈！正確。」費奇說。

喬依滿臉通紅。他回答得太倉促了。

「那麼，如果妳不要用歐斯本的話，妳會用什麼呢？」

「嗯……蘇迅防禦陣？」

喬依點點頭。蘇迅是一個兩邊大開的快速防禦陣，也是喜歡攻擊型粉筆精的人偏好使用的陣形，這正是可以打敗歐斯本的主要方法，讓粉筆精去攻擊脆弱的兩側。

梅樂蒂朝喬依露出得意的笑容，費奇則把自己的粉筆圖給消掉。

*原來如此！*喬依心想。「再來一次，教授。」

「嗯。你不是該去處理簿子？」

「再給我一個打敗她的機會。」喬依說。

「好吧。你們把粉筆拿出來。」

喬依一愣。他身上沒有粉筆。「我能不能……跟妳借一塊？」他尷尬地對梅樂蒂低聲問。

她翻翻白眼，卻還是拿了一塊給他，然後兩個人並肩跪在地上。費奇開始畫著，喬依在一旁觀看，想要猜測他在畫什麼防禦陣。是圓圈，所以不是歐斯本。費奇在最上方又畫了一個小圓圈和禁制線。

*蘇迅。又是蘇迅防禦陣。*喬依心想。

蘇迅在前面有一條禁制線，一旦畫下去，費奇就再也不能跨越線的另一邊。這讓蘇迅防禦陣有一個非常強大的前方，但是卻無法防守，陣學師會把時間花在畫出兩側的粉筆精，讓它們

去攻擊。

*我必須猛攻前方，從他認爲強大卻無法防守的地方突破。*喬依心想。

意思是巴林頓可能是最好的。可是喬依沒有畫那一個。他想要畫更具效果、更誇張的陣。他在粗糙的木頭地板上快速畫著，完成一個九點圈，周圍綁著許多粉筆精，爲自己創造一個強大的防禦圈。他沒有用禁制線固定，而是立刻畫出剛猛線來攻擊費奇圓圈的正前方。

「好了，我們來看看，嗯……」費奇站了起來。

喬依瞥向旁邊。梅樂蒂畫了巴林頓防禦陣，而且以她的程度而言已經畫得不錯了。線條有點起伏，圓圈也是歪的，但是每個部分的位置都畫對了。

「沒錯，親愛的，妳其實畫得很好。也許妳不擅長畫圓圈，但妳會用陣學師的方式思考。」費奇彎下腰更仔細地研究她的圖畫。「天啊！看看那個粉筆精！眞棒！」

喬依跟著靠過去。大多數陣學師都用很普通的粉筆精。蛇、蜘蛛，偶爾有龍。費奇自己喜歡比較複雜的圖，顯然比線條簡單的更強大。喬依沒有太多機會研究粉筆精理論。

梅樂蒂只有一隻粉筆精，因爲巴林坦上只能畫一隻，儘管圖不大，但是她畫得無比細膩又複雜。那隻小熊身上有陰影，還有代表毛髮的細線，比例十分完美。牠在圓圈前面的地板上走來走去，一條細小的鍊子把牠綁在接點上，鍊子的每段扣環都是逐一畫出。

「厲害。」喬依忍不住稱讚。

「沒錯。而且在這個情況下，巴林坦是正確的選擇，不過一個擁有強大的防禦，能夠抵抗眾多粉筆精的陣法也相當不錯。」

費奇瞥向喬依的圓圈。「嗯，九點圈？小子在炫耀是吧？」

喬依聳聳肩。

「嗯，喬依，我必須說你畫得不差。第三點偏了幾度，但是其他算是在容許範圍內。這是山形防禦陣嗎？」

「修改版。」

「沒有禁制線？」

「你畫了蘇迅，所以你應該不會用很多條剛猛線，除非你是擊偏剛猛線的專家，但是從陣法來看又不像，所以你不可能把我的陣推歪，意思是我不需要固定自己的位置。」

「很有道理。不過如果我注意到你在做什麼就不一定了。記得，我隨時可以取消禁制線改從前方突襲！」

「這會花上你幾秒的時間，我會注意到並且加強我的防守。」喬依說。

「假設你有在仔細觀察我。」費奇說。

「相信我，我一定會。」

「嗯……我相信。你畫得的確很出色。我想說不定你們兩個都能打敗我！」

不太可能。喬依心想。他看過費奇畫畫，那個人很強，或許在決鬥時沒有什麼信心，但還是很出色。不過喬依認爲教授不是在敷衍他們，而是在鼓勵他們。

從梅樂蒂的反應看來很有效，她似乎對畫畫覺得興奮了。

「再來呢？」她問。

「嗯，我想我們可以多畫幾個。」費奇教授讓自己的粉筆線消失。梅樂蒂也是。

喬依低頭看著自己的圖。「嗯……你有板擦嗎？」

費奇訝異地抬起頭。「噢！這……我想想看。」

在書本、紙張等雜物中翻找了大約五分鐘後，費奇拿出一個板擦。喬依用了，但效果不好，粉筆灰讓地板變得灰濛，畢竟地板原本就不是用來畫圖。

喬依感覺到自己的臉頰漲紅，刷得更用力。

「喬依，也許應該讓你用板子畫……」費奇掏出一塊小黑板。

喬依低頭看著地板上擦不乾淨的粉筆畫，像是很清楚地提醒他自己的身分。無論他有多努力，多想學習，他永遠都成不了陣學師，沒有辦法在一念之間就讓粉筆線活起來或消失。

「我該回去查資料了。」喬依站起身說。

「跟我們一起多畫幾個吧。」費奇晃晃手中遞出去的小黑板。「你看那些人口資料看得夠辛苦了，讓孟斯小姐有個競爭對手也好。」

喬依感覺一口氣哽在喉嚨裡。這是第一次有陣學師開口邀請喬依參與。他露出微笑，伸手接過黑板。

「太好了！」費奇說。他似乎對教導他們的興致遠大於研究。

接下來幾個小時，他們畫了十幾種不同的防禦與反擊的範例。費奇畫了更複雜的陣圖挑戰喬依跟梅樂蒂，針對個別的陣圖讓他們討論數種攻擊方法。他們沒有進行眞正的決鬥，費奇教授似乎刻意迴避這類的事。

他選擇的是畫圖、解釋、指導。他們討論哪些防禦陣最適合用來抵抗多數敵人，他們討論爲什麼需要重視被包圍的情況——因爲在內布拉斯克的戰場上，一個陣學師也許要同時對付來自多方的進攻。他們討論時間差、如何強化自己的優勢以及一般理論，當然其間穿插進更多繪圖。

喬依興奮地投入其中，雖然這並不是他一直夢想的陣學理論課程，但是可以跟眞正的陣學師一起畫圖實在太棒了！

而且比看人口資料要好太多。

最後，費奇瞥向時鐘。「今天就先這樣吧。」

「什麼？」梅樂蒂原本在看剛畫好的陣圖，猛然抬起頭。「不行！他贏了我！」

喬依得意地微笑。根據他的計算——他猜梅樂蒂也在算——費奇讚賞喬依的反攻七次，梅樂蒂只有選對三次。

「贏？這又不是比賽。」費奇說。

「對啊，梅樂蒂。這不是比賽，至少有妳參加就算不上比賽。根本比不起來。」喬依說。

她整個人往後縮，看起來像是被人打了一巴掌。喬依呆愣著，意識到自己剛才說的話有多傷人。

梅樂蒂沒有回嘴，反而抓起了她的素描本。「我……我多練習畫畫好了，教授。」

「好的，親愛的。這麼做很好。」費奇朝喬依瞥了一眼。「喬依，我需要把一些書放回圖書館，你能幫我嗎？」

喬依聳聳肩，然後抱起教授指著的一疊書，跟他走入樓梯間。梅樂蒂留在房間裡，低聲啜泣。兩人出了樓梯間，來到校園的草地上，強光讓喬依不住眨眼。待在費奇的辦公室很容易就忘記時間。

「喬依，你的繪圖能力很優秀。我真的不認爲自己見過技巧跟你一樣出眾的學生。你畫的圖就跟練習了三十年的人一樣。」

「我的九點圈經常畫錯。」喬依說。

「大多數陣學師連九點圈的邊都摸不到。你的能力非凡，況且你還不是陣學師。可是你同時也是毫無體貼之心的惡霸。」

「惡霸！」喬依驚呼。

費奇舉起手指。「最危險的人不是年輕時老愛欺負別人的人。那種人會變得懶惰，而且對自己的人生過於滿足，鮮少成爲眞正危險的人物。可是年輕時經常被人欺負的人……當這個人得到一點力量，一點權威以後，往往會利用這點成爲像歷史上最殘暴的軍閥那樣的角色。我擔心你會變成這種人。」

喬依低下頭。「我不是故意要讓她出醜，教授。我只是想盡力畫好！」

「孩子，盡力沒有錯。」費奇口氣變得嚴肅。「你永遠不需要以自己的能力爲恥。可是你在辦公室裡說的最後那句話……那不是一個以自己能力爲傲的男孩，那是一個以自己比別人優秀爲傲的男孩。你讓我很失望。」

「我……」他能說什麼？「對不起。」

「你該道歉的對象不是我。你還年輕，喬依，還有時間可以決定自己想成爲什麼樣的人，不要讓嫉妒、怨恨或憤怒引導你的未來。也許此時我對你說這些話過於嚴厲，只要向我保證，你會回去想想我說的話。」

「我會的。」

兩個人繼續走在校園裡，喬依抱著書，覺得整個人無比羞愧。「教授，你眞的覺得可以把她訓練成偉大的陣學師嗎？」

「梅樂蒂？她唯一的阻礙是她對自己的懷疑。我看過那個女孩的紀錄。經過這麼多事情，她還能繼續努力下去，其實已經很了不起了，只要好好訓練她的基本能力——」

「是費奇教授啊！」一個聲音喊。

費奇驚訝地轉身。喬依之前沒注意到，但在學院前面，就是草皮延伸至小丘上一塊鋪了水泥的空地，聚集著一小群人。一名穿著紅色陣學外套的人站在那裡，雙手在身前交叉，看著下方的喬依跟費奇。

「納利薩教授。你現在不是應該在上課嗎？」費奇說。

「我們今天在外面上課。」納利薩朝坡頂點點頭，有一大群陣學學生跪在水泥地上畫圖。

「實踐是唯一的學習方法，而戰鬥是唯一的勝利方法。這些學生已經在沉悶的教室跟課堂上浪費太多時間。」

也讓他能夠炫耀自己的能力。喬依注意到納利薩這番表現引起附近一群在踢足球的學生跟教授們注意。

「嗯，有意思。那祝你們愉快。」費奇說。

「教授，你確定不想上來嗎？跟我小比一場如何？讓這些孩子們再看看貨眞價實的陣學？我當然讓每個學生都跟我比過了，但是他們完全不是對手。」納利薩高喊。

費奇臉色刷白。「呃，我不覺得——」

「來嘛，你想想看，你上次表現得那麼差，我以爲你會迫不及待地想要重新證明自己的實力！」納利薩說。

「去啊，教授。你可以打敗他的。我看過你畫圖，你比他好太多了。」喬依低聲說。

「多謝了，教授。」費奇喊著，一手按上喬依的肩膀讓他轉身離開。喬依注意到那隻手明顯在顫抖。

喬依不情願地讓費奇把他帶開。他可以聽到納利薩對學生大喊，之後傳來一陣笑聲。

「爲什麼？你爲什麼不跟他決鬥？」喬依邊走邊問。

「這麼做沒有意義，喬依。這一年內我無法贏回我的職位。如果我又輸了，只是受到再一次侮辱；如果我贏了，也會讓納利薩對我產生更強烈的敵意。」

「他這個人眞是假惺惺。一邊說什麼不要非陣學師出現在他的教室，卻又把學生帶到外面展示給所有人看？」喬依說。

「大混戰的時候也是如此。納利薩應該是想要讓他們習慣在眾人面前畫陣，但我明白你的意思。無論如何，我不會讓自己處在必須跟他再度決鬥的情況下，這樣完全不是紳士的作風。」費奇說。

「納利薩不配被當成紳士對待。」喬依握緊拳頭恨恨地說。如果真有惡霸，那個人一定就是納利薩。「你真的應該再跟他比一次，教授，無論是不是出於自尊。對你來說都沒有損失。如今所有人都認定納利薩比較強，可是如果你贏了，正好讓他們好好想想。」

費奇沉默許久。「我不知道，喬依。我就是……唉，我就是不擅長決鬥。他打敗我，而且也是應該的。不了，不了，我不想再跟他決鬥，一次就夠了，這件事不必再提。」

喬依不禁注意到，在接下來的一路上，教授仍然微微顫抖。

三條強勁的內部禁制線讓這個防
禦陣非常穩定，完全不會移動。

然而這些線條多少對陣
學師畫陣造成限制。

小圓圈裡的禁制線應該
朝向敵人。

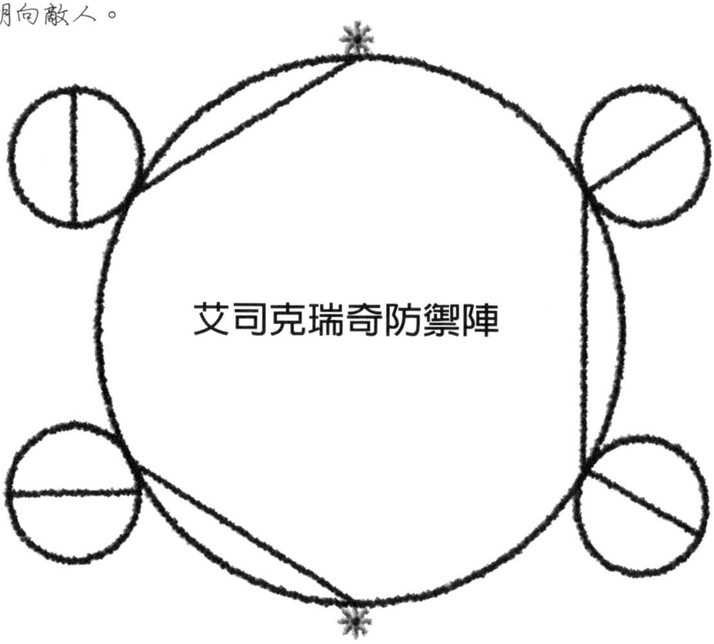

在教授學生的防禦圈中，艾司克瑞奇防禦陣是較為複雜的陣圖。這個防禦陣非常堅固，可用來抵擋多數敵人，同時提供良好的彈性。

好了！喬依心滿意足地用力把簿子闔上。兩個禮拜過去，他也把所有資料看完了。

他翻翻手中的紙。最久遠的一張列出八十年前的畢業生，名單上的每一個人都被他畫掉了，接下來七、八年的名單也一樣。最新的名單是去年的畢業生，只有一個人死於內布拉斯克的一場意外。

除了費奇要的報告，喬依另外整理出一張下落不明的陣學師名單。除了莉莉・懷庭，名單上都是很久以前的人，但是他想費奇應該會對這份資料有興趣。

他伸手去轉書桌旁邊的油燈，讓齒輪慢下來，光線也變得黯淡。他有點意外地發現自己居然感覺到一股成就感。

他把那疊紙夾在腋下，抓起一直在查找的簿子，準備離開圖書館。時間很晚了，他大概又錯過了晚餐時間，但是他剛才差一點就能結束，根本停不下來。

圖書館的書架宛如一道道迷宮，不過大多數的書架只有五呎高，喬依看到有些閱讀室裡還有其他人，每盞燈都搖曳出一片光亮。圖書館很快就要關了，窩在裡面的人也會一個個被趕出來。

喬依經過圖書館管理員托倫太太的身邊，然後快步走上草皮。他在近乎漆黑的夜色裡跨越校園，心中猜想著有沒有辦法能從廚房要到一點吃的，然而他才剛完成一件大工程，整個人的注意力不在食物上，而是想跟某個人分享。

還不到十點，費奇教授一定還醒著。喬依心想，瞥向陣學學區。他會想知道喬依已經完成工作了，對吧？下定決心後，喬依立刻在校園中跑了起來，經過發條油燈散發的一團團光圈，油燈同時也照亮著旋轉的齒輪跟閃爍的發條，然後他看見一個熟悉的身影坐在陣學寢室外的草地上。

「嗨，梅樂蒂。」他說。

她沒抬頭，繼續藉著油燈的火光畫畫。

喬依嘆口氣。梅樂蒂顯然很會記仇。對於上次調侃她的事情他已經道歉過三次，但她還是不肯跟他說話。隨便她，關我什麼事？他心想。

喬依快步走過她身邊，腳步雀躍地來到禦敵樓。他爬上通往費奇辦公室的樓梯，興奮地敲門。教授不久後前來應門。喬依想得沒錯，他連睡衣都還沒換，依然穿著白背心跟陣學師的長外套，整個人看起來有點慌亂——頭髮亂翹、眼神渙散。但費奇經常如此。

「什麼？啊？噢，喬依啊。什麼事，孩子？」費奇說。

「我完成了！」喬依舉起手中的紙張跟人口紀錄。「我完成了，教授。我看完所有的簿子！」

「噢，這樣啊？」費奇的聲音幾乎不帶一絲情緒。「太好了，孩子，太好了。你辛苦了。」說完便轉身離開，幾乎像是在夢遊一樣，留下喬依一個人站在門口。

喬依放下手中的那疊紙。就這樣？我在這件事上花了兩禮拜！甚至熬夜不睡，沒日沒夜地就在趕這個！

費奇飄回放在L形辦公室轉角的書桌前，喬依跟著走進來，關上門。「教授，我完全按照你的要求，所有的名字都加上注記。你看，我甚至多做了一張失蹤名單！」

「很好，謝謝你，喬依。你可以把報告放在那疊東西上。」費奇說著坐下。

喬依感覺到一股濃重的失望。他把紙張放下，心裡突然浮現一個恐怖的念頭：他是不是被敷衍了？費奇跟校長是不是合力編出研究助理的計畫，避免讓喬依惹麻煩？他整理好的名單會不會像走廊上的諸多書本一樣丟在旁邊積灰塵，完全被遺忘？

喬依抬起頭，努力不要這樣想。費奇教授縮在書桌前，撐著桌面的左手肘用手掌把臉遮住，另一手拿筆敲著紙。

「教授，你還好嗎？」喬依問。

「我沒事。」費奇疲累地說。「我只是……覺得自己怎麼到現在還想不通！」

「想通什麼？」喬依小心翼翼地走近。

費奇沒回答，桌上的紙似乎引走他全部的注意力。

喬依嘗試另一個策略。

「教授？」

「嗯？」

「你現在要我做什麼？我完成了第一個任務。我想你應該還有別的事情要我幫忙？」那些跟你的研究有關的事？

「嗯，對。你做得很好，比我料想的快很多。你一定很喜歡做這種事。」費奇說。

「這樣講或許有點……」喬依說。

費奇自顧自地往下說。「如果你能找到所有從內布拉斯克退役下來，住在這座島上的陣學師地址，一定很有用。你從這件事開始吧？」

「找到……教授，我要從哪裡開始啊？」喬依問。

「嗯？你可以查看近年的人口紀錄，將上面的名字逐一與其他學院的陣學師畢業生進行比對。」

「你在開玩笑！」喬依說。費奇說的這項工作可能要花好幾個月才能完成。

「我懂，我懂。但這件事非常重要……」費奇說。他的心思顯然不在這件事上。

「教授？你怎麼了？發生什麼事了嗎？」喬依問。

費奇抬起頭看著他，神情變得專注，彷彿現在才看到喬依在辦公室裡。「發生什麼事了……你沒聽說嗎，孩子？」費奇問。

「聽說什麼？」

「昨晚又有一個學生失蹤了。警方今天下午對外公布這個消息。」費奇說。

「我一整個下午都待在圖書館裡。」喬依走向書桌。「失蹤的那個學生也是陣學師嗎？」

「對。賀曼・立貝。我以前班上的一個學生。」費奇說。

喬依注意到費奇難過的眼神。「我很遺憾。他們還是認為這些失蹤案跟陣學師有關嗎？」

費奇抬起頭。「你怎麼知道？」

「我……因為你叫我找陣學師的住處，校長也說過你正在替聯邦督察進行一項重要的計畫。所以我覺得很顯然一定是這樣。」

「噢。」費奇低下頭看著紙張。「所以你知道這是我的錯了？」

「你的錯？」

「對。我負責解開這個謎團。可是到現在為止，我沒有任何發現！我覺得自己很沒用，如果我能早點找出真相，那麼也許可憐的賀曼就不會……天知道他發生了什麼事？」費奇說。

「教授，你不用責怪自己。這不是你的錯。」喬依說。

「是我的錯。我需要負責。要不是我完成不了這項工作……」費奇嘆了口氣往下說：「約克應該把這個問題交給納利薩教授。」

「教授！納利薩或許決鬥時打贏你，但他甚至還不到二十五歲，而你花了一輩子研究陣學，絕對是比他優秀的學者。」

「我不知道……」費奇說。喬依看到桌上有好幾張紙，上頭有詳細的筆記跟繪圖，全部都是用墨水書寫的。

「這是什麼？」喬依指著一張圖問道。看起來像是簡化版的馬森防禦陣，或者該說是殘缺不全的陣。上頭可以看出防禦陣少了好幾塊，就像是有幾處被粉筆精挖掉了，即使沒有被打破的線條也帶有凹凸不平的痕跡。

費奇手臂擋起紙張。「沒什麼。」

「也許我能幫忙。」

「孩子，你才告訴我二十四歲的納利薩教授經驗不夠，而你才十六歲！」

喬依全身一僵，然後點點頭，神情苦澀。「對，沒錯，我連陣學師都不是。我懂。」

「別這樣，孩子。我不是要打擊你，而是……唉，約克校長要我低調處理這件事。我們不想要造成恐慌。說實在的，我們甚至不知道是否有犯罪發生，也許只是巧合，這兩個年輕人都決定要離家出走。」費奇說。

「你不相信。」喬依端詳著費奇教授的表情。

「對。」他承認。「兩個地方都找到了血跡。不多，但就是有，不過沒有發現屍體。這些孩子在被打傷後帶走了。」

喬依感覺全身一涼。他跪在書桌邊。「聽我說，教授，校長要我當你的研究助理，對不對？這不就代表他認爲我應該參與這個研究？我知道要怎麼保守祕密。」

「不只是這樣，孩子。我不想要讓你捲入危險的事情。」費奇說。

「不論這到底是怎麼一回事，似乎都只針對陣學師，對不對？也許這就是爲什麼約克校長會派我來。我知道不少關於陣學的知識，卻沒辦法畫出具陣學力量的線條。我應該是安全的。」

費奇坐在那裡思索了一會兒，然後他移開手臂，露出放在桌子上的筆記。「好吧，校長的確交給你這項任務，而且說實話，能有個人一起談談很好。這些圖我已經看了好幾百遍！」

喬依迫不及待地往前湊近，想看清楚那些圖。

「這些是警方在莉莉．懷廷的失蹤現場畫的。我忍不住懷疑畫圖的警官會不會漏掉什麼？以陣圖的複雜程度，不應該讓不懂陣學的外行人來畫！」

「這是馬森防禦陣的殘片。」喬依說。

「對。在莉莉消失的那個晚上，她跟父母參加了一場晚宴，她大約在十點左右提早離開。當她的父母幾個小時後到家發現前門被破壞，客廳中央留下這個粉筆圖，而莉莉不見了。家裡跟學校都沒有她的蹤影。」

「她的線受到粉筆精的攻擊。很多粉筆精。」喬依研究著圖像。

「可憐的孩子。」費奇低聲說。「他們在圓圈內找到血跡。做這件事的人知道撕裂符，也就是說這個人去過內布拉斯克。」

「可是她有可能還活著，對不對？」

「我們可以抱持希望。」

「你要負責什麼？」喬依問。

「找出這是誰做的，或者盡量提供督察關於凶手的消息。」費奇說。

「就只靠一張圖？」喬依問。

「嗯，還有這些。」費奇說著取出另外兩張圖，上頭畫著逼真的素描，像是藝術系學生畫的水果靜物。第一張畫的是木頭地板，另一張畫的是磚牆，兩張上面都有斷裂的線條。

「這是什麼線？」喬依問。

「我不確定。但都是用粉筆畫的，第一條畫在屋子裡的玄關，第二條位於屋子外牆。」

「這不是陣學線。」喬依說。第一條線銳利而起伏，像是有尖刺的山，第二條呈螺旋狀，像是小孩子隨手的塗鴉，卻似乎有哪裡讓喬依覺得熟悉。

「對。爲什麼要畫下這些線？是爲了要誤導我們嗎？還是另有玄機？」費奇說。

喬依指回原本那張圖，那個殘缺的馬森防禦陣。

「我們假設這是莉莉畫的？」

「圓圈附近有一塊被拋下的粉筆，用的是亞米帝斯的配方，而且這個馬森防禦陣是我的。每個教授教導的防禦陣都有些微的不同，我認得自己學生的筆跡。這是莉莉的圓圈，絕對是。她是我教過最優秀的學生之一，非常聰明。」

喬依研究著圓圈。「這圓圈……被大量的粉筆精攻擊，教授。粉筆精用得太多，反而會互相妨礙。做這件事的人沒有很好的策略。」

「對。這是一個可能，另一個是他的策略就是以量取勝。」費奇說。

「對，但是上禮拜，你讓梅樂蒂跟我畫圖給你看的時候，你告訴我們馬森防禦陣抵抗造物線的能力卓越，你說用來對抗馬森最好的方法是用剛猛線，這個圓圈上沒有半點剛猛線的攻擊痕跡，只有粉筆精的咬痕跟抓痕。」

「說得好，喬依。你的確具備陣學的眼光。我也注意到了，但這告訴我們什麼？」

「那個人不可能在短時間內畫出這麼多粉筆精。要打破馬森，必須要有非常詳細、強大的粉筆精。防守的一方向來有優勢，因爲接點讓他們的粉筆精更具力量。以此推斷，攻擊者不太可能在防守的人畫馬森的這段時間，創造出強大的粉筆精來造成這樣的損傷。」

「意思是……」

「這些粉筆精是已經畫好的。」喬依突然明白。「所以才沒有找到攻擊者的圓圈！他不需要保護自己，因爲莉莉一定沒有時間完成任何攻勢。攻擊者一定是讓他的粉筆精在某處等待，用禁制線加以抵擋，直到莉莉靠近才把它們放出來。」

「沒錯！我正是這樣想的！」費奇說。

「但這幾乎不可能。」喬依說。粉筆精很難控制，一定要給它們很精準、簡單的指示，像是：前進、碰到牆壁時右轉，或是前進、找到粉筆時攻擊。「那個人要怎麼打破大門，然後指揮一個粉筆精軍隊攻擊莉莉？」

「我不知道，但是我在想會不會跟這兩條線有關。我這兩個禮拜都在書裡找線索，也許這條起伏的線條是剛猛線，只是畫得很差？有些線如果畫得不好，不會有陣學力量，只是地上的粉筆痕跡。另一條也許是禦敵線。粉筆有時候會出現奇怪的反應，我們並不完全了解。」

喬依拉過一把凳子坐下。「這不合理，教授。如果粉筆精容易控制到能做出這種事，我們根本不需要禦敵圈，只要準備一盒粉筆精準備釋放攻擊就可以了。」

「沒錯。除非有人發現我們不了解的事情，給粉筆精新的指示？這幾乎感覺像是……」

「是什麼？」

費奇沉默良久，最後終於開口。「野粉筆精。」

喬依全身發冷。「它們被困在內布拉斯克，離這裡有好幾百哩遠。」

「對，沒錯。眞是！我在說什麼傻話。況且野粉筆精也沒辦法帶著人跑。它們會把人咬成碎片，留下殘缺不全的屍體。做這件事的人一定把莉莉一起帶走了。我——」

費奇接下來要說的話被門上傳來的敲門聲打斷。「又會是誰？」費奇走過去開門，一名高大的男子站在門外，腋下夾著藍色的警帽，肩膀上扛著一把修長的來福槍。

「哈丁督察！」費奇說。

「教授，我剛從第二起犯罪現場回來。我可以進來嗎？」哈丁說。

「當然可以，當然可以。嗯，抱歉，屋子很亂。」費奇說。

「的確。老兄，我沒別的意思，但這麼邋遢的住所絕對無法通過戰地檢查！」哈丁說。

「我只能說幸好我們不在戰場上。」費奇在督察身後把門關上。

「我有重大的消息要告訴你，費奇。」督察的聲音渾厚，像是習慣大聲說話，發號施令的人。「我希望你在這個案子上有偉大的表現，士兵。人命關天啊！」

「呃，我會盡力。我不知道自己能幫上多少忙，不過一定會全力以赴，但也許我不是最合適的人選……」

「不要妄自菲薄！」哈丁大步走入房間。「約克對你的評價很高，沒有比得到直屬長官的正面評價更好的推薦了！我認爲我們現在應該要——」

他一看到喬依立刻打住。「這個年輕人是誰？」

「我的研究助理。他在幫我處理這個問題。」費奇說。

「他的安全級別是什麼？」哈丁問。

「他是個好孩子，督察。非常可靠。」費奇說。

哈丁打量著喬依。

「我一個人沒有辦法完成工作，督察。我希望我們能讓這孩子參與案件調查。我的意思是正式參與。」

「孩子，你叫什麼名字？」

「喬依。」

「不是陣學師啊。」

「對，我不是。很抱歉，先生。」喬依說。

「永遠不要因爲自己的身分而感到抱歉，孩子。我也不是陣學師，但我以此爲傲。在前線時，這一點還救了我好幾次！那些東西會先找雞毛撢們下手，經常忽略我們這些普通人，忘記一桶酸液跟陣學師的線一樣，照樣能把它們擦得乾乾淨淨。」

喬依聽了露出微笑。「先生，抱歉多嘴問一句……你是警官還是軍人？」

哈丁低頭看著自己的金釦藍布警官制服。「我在內布拉斯克的東翼服役了十五年。孩子，我是憲兵，最近調到這裡的民事部門。我……唉，要適應還眞不容易。」說完督察轉身看向費奇。「這小子不錯，有你替他擔保我沒有異議，現在我們需要好好談談。你查出些什麼？」

「很可惜，但跟我兩天前告訴你的事情差不多。」費奇走到書桌前。「我很確定對方是陣學師，而且非常強大且聰明。我打算讓喬依調查人口資料，把所有住在這一帶的陣學師名字都蒐集起來。」

「很好。可是我在警局已經叫人把這件事完成了。我再把名單給你。」哈丁說。

喬依鬆了一口氣。

「我也叫喬依查了過去的人口資料，尋找因奇怪原因死亡或消失的陣學師，也許我們能找出有用的線索。」費奇說。

「好主意。但那些畫呢？費奇，我的人可以處理數字的問題，但阻撓調查進度的是陣學，該死的陣學。」哈丁說。

「我們正在研究。」費奇說。

「我對你有信心，費奇！」哈丁用力一拍教授的肩膀，從腰帶拿出一個卷軸放在桌上。「這是第二起失蹤案的現場繪圖，你有什麼發現立刻告訴我。」

「當然。」

哈丁彎下腰。「我認爲那些孩子們還活著，費奇。我們分秒必爭。幹了這件事的雜碎……他在挑釁我們。我可以感覺出來。」

「什麼意思？」

哈丁調整了肩膀上來福槍的位置。「第一個女孩，她家距離聯邦警局只相隔三戶。在她消失之後，我把巡警人數增加一倍，而第二個學生正是在我們巡邏的同一街區被抓走的。這不只是綁架，躲在暗處的凶手想讓我們知道他們正在動手，而且完全不在乎我們有多近。」

「我懂了。」費奇一臉憂心忡忡。

「我一定會逮到他。不論是誰幹的，我一定會把那個人揪出來。在我的眼皮底下，絕對不允許有人對孩子下手，至於要去哪裡找人就全靠你了。」哈丁說。

「我盡力。」

「很好。那麼晚安了，好好加油，我會再來的。」他俐落地朝喬依點頭，自己開門離開。等門一關上，喬依便興奮地轉向費奇。「看看這些新畫，也許有更多揭開謎底的線索！」

「孩子，要記住，這是一個年輕人的生命，不只是一個謎團而已。」費奇說。

喬依嚴肅地點頭。

「我還是不確定讓你參與是好是壞。我應該先跟你母親談過。」費奇不情願地解開紙卷的綁繩，最上面那張是警方報告。

被害人：暫定爲賀曼．立貝，瑪格麗特與李藍．立貝之子。十六歲，就讀亞米帝斯學院，陣學師。

事件：立貝於自家宅邸的臥室中遭到襲擊與綁架。事發當日立貝因爲學校規定於週末返家，父母睡在三個房間外的臥室，據稱沒有聽到任何聲響。僕人同樣供稱沒有聽見動靜。

犯罪現場：地面有血跡。臥室地板與窗外有奇特的粉筆圖（陣學圖？）

犯人：不明。無證人，可能爲陣學師。

動機：不明。

費奇教授翻到下一頁，上面標記著：「於賀曼．立貝失蹤現場發現之粉筆繪圖。血跡處以X標明。」圖片是幾個相疊在一起的正方形，中間有個圓圈，正方形的四個角都被破壞，而附近的痕跡跟莉莉．懷廷家裡的圓圈受損方式相同。喬依猜測那些斷裂的線條是被毀滅的粉筆精，但很難說。

「嗯。他把自己封在裡面。」費奇教授說。

喬依點點頭。「他看到粉筆精要來了，所以就用禁制線把自己封住。」

這實在是很糟糕的決鬥策略，畢竟禁制線阻擋的不只是粉筆精，也包括所有物體。陣學師沒有辦法把手伸過禁制線去畫更多保護自己的線條，賀曼把自己封住時也就決定了他的命運。

「他不該這麼做。」喬依說。

「也許吧。但如果他擔心對方以數量壓制他，這有可能是唯一的辦法。禁制線比禦敵圈更強。」費奇說。

「除了角落。」喬依說。

禁制線必須是直線，而直線沒有接點，從圖上可以看出粉筆精就是從角落進來的。但費奇說得對，粉筆精移動速度很快，逃跑也許是更糟的選擇。

唯一的選擇就是藏好，用大量的線把自己關起來，然後大喊救命及等待，希望有人會聽見呼救聲。其餘的，困在禁制線裡的人只能坐在原地，看著成群的粉筆精一直咬著防禦圈，距離自己越來越近，突破一條條防線……

喬依打了個冷顫。「你有注意到這些點嗎？」

費奇更仔細地看了一下。「嗯，有。」

「看起來像是粉筆精被撕裂之後的殘片。」喬依說。

「有可能。」費奇瞇著眼睛端詳。「現場模擬的品質不太好。該死！警方的繪圖者根本不知道哪裡重要，哪裡不重要！」

「我們需要親自去趟現場。」喬依說。

「對，但現在恐怕已經太晚了。警察四處走動一定把粉筆痕跡弄糊了，此外還會往禁制線上潑酸液，方便他們在房間裡走動蒐證。除非……」

他沒有把話說完。

*除非有另一起事件發生，否則我們沒有辦法檢查犯罪現場，而且要讓警方知道在我們抵達之前什麼都不能碰。*喬依心想。

意思是要等另外一個人失蹤。這似乎不是什麼太好的主意，最好還是從他們手邊的線索開始著手。

「你看。」費奇看著第三張，也是最後一張紙，上面有一個弧線組成的圖樣，和在莉莉家發現的很像。圖上的標題寫著：「受害者房間外牆上發現的奇特粉筆圖樣」。

「好奇怪。跟之前一樣的圖，但這不是陣學圖。」費奇說。

喬依把紙張舉到光源前面。「教授，我在別處看過這個圖形。我確定看過！」

「這個設計很簡單，也許你是在地毯或石雕上看到的？你會不會覺得這個圖樣有點蘇格蘭風？也許這是殺手……呃，綁架犯的標記。」

喬依搖搖頭。「我覺得我是在跟陣學有關的地方看到的。也許是我讀過的書裡？」

「如果是這樣的話，一定是我沒有讀過的書。這不是陣學圖樣。」費奇說。

「會不會有我們還不知道的線條？畢竟直到幾個世紀以前，我們甚至沒有發現陣學的存在。」喬依說。

「有可能。有些學者們做過這種討論。」費奇說。

「你要不要畫畫看？也許會發生什麼事。」

「我是可以試試看，能出什麼問題呢？」費奇從外套口袋掏出粉筆，清空桌面。

然後遲疑了。

喬依腦中也冒出一個想法：能出什麼問題呢？可以出的問題可多了，如果這個圖樣真的跟綁架案有關。他想像著費奇的畫意外地召喚出一支粉筆精大軍或是幕後的控制者，教授的一盞燈正好在這時候黯淡下來，喬依立刻衝過去把燈轉亮。

「我們早晚都得試試。你也許應該去外面等。」費奇說。

喬依搖頭。「目前爲止只有陣學師消失。我覺得我應該留下看著，如果你出問題了還可以幫忙。」

費奇坐在原處片刻，最後嘆口氣，伸手在書桌上畫出了螺旋狀的圖樣。

什麼都沒發生。

喬依憋住呼吸，幾分鐘過去還是一點異狀也沒有。他緊張地走到桌邊。「你畫對了嗎？」

「嗯。我覺得是對的。」費奇舉起素描紙。「可是這是假設去賀曼家的警官們有抄對。他伸手想用粉筆將圖樣驅散，但卻沒有成功。

「線條不具有陣學能力。否則我應該能讓它消失。」費奇頓了頓後偏過頭去。「我……似乎把書桌畫得一團亂了。我沒考慮到這個結果。」

「我們需要多試幾次，嘗試不同的版本。」喬依說。

「對，我說不定會試試看。可是你該回去睡覺了。你母親會擔心！」

「我母親在工作。」喬依說。

「那你也該累了。」費奇說。

「我長期失眠。」

「那你該回去試著入睡，我不會讓學生在我的辦公室裡待到清晨。現在已經很晚了，快回去吧。」費奇說。

喬依嘆口氣。「如果你發現什麼線索的話，會跟我分享吧？」

「當然當然。」費奇揮揮手。

喬依又嘆口氣，這次更大聲。

「你這副模樣和梅樂蒂越來越像。快走吧！」費奇說。

梅樂蒂？我才不是！喬依心想著走出辦公室。

「還有……喬依。」費奇教授說。

「什麼事。」

「孩子，回宿舍時……靠明亮的地方走，可以嗎？」

喬依點點頭，關上辦公室的門。

於莉莉·懷廷的失蹤現場發現之粉筆圖形

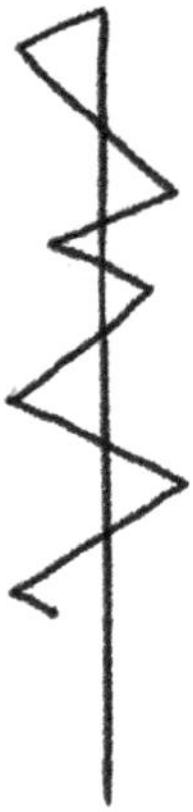

二號圖

未知圖形。似乎結合了剛猛線加上禁制線。

一號圖
有斷裂的線與許多刮痕，代表防禦陣遭到大量的粉筆精包圍且攻擊外圈。

三號圖

奇特的螺旋圖形，出現在建築物的外牆。

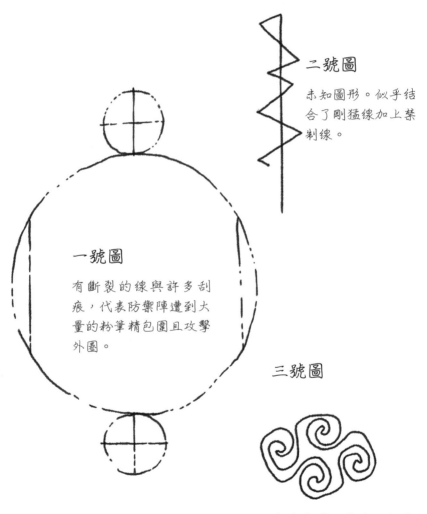

第二天早上，喬依早早起床前往費奇的辦公室。他走在沾滿露珠的綠色草皮上，聽到學院辦公室的方向傳來一陣嘈雜聲，繞過小丘後看到一群人擠在建築物外面。

一群大人，不是學生。

喬依皺著眉走到人群附近，艾克斯頓站在那裡，身上穿著紅背心，搭配黑長褲與同色圓禮帽。其他人的穿著跟他很類似，都是質地不錯的衣服——女人穿著鮮豔的洋裝，男人穿著背心與長褲。這麼熱的夏天沒人會穿外套，但是大多數人都戴了帽子。

眾人低聲交談，有幾個人朝站在辦公室門口的約克校長揮舞著拳頭。

「怎麼了？」喬依對艾克斯頓低聲問。

「家長。每間學校最令人畏懼的存在。」職員用木杖輕敲地面說。

「我向各位保證，你們的孩子在亞米帝斯是安全的！學院向來保護那些被選中成爲陣學師的孩子。」約克校長說。

「像莉莉跟賀曼那樣安全？」其中一名家長大喊，其他人紛紛附和。

「各位！事實眞相尚未查明！請不要驟下定論。」約克校長說。

「約克校長，難道你否認有外力威脅這裡的學生安危嗎？」一名生著窄臉，鼻頭尖到轉身過急就能把人戳瞎的女人開口。

「我沒有否認這件事。我只是說，他們在校園是安全的。沒有學生在校園中受到傷害，這些事件發生的時間都是他們出了學校之後。」約克說。

「我要把我的孩子們帶走！我要帶他們去別的島，你不能阻止我。」其中一名男子說。

「普通學生可以放暑假離校，我們的孩子爲什麼不可以？」另一人說。

「陣學學生需要訓練！你們也明白這點！如果現在我們過於衝動，會影響他們在內布拉斯克保護自己的能力！」約克說。

這句話讓群眾稍微安靜下來，但是喬依聽到一名父親向另一人低語：「他根本不在乎。約克又不是陣學師。他們死在這裡跟死在內布拉斯克，對他來說有什麼差別？」

喬依注意到有幾名衣著光鮮的男子靜靜地站在一旁，沒有出聲抱怨。他們穿著暗色背心跟三角形的皮帽，臉上看不出明顯的表情。

約克終於把聚集的家長們請走。所有人離開時，那些男人走向約克校長。

「他們是誰？」喬依問。

「私人護衛。」艾克斯頓低聲說。「左邊的那些是東卡羅萊納島的武士議員戴德瑞克·卡洛威聘來的，他的兒子是這裡的陣學師。我不認得其他人，但我想他們都是被在社會上極具地位，孩子又是亞米帝斯陣學師的人聘用。」

校長流露出擔憂的神情。

「他會讓他們離開，對不對？那些重要人物的孩子。」喬依問。

「很有可能。約克校長很有影響力，但他如果跟武士議員槓上，誰贏誰輸很明顯。」艾克斯頓說。

一小群陣學學生站在不遠的山丘上，喬依不曉得他們不開心的原因是擔心自己被綁架，或是因爲他們的父母出現在學校裡感覺尷尬，可能兩者皆是。

喬依隱約聽到約克校長的聲音從辦公室門口傳來。「好吧。我似乎沒有選擇。但是我必須說我並不贊同你們的行爲。」

喬依轉向艾克斯頓。「有人找哈丁督察了嗎？」

「我想沒有。我連辦公室都進不去！那些人來得比我早，把門堵住了。」艾克斯頓說。

「派人去跟哈丁說。他也許會想知道家長的反應。」喬依提議。

艾克斯頓看向那群私人護衛的眼神帶著明顯的敵意。「沒錯，對，這是個好主意。這麼做對緩和校園裡的緊繃氣氛一點幫助也沒有。如果那些學生之前不害怕，現在也一定會怕了。」

喬依走向費奇的辦公室，路上遇到了在父母陪同下前往課堂的詹姆士．霍法。他把肩膀垂得低低的，眼睛尷尬地盯著地面。有個隨時都在工作的媽媽或許也有好處。

費奇隔了好長一段時間才幫喬依開門。當他終於把門打開，喬依看見教授眼睛布滿血絲，身上仍然穿著藍色的睡袍。

「噢！喬依啊，幾點了？」費奇問。

喬依猜想費奇大概爲了研究那些奇怪的圖形忙到很晚。「對不起，吵醒你了，我想知道你有沒有新發現，就是那些關於那些圖樣。」

費奇打個呵欠。「很可惜，沒有。可是我必須說這不是因爲我沒有努力！我拿出圖樣的另一個版本，就是從莉莉家抄來的那個，試圖找出兩者有何差別，甚至嘗試畫了上百種相似的圖形，但對不起，孩子，我眞的不覺得那是陣學線。」

「我在某處有看過它。我知道我看過。也許我該去圖書館翻翻最近看過的書。」喬依說。

「對，對。」費奇又開始打呵欠。「聽起來像是……極好的主意。」

喬依點點頭走向圖書館，讓教授回去睡覺。當他穿過通往中央學區的草皮，注意到之前在人群中的一名家長，就是有著尖鼻子、窄臉的女人。她站在草地上，雙手叉腰，似乎一臉迷路的樣子。

「喂，我不太熟這裡。你能告訴我要去哪裡才能找到費奇教授嗎？」她喊道。

喬依指向後面的建築物。「三號辦公室，走旁邊的樓梯上去。妳要找他做什麼？」

「我的兒子提過他。我只是想跟他談一下，詢問他這裡的情況。謝謝！」那女人回答。

喬依來到圖書館，推開門，從微涼的清晨走進一個無論外面多麼悶熱，空氣仍然沁涼並且帶有灰塵氣味的地方。爲了避免陽光對書造成傷害，圖書館的窗戶並不多，室內必須靠發條油燈來照明。

喬依穿過書堆繞到他很熟悉的區域，那裡放著寫給普通人看的那些關於陣學的書，包括小說及非小說。這裡的書他讀了不少——幾乎可以讀的每一本都讀了——如果他眞的看過那個圖形，一定是出現在這裡某一本書中。

他打開一本幾個禮拜前剛借過的書，一開始對於內容的印象很模糊，但翻了幾頁之後便打了冷顫。這是一本關於內布拉斯克陣學師的冒險小說。

他停在某一頁，也不管這麼做其實有違背自己的意願，讀了幾段描寫某人被野粉筆精活活吃掉的情節。故事寫到它們從衣服底下沿著皮膚往上爬——畢竟野粉筆精只是二維生物——然後把那個人的肉啃光，直到露出白骨。

這些情節完全是虛構的，也過度誇張。但是喬依仍然覺得想吐。他非常渴望參與費奇教授的工作，但如果得面對一支粉筆精的軍隊，他卻沒有辦法保護自己。那些怪物會爬過線逮到他，他的下場不會比小說中的人物好多少。

他把小說放到一旁——書裡沒有圖畫。然後走到非文學區，抓了一疊感覺熟悉的書，走到旁邊的書桌坐下。

翻了一個小時後，喬依遠比一開始還要焦躁。他呻吟一聲往後靠，伸展著四肢。也許他只是在捕風捉影，試著尋找自己和這件事的關聯，好向費奇證明他是有用的。

他覺得關於圖形的記憶遠比這些書要更久。很熟悉，卻來自很久以前。他的記憶力一向不錯，尤其是碰上跟陣學有關的事物。他整理好手邊的一疊書，走回書架邊準備將書放回原位。

這時候，一名穿著大紅陣學外套的男子走入圖書館。

納利薩教授。真希望某天新一代的年輕陣學師會挑戰他，把他的職位奪走。他……

第一個學生是納利薩到了以後才消失的！喬依心中冒出懷疑。

這只是個巧合而已，不要隨便做出結論。

可是……納利薩不是說過內布拉斯克的戰場很危險嗎？還覺得亞米帝斯的學生跟教授都過於軟弱。他該不會想做些什麼讓所有人憂心忡忡的事情吧？例如使學院陷入緊張，逼陣學師們更加努力地讀書跟練習？

可是綁架學生？有點扯。喬依心想。

不過知道納利薩在看什麼書仍是滿有意思的一件事。喬依瞥到一抹紅色衣角進入圖書館的陣學區。他趕緊在納利薩身後跟了過去。

喬依一來到陣學區的門口，一個聲音便喊住他。

「喬依！你知道你不可以進去。」坐在辦公桌前的托倫太太說。

喬依畏縮著停下腳步。他原本希望托倫太太不會注意到，可是圖書館管理員對於逮學生幹壞事這件事似乎有著天生第六感。

「我剛看到納利薩教授。我想要跟他說句話。」喬依說。

「喬依，你不能在無人陪同的情況下進入圖書館的陣學區。沒有例外。」托倫在書頁中蓋章，頭抬都不抬地說。

他氣得咬牙切齒。

然後突然靈光一閃。陪同。費奇會幫忙嗎？

喬依衝出圖書館，但突然想到費奇可能還沒換衣服，或是已經回床上睡覺了，等到喬依把他拖來圖書館，納利薩大概已經走了。而且話說回來，費奇八成不會贊成偷窺納利薩的行為，甚至可能不敢這麼做。

喬依需要一個願意冒險的人……

現在還是早餐時間，餐廳就在不遠的地方。

*我不敢相信我會做這種事。*喬依心想，卻仍然往餐廳衝去。

梅樂蒂坐在平常的位置上，按照慣例，沒有任何陣學師坐她身邊。

「喂。」喬依來到桌邊，在一張空椅子坐下。

梅樂蒂正吃著一盤水果，抬起頭。「噢。是你啊。」

「我需要妳幫忙。」

「做什麼？」

「我要妳陪我去圖書館的陣學區，好讓我偷看納利薩教授在幹嘛。」他低聲說。

她叉起一塊柳丁回答：「噢，好啊。」

喬依眨眨眼。「就這樣？妳爲什麼隨便就答應了？我們可能會惹上麻煩，妳知道吧。」

她聳聳肩，把叉子丟回盤子。「我連坐在這裡都會惹來麻煩。這又能嚴重到哪裡去？」

喬依無法反駁她的邏輯。他笑著站起來，梅樂蒂也跟著起身，接著兩人一起衝出室外，跑過草皮。

「我們去偷看納利薩有什麼特別原因嗎？除了他很帥以外。」她問。

喬依忍不住皺眉。「帥？」

「他帥得很自大、很惡毒。」她聳聳肩。「我猜你應該有更好的原因？」

他要怎麼告訴她？哈丁擔心消息走漏，而梅樂蒂不像是口風很緊的人。

「納利薩來到亞米帝斯時，那些學生也開始消失了。」喬依只說出自己的猜想。

「所以呢？他們通常都會在夏天選修開始前僱用新教授。」梅樂蒂說。

「他很可疑。如果他在前線是這麼偉大的英雄，為什麼要來這裡？為什麼要接受低階職位？那人有問題。」喬依說。

「喬依，你該不會認為失蹤案是納利薩主導的吧？你是認眞的嗎？」

這時兩人來到圖書館，喬依說：「我不知道，我只想知道他在看什麼書。希望托倫太太能接受我陪同妳進去。」

「這樣啊，好吧。但我會同意的原因是因為可以偷看納利薩。」梅樂蒂說。

「梅樂蒂，他不是個好人。」喬依說。

「我沒提到這個人的道德操守，喬依。我只提了他的臉。」她打開門大搖大擺地走了進去，喬依跟在後面，托倫太太在兩人經過時抬起頭。

梅樂蒂誇張地指著喬依說：「他是我的人。我需要有人幫我搬書。」

托倫太太看起來想要抗議，但謝天謝地，她最後決定算了。喬依跟在梅樂蒂身後快速前進，卻在通往陣學區的門口停下腳步。

他花了好幾年尋找進來這裡的方法，還曾經請陣學學生帶他進來，但沒有人願意。死守著陣學祕密的人不只是納利薩，陣學師身上都有一種排斥生人的感覺。晚餐時他們有自己的桌子，對於陣學師以外的學者表現出敵意，就連圖書館都有專屬他們的區域，裝滿關於陣學的優秀書籍。

喬依深吸一口氣，跟在梅樂蒂身後，女孩這時已轉身面向他，臉上帶著不耐煩的表情，一腳在地上不斷輕點。喬依沒有理會，自顧自地享受這個瞬間。這房間連感覺都跟圖書館其他區域不一樣。書架比較高，書籍特別老舊，牆壁上有很多圖畫跟圖表。

喬依停在一幅泰勒防禦陣旁，這是所有陣法之中，最複雜也最具爭議性的一個。他過去只有看過小而模糊的圖片，可是這張圖將各個部分拆解，旁邊還附上極為詳細的解說以及數個小型的變形版畫。

「喬依，我放棄吃到一半的早餐不是為了讓你盯著圖片看。幫幫忙好不好。」梅樂蒂沒好氣地說。

他不情願地將注意力轉回到他們的任務。這一區的書架夠高，納利薩看不見喬依和梅樂蒂走進來。幸好如此。喬依根本不敢想如果納利薩發現附近有陣學師以外的學生探頭探腦，會有什麼反應。

喬依朝梅樂蒂揮手，兩人在書架間快速地來回穿梭。這裡的書似乎沒有主廳那麼整齊，但圖書館也沒那麼大，他應該能找到——

才剛穿過兩排書架中間的空隙，喬依便發現了納利薩，就站在不到五呎遠的地方。

梅樂蒂把喬依拉到一旁，離開納利薩的視線範圍。他壓下一聲悶哼，跟她站在同一排，透過書架的縫隙偷窺納利薩的一舉一動，不過空隙並不足以讓喬依看到教授手上那本書的書名。

納利薩抬頭瞥向喬依原本站的位置，然後轉過身去。他沒發現喬依跟梅樂蒂正從裂縫間偷窺，逕自轉身走開。

「那邊是放哪些書？」喬依低聲問梅樂蒂。

梅樂蒂繞到另一邊——她被納利薩看到沒關係——然後從書架上抽出一本。她皺皺鼻子，把書舉向裂縫另一邊的喬依。《發展型陣學理論探討》，修訂版，亞丁．巴拉茲梅德著前言。

「無聊的書。」

陣學理論。喬依心想，接著說：「我需要知道納利薩手上拿著哪本書！」

梅樂蒂翻翻白眼。「你等著。」說完就走了。

喬依緊張地在原地等待。其他經過的陣學學生對他投以怪異的目光，但沒有人上前質問。

梅樂蒂幾分鐘後走回來，給了他一張紙，上面寫著三本書的書名。

「納利薩把這些書交給圖書館員之後就去上課了，他要圖書館的人替他外借，送到他辦公室去。」她說。

「妳是怎麼拿到的？」喬依興奮地接過紙張。

「我走過去跟他說我有多麼痛恨跑腿的懲罰。」

喬依一愣。

「然後他忍不住開始訓話。教授都喜歡訓話。總而言之，他忙著罵我的時候，我就有機會看他手裡抱的是哪些書。」

喬依再次瞥了一眼書名。第一本叫《全新未知陣學線存在與否之探討》，由杰拉德·托芬頓所著。另外兩本的書名就更艱澀了，似乎跟理論有關，但第一本簡直是正中紅心。

納利薩在研究新的陣學線。

「謝謝妳。我認眞的。謝謝。」喬依說。

「我們該走了。我剛被納利薩訓過一遍，我不想因為遲到又被費奇念。」梅樂蒂聳聳肩。

「當然當然，妳等我一下。」喬依瞥向滿滿好幾櫃的書，他想要拜訪這裡很久了。「我得拿幾本。妳能幫我外借嗎？」

「你可以拿一本。我今天相當沒有耐性。」

他決定不要跟她爭，於是走到納利薩先前隨意翻動的書堆旁邊。

「快點。」她說。

喬依抓了一本看起來不錯的書——《人類與陣學：力量的起源》。他把書交給梅樂蒂，然後一起離開。托倫太太不滿地看了他們一眼，最後仍不情願地把書借給梅樂蒂。兩人走上草皮時，喬依重重吐了一口氣。

梅樂蒂把書遞給他，喬依接過夾在腋下，可是在這瞬間，那本書似乎遠遠沒有那張小紙片重要。喬依有證據可以證明納利薩對新的陣學線感興趣。

當然，費奇堅信那些弧線沒有陣學力量，他發現的只是另一個可疑的關聯，無法證明納利薩涉案。我需要讀那本書，如果裡面有任何類似那個螺旋的圖樣，那我就有證據。喬依心想。

這件事光聽起來就很危險，也許最好的做法是直接去找哈丁，表明他的擔憂。喬依沒辦法下決定，於是把紙片折起，塞進口袋。穿著白裙子的梅樂蒂走在他旁邊，胸前抱著筆記本，臉上出現神遊天外的表情。

「我得再謝謝妳。眞的。我覺得妳幫了大忙。」他說。

「好歹我還有點用處。」

「那個……我那天說的話，我不是那個意思。」

「你是那個意思。」她用難得柔和的聲音說。「你只是實話實說。我知道我對陣學不在行，而我的反應只是讓自己看起來加倍傻，因爲我想要否定明顯的事實，不是嗎？」

「梅樂蒂，妳這樣說自己不公平。妳的粉筆精很棒。」

「又沒有用。」

「這是很棒的技巧。妳的粉筆精比我的好太多了。」喬依說。

她翻翻白眼。「你絕對是在拍馬屁。沒必要這麼誇張，我知道你只是想讓自己好過點。我原諒你，可以嗎？」

喬依臉一紅。「妳這個人眞的很煩耶，妳知道嗎？」

「你又過頭了。如果你眞的肯努力，應該可以在奉承我跟侮辱我之間找到一個良好的平衡點。」她舉起手指說。

「抱歉。」喬依說。

「事實是不管我的造物線多強，我還是沒有辦法替自己畫出一條像樣的禦敵線。只要一條瞄得夠準的剛猛線，我就出局了。」她說。

「不一定。費奇教授解釋了很多關於『洞悉』的事，但也許那個戰術對妳來說不合適。」喬依說。

「這是什麼意思？」梅樂蒂用懷疑的眼神打量他，顯然認爲喬依又要侮辱她。

「妳有試過喬登防禦陣嗎？」

「沒聽說過。」

「這是個進階陣法，是我讀過最進階的陣法之一，但是也很有用。妳得先畫個禁制網，然後……」他頓了頓。「我畫給妳看好了。妳有粉筆嗎？」

她翻翻白眼。「我當然有粉筆。進陣學學校的第一年，如果被教授逮到身上沒帶粉筆，他們可以讓你刷兩小時的地板。」

「眞的？」

她點點頭，把粉筆遞給喬依。練習畫陣圖的空地就在附近，而且現在似乎沒人使用。喬依跑上山坡，梅樂蒂跟在後面。「喂，我們晚到費奇的辦公室不會有麻煩嗎？」

「我不認爲。」喬依來到小丘頂端的水泥地。「費奇昨天晚上熬夜，今天早上還被吵醒一、兩次，我打賭他還在睡。好了，妳看這個。」

喬依把書放在一旁，跪下來，大略畫了喬登防禦陣。這是一個橢圓形的陣，上下兩個接點各有一條線好固定位置，不過喬登最大特點不是主要的橢圓形，而是外圍用禁制線畫出的大籠子，讓喬依想起賀曼．立貝的計畫。

梅樂蒂蹲在他旁邊。「這麼一來不就把自己關在裡面？如果用禁制線把自己包圍起來，那就什麼都不能做了。這是基本陣學，連我都知道！」

「沒錯，這是基本概念。」喬依繼續畫。「但有很多進階的陣形是打破基本概念的，最厲害的決鬥家知道什麼時候要冒險。妳看。」他用粉筆指著部分陣圖。「我在兩邊各畫了一個大方塊。喬登的理論是要在方塊裡面畫滿攻擊型粉筆精，如果能畫得好，就能讓粉筆精在裡面等待，不會從後方攻擊自己的線條。

「所以，當妳的敵人在浪費時間在前方轟炸時，妳正在準備火力強大的粉筆精。準備好之後，將一大批粉筆精釋放出來，再迅速重新畫好禁制線，並用剛猛線摧毀任何因爲妳暫時移除防線而跑進來的敵方粉筆精，然後再創造新的一批。

「雖然妳的動作可能比敵人慢，但這不重要，因爲妳的大規模攻擊能讓對方失去焦點，不知道該如何反應。設計這個陣法的馬修．喬登用這個方法贏了幾場非常著名的決鬥，而且令學術界一片譁然，因爲他的戰術有違常規。」

「很戲劇化啊。」梅樂蒂歪著頭說。

「妳要試試看嗎？妳可以用我的小圖當藍本。」喬依說。

「我不認爲應該這麼做，費奇教授……」

「來嘛，試一次。看在我把妳弄進圖書館盯著納利薩看的份上。」

「還有被他罵。」

「那是妳自找的。妳到底要不要畫？」喬依說。

梅樂蒂放下筆記本，跪在水泥地上。她拿出粉筆，看著喬依的小圖，然後開始在身邊畫出一個橢圓形。

喬依也畫了起來。「我用的是巴林坦。」他在旁邊畫了一整個圓圈。「可是妳用的是喬登防禦陣。不需要管我在做什麼，只管盡快畫完妳的陣圖。」

梅樂蒂全神貫注地在禦敵圈外面畫了一個防禦正方形，然後開始著手畫粉筆精。

喬依一邊畫，一邊希望自己的直覺是對的。喬登防禦陣的最大弱點就是粉筆精。用這種方法控制它們並不容易，能辦到的唯一可能是因爲這是一場正式決鬥，梅樂蒂可以讓它們直接面對敵人。

不知道爲什麼，如果只是要粉筆精在原地等待，它們就會變得很難控制。這就是大多數陣學師選擇立刻派出粉筆精攻擊，或者把它們綁在接點上的原因。

喬依完成防禦陣時心想：*我眞該多研究一下粉筆精理論。也許可以叫梅樂蒂幫我多借幾本這方面的書。*

「好了！」他伸手畫了幾條剛猛線。「現在妳得用點想像力，因爲我沒辦法讓我的線動起來。妳就假裝我很會畫剛猛線，其實我是眞的很會啦。然後想像這些線不斷打中防禦陣上的同一點，不斷把那一點削弱。一條畫得好的禦敵線可以扛下大概六次的剛猛線攻擊，一條禁制線則可以扛下十次。當妳看到我的攻擊位置時，立刻在第一條禁制線後方再加一條，以減緩我的速度。」

梅樂蒂聽完畫了一條線。

「現在我得要穿過兩條禁制線跟一條禦敵線，意思是在這個防禦陣中，妳有讓對方施展二十六次剛猛線的時間來畫完粉筆精。時間其實不是很多，因爲——」

喬依安靜下來，因爲他看到梅樂蒂的手往前一揮，把粉筆放在禁制線的內側，釋放了她的粉筆精。好快！我只來得及畫六條剛猛線！當然，他沒有用盡全力在畫，但即便如此……

梅樂蒂的線消失——要讓線消失需要四秒——八隻完整的粉筆精順著地面朝他奔去。

「厲害。」他說。

梅樂蒂抬起頭，撥開眼前一縷紅卷髮。她驚訝地眨眼，彷彿不敢相信自己居然眞的辦到了。喬依連忙多畫幾條剛猛線來保護自己不受怪物攻擊。

可是當然他畫的線當然沒用。陷入戰鬥的喬依幾乎忘記自己不是陣學師。

粉筆精們來到他的禦敵線前遲疑了。有一瞬間，喬依感覺到一陣恐懼，就像賀曼．立貝手足無措地坐在圓圈裡，看著一群朝他攻擊的粉筆怪物那樣害怕。

可是喬依懷疑賀曼當時被迫面對的敵人會是獨角獸。

小東西們終於開始測試喬依的防禦線，這些線條當然算不上阻礙。它們興奮地往前衝，包圍喬依，然後繞著他跑。喬依臉一白，想像獨角獸將自己生吞活剝，幸好這些粉筆精不會眞的造成威脅。

「獨角獸？」他強忍翻白眼的衝動問道。

「獨角獸是很尊貴、很崇高的動物！」

「我的意思是說被這種粉筆精打敗，實在很……丟臉，尤其它們還像這樣活蹦亂跳。」

梅樂蒂站起身。「至少我沒用粉紅色的粉筆。我們要到高年級才能用彩色粉筆。」

喬依笑了。「妳做得很好。我不敢相信妳畫得這麼快！」

她走過來把粉筆抵著其中一隻獨角獸，它立刻停止蹦跳，凍結在原地，彷彿變回一幅普通的畫，四秒後圖畫消失了。其他幾隻也重複同樣的步驟。「這不難，我只是要讓粉筆精在原地等待，直到可以展開攻擊。」

喬依這方面的知識雖然讀得不多，但他不覺得有梅樂蒂說的那麼簡單。如果不給粉筆精很精準的指示，它們會開始攻擊自己的禁制線，然後一旦線條被破壞，它們就會頭昏腦脹地到處亂晃，而不是衝向敵人。

「我就說妳可以用喬登。」喬依站起來。

「你放水了。況且我的線沒那麼好，我打賭你可以用一半的剛猛線破壞我的禁制牆。」

「也許吧，但我也沒料到妳的速度這麼快。妳的橢圓形亂七八糟，但這無所謂。妳眞的做得很好，梅樂蒂。妳可以的。妳只是需要找到適合自己的方式跟防禦陣法。」

她怯生生地露出微笑說：「謝謝。」

「我是說眞的。」

「我不是感謝你的讚美，而是感謝你跟我說這些。我想這也許沒辦法扭轉我對陣學不在行的事——除非學會畫圓，否則我永遠無法成爲優秀的陣學師——但是知道有自己能做的事情，感覺很好。」

喬依同樣回報微笑。「沒問題。嗯，也許我們現在該去上課了。費奇教授——」

他注意到遠處的人影沒再往下說，那個人穿著警察制服跟帽子，坐在一匹大馬的背上。喬依想起自己讓艾克斯頓找督察過來，於是揮揮手。

「喬依？」梅樂蒂問。

「等一下。妳可以先過去，我得跟警官談談。」喬依說。

她轉身一看。「灰的！那該不是埃屈利克斯鐵馬吧？」

她說話的同時，喬依注意到她說得沒錯。哈丁讓座騎小跑步前進，但那東西不是馬。外型雖然是馬，材質卻是用金屬打造，位於身體兩側的玻璃外殼露出裡面轉動的齒輪跟滴答作響的彈簧。

哈丁駕駛著座騎前進，金屬馬蹄在泥土上留下深深的蹄印。

「喬依，孩子，你們學術界的前線戰況如何？」

「很順利，督察。」喬依說。

喬依當然看過發條馬。這東西雖然昂貴，但並不罕見。可是一匹埃屈利克斯不只是普通的發條機械，它們是以埃及亞最先進的發

條技術所製成，據說聰明得驚人。埃及亞有個天才女科學家找到新的方法來上發條，透過和紘風管引入能量。

喬依從機械的清澈玻璃眼睛望去，看見裡面有極小的彈簧跟馬達在運轉，細小的轉臂像是打字機的按鍵上下彈跳，讓複雜的發條腦袋得以持續運作。

「這位漂亮的小姐是誰？」哈丁問。他的語氣很有禮貌，但喬依可以感覺到裡面的遲疑。漂亮？梅樂蒂沒事就惹他生氣，讓他忘記她笑起來時有多可愛，例如現在。

「她是費奇教授的學生。」喬依說。

「小姐尊姓？」

「孟斯。」她說。

等等，孟斯。我最近聽過這個名字，是梅樂蒂以外的人說的。喬依心想。

「孟斯小姐。」哈丁朝她輕舉藍色的警盔，然後轉向喬依。「謝謝你告訴我家長們跑來的消息，喬依，我們需要封鎖這個學院。我已經下令，從現在開始，晚上跟週末不准學生離開。同時我要求加強警力，讓這裡成爲我們的行動基地和第一道防線。」

喬依點點頭。「我覺得讓家長帶著小孩亂跑不是好主意。不管他們去到哪裡，那個……那個人都可以跟去。」

「同意。」哈丁說。

梅樂蒂瞥向喬依，眼睛瞇成一條線。

「順道一提，士兵。你有沒有看到一個金髮女人，五呎七吋，盤著頭髮，大約三十五歲，穿一件藍色洋裝。她有很銳利的五官和一張窄臉。」哈丁對喬依說。

「我有看到她。她是其中一名陣學學生的家長。」

哈丁哼了一聲。「不可能。那是伊莉莎白・華納，是個記者。」

「女記者？」喬依問。

「女記者又怎麼樣？」梅樂蒂氣呼呼地問。

「沒什麼。只是……沒聽說過而已。」喬依連忙回答。

「時代在變。女陣學師都上戰場了，我打賭有一天連普通女人都可以上場作戰。可是不管怎麼樣，不管她是不是女人，媒體就是敵人，如果讓他們爲所欲爲，整個島都會陷入恐慌！孩子，你在哪裡看到她的？」

「她正要去費奇教授的辦公室。」

「該死的。」哈丁調轉馬頭，喬依可以聽到裡面的齒輪跟發條傳出滴滴答答的聲響。然後督察大喊一聲：「替我掩護！」說完就朝陣學區全速奔去。

「剛剛到底是怎麼一回事？」梅樂蒂問。

「呃……沒什麼。」

她誇張地翻翻白眼。「這叫沒什麼啊。」

「我不能說。」他說。

「你是陷我於無知！」

「呃，不是啦，眞的，我什麼都不知道。」喬依心虛地說。

「你在說謊嗎？」

喬依遲疑了一下回答：「對。」

她氣呼呼地冷哼。「我還以爲我們開始處得來了。」說完便抓起筆記本憤怒地走開，離開前還舉起手補了一句：「我的人生，是場悲劇！就連我的朋友們都要騙我！」

喬依嘆口氣，拿起梅樂蒂替他借的書，趕緊跟在她身後朝費奇的辦公室跑去。

於賀曼．立貝的失蹤現場
發現之粉筆圖形

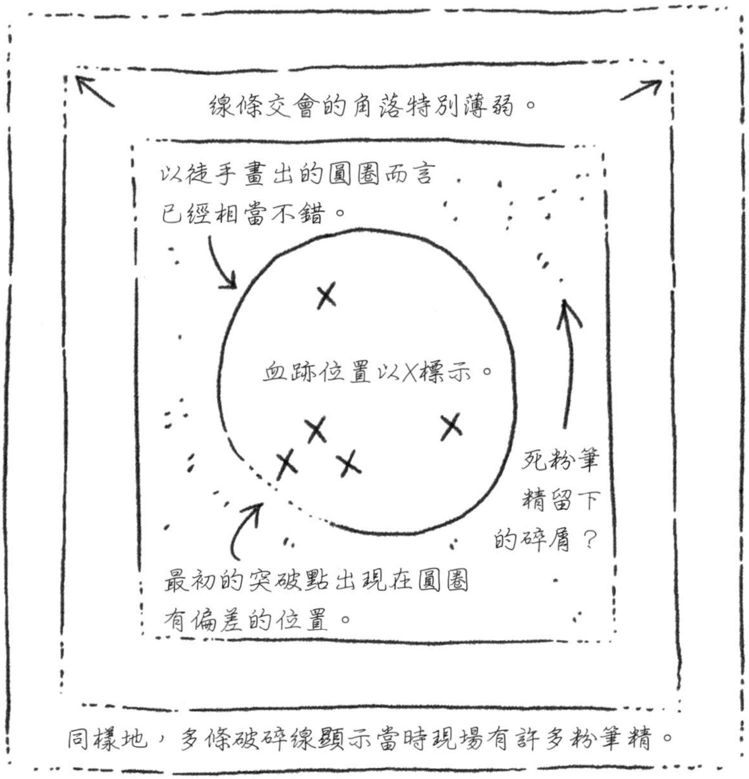
線條交會的角落特別薄弱。
以徒手畫出的圓圈而言
已經相當不錯。
血跡位置以X標示。
死粉筆
精留下
的碎屑？
最初的突破點出現在圓圈
有偏差的位置。
同樣地，多條破碎線顯示當時現場有許多粉筆精。

「嗯，對，我是有跟那女人說過話。她不確定是不是該讓兒子繼續留在亞米帝斯，她想要知道我們的確有努力保護孩子的安全。」費奇教授一臉不解地說道。

「所以你跟她說了。」哈丁督察說。

「當然。她都快哭了。唉，我向來不會處理那些歇斯底里的女人。我沒多說，只說我們確定這件事是陣學師做的，但我們希望那些孩子還活著，還有我們正在研究犯罪現場留下的奇怪粉筆圖畫。」

「教授，這是洩漏重大機密。如果你是我的士兵，我恐怕要對你進行懲處。」哈丁揉著額頭說。

「真糟糕。看來我會成爲教授而不是軍人是有道理的。」

喬依挑挑眉毛，盡量不要表現得太得意，因爲費奇跟哈丁堅持梅樂蒂要在外面等，卻沒有禁止他進來。

哈丁把雙手背在身後，在費奇辦公室的走廊來回踱步。

「可惜，現在說什麼都太遲了。我方的壁壘已經被擊破，間諜帶著戰略計畫逃了。我們只能接受這個事實，期望一切順利。教授，我強烈建議你不要再對任何人提起這件事。」

「我明白，督察。」費奇說。

「很好。我覺得你需要知道，我已經請求新不列顛尼亞的武士議員准許我們在亞米帝斯設立警戒線，而他也同意要從詹姆斯鎮的駐軍撥一支軍隊來保護這個地方。」

「你要……占領學校？」費奇問。

「沒這麼嚴重，教授。」哈丁來回踱步，走到盡頭時以腳跟爲軸心轉身往回走。「陣學師是合眾島最大的資源之一，我們需要確保他們獲得妥善保護。我會派人在校園巡邏，也許能利用嚇阻的方式讓這個神出鬼沒的綁架犯不再出手。

「約克校長提供我一間學院內的房間作爲指揮基地，我的人不會干擾校務運作，但是我們會光明正大地露面，讓學生知道有人在保護他們。或許這麼做也能安撫家長，因爲他們現在似乎下定決心要破壞大家的向心力，孤立自己的孩子好方便被敵人各個擊破！」

「你說什麼？家長們在做什麼？」費奇問。

「有些陣學師的家長要把孩子從學校裡帶走，多虧喬依機靈告訴我這個消息。可惜在我來得及封鎖校園前，有十幾個大多是陣學師的小孩被帶走了。」

「聽起來不太好。所有的攻擊事件都是在校園外發生的。他們爲什麼會想把小孩帶離亞米帝斯？」費奇說。

「只要一扯上小孩，家長們的行爲就再也無法預測。我寧可跟一整隊被遺忘的諸神打架，而不是應付小孩遇到危險的富太太。」哈丁說。

費奇瞥向喬依，但是喬依不知道該怎麼解讀對方的眼神。

「現在你知道情況了。假設沒有其他我們需要討論的事情，我必須回去巡視。」哈丁說。

我應該告訴他們，我不能就這樣偷偷摸摸地一個人對付納利薩。喬依心想。

「其實我……呃……有件事我該告訴你們。」喬依說。

兩人同時轉向他，他突然覺得有點尷尬。該怎麼開口指控另一個教授是綁匪？「其實應該沒什麼，可是，嗯，我今天早上看到納利薩教授的行爲有些可疑，而且所有綁架案都是在他被校長僱用後才發生的。」

「喬依！我知道納利薩挑戰我的教授資格讓你很生氣，但是你這樣太過分了！」費奇說。

「不是這樣的，教授，只是……」喬依說。

「沒事，喬依。這麼做是對的，你應該提起像這樣的事情，但是我覺得我們不需要擔心安德魯·納利薩。」

喬依轉過頭。「你認得他？」

「我當然認得。納利薩在內布拉斯克是個傳說，就我所知大概有兩打人都欠他一命，我也包括在內。」哈丁說。

「你是說，他眞的像自己到處跟別人炫耀的那樣是個英雄？」

「當然是。我承認他不是個謙虛的英雄，但這是他努力贏得的讚譽，所以可以原諒。有一次粉筆精順著河突破東面防線，如果那些怪物超過我們，就可以從旁邊包抄我們的軍隊，說不定整個東面前線都會被打下。如此一來，它們就只要搭上河面的枯木就能攻擊附近的島嶼，大肆破壞。

「總而言之，我的小隊遇上很大的麻煩，然後納利薩到了，靠自己一個人就幫我們建立起整套的防禦陣線，擋下好幾百隻粉筆精。他救了我們所有人的命，而類似的故事我知道還不只一個。我鮮少碰過像安德魯．納利薩這麼厲害，腦子又清楚的陣學師。眞可惜他……」

他沒說下去。

「怎麼了？」喬依問。

「抱歉，孩子。我剛想起來你的安全權限不夠。無論如何，納利薩不是威脅。事實上，我很高興他在這裡。知道有那個人替我守著戰場後方讓我很安心。」

哈丁朝他們點點頭——似乎忍不住要向他們行軍禮，但在最後一刻忍住了，然後走出房間下樓。

「我沒想到，我是說納利薩的事。」喬依說。

「說實話，喬依，我也沒想到。」費奇說。

「納利薩怎麼可能是英雄。他是個自大的冒牌貨！」

「我同意你的形容詞，至於那個名詞嘛……他的確俐落地打敗我了。不管怎麼樣，學生都不該用這種方式批評學校的教授。你得表現出應有的尊重，喬依。」費奇說。

門上傳來敲門聲，一秒後立刻被推開，梅樂蒂顯然決定不要等人來應門。

「我想所有祕密、寶貴、有趣的討論都已經結束了，現在我們普通人可以進來了吧？」她氣呼呼地說。

「梅樂蒂，親愛的，我們不是想要排擠妳，只是——」費奇說。

她舉起手。「我猜我們今天要繼續描圖？」

「嗯，對，練習描圖對妳很有幫助，有一天妳會感謝我。」費奇說。

「好。」她拿起素描本跟筆，然後轉身離開。

「梅樂蒂？妳要去哪裡？」費奇教授問。

「我要去外面描，坐在普通、不重要的台階上，這樣我就不會介入你們需要進行的重要對話。」梅樂蒂說完後，把門在身後關上。

費奇嘆口氣，搖搖頭走回書桌前。

「我想她會想通的。」費奇說著坐下，開始翻動手中的紙。

「對。」喬依還在望著她的背影。他好不容易跟梅樂蒂的關係好了一點，她會不會又因爲這件事生氣？他實在弄不懂這個女孩。「教授，你要我做什麼呢？」

「噢！呃，我眞的不知道。我原本以爲你會在那個統計報告上多花幾個禮拜。」費奇說著一邊用食指敲書桌。「你今天不如休假吧？你過去幾個禮拜很認眞，我正好也有機會先整理哈丁給我的資料，我相信明天一定會有事情交給你。」

喬依開口想要抗議，希望幫忙教授研究那些奇怪的線條，但最後遲疑了。喬依瞥向手中的書，就是梅樂蒂替他借出來的那本。

「好吧。那明天見。」他下定決心說。

費奇點點頭，已經全神投入在那些紙張上。喬依開門走出去，卻差點被梅樂蒂絆倒。她眞的坐在門口畫畫，看到喬依不情願地讓路。他從樓梯間離開，準備找個陰涼的地方好好看書。

喬依坐在樹下，手裡拿著書，有些夏季選修足球的學生在不遠處來回踢球射門。喬依可以聽見他們的叫喊聲，但是他不以爲意。

警官們在校園裡巡邏，但就像哈丁承諾的那樣，他們沒有打擾任何人。一隻小鳥在上方的樹枝間啾啾鳴叫，小發條螃蟹在草地上爬來爬去、修剪草皮，掛在前方的金屬長觸角讓它不會跑太遠，剪壞不該剪的東西。

喬依靠在樹幹上，抬頭看著閃閃發亮的葉子。他選擇這本書的時候，以爲書名中的「力量的起源」是在說當初合眾島國建立時發現陣學的經過，內容會深入探討葛列格里王跟島上第一批的陣學師。可是這本書卻是在討論人們怎麼成爲陣學師的。

一開始是入教儀式。這個儀式於每年的七月四日舉行，在上次入教儀式過後滿八歲的男孩或女孩會被帶到當地的君主教會教堂，在接受主教的祝福後這些孩子分別走入儀式室，並且在裡面待幾分鐘再從另一邊走出去，整段過程象徵新生。之後每個人會拿到一支粉筆畫線，而從那時候開始有人畫出來的圖畫就擁有陣學力量，其他人沒有。就是這麼簡單。

可是這本書讓整個過程感覺一點都不簡單。喬依又翻了一遍，不解地皺起眉頭，此時螃蟹越剪越近，當觸角碰到他雙腿便轉身離開。這本書認爲讀者是陣學師，所以提到像是「捆綁」，還有叫作「影燃」的事。

顯然開示不是喬依想的那麼簡單。在那個房間裡，某個過程改變了一些孩童的體質，讓他們擁有陣學力量，而不只是神主無形的碰觸而已。

如果這本書說得沒錯，那陣學師們在儀式間裡一定有過某種特殊的經驗或幻象，是他們從未提及的。當他們走到外面畫第一條線之前，便已經知道自己成爲了陣學師。

這完全違背喬依的認知，至少書裡似乎是想表達這個意思。他認爲自己對於陣學的認識已經頗有程度，但書中的內容完全在他的理解之外。

影燃的捆綁，亦是第四個體的移除，往往是無法斷定的過程，因此束者在選定受付對象之前必須慎思。

這到底是在說什麼啊？喬依一直以爲只要他能進入圖書館裡的陣學區就可以學到很多，但他沒想到有這麼多書完全超越他的理解範圍。

他猛力把書闔上。一旁的發條螃蟹速度變得更慢了。時間已晚，園丁大概等一下就會過來，要不是重新上緊發條，不然就是把它收起來。

喬依站起身，把書夾在腋下，開始慢慢地朝餐廳走去。他因爲一下午都坐在樹下看書心裡有些怪怪的，如今整個校園都被嚴密地看守著，到了晚上學生們更是跑得不見人影，他覺得自己只是坐在那裡看書是不對的。他想要幫忙。

我可以去查納利薩那本書。他心想。不管哈丁怎麼說，喬依就是不信任那個教授。那本書一定有重要之處，但會是什麼？而且要怎麼把書弄到手？

他搖搖頭走入餐廳，看到媽媽也在——這是好事。喬依走去裝了一點今天晚上的主菜：炒義大利麵跟肉丸。他在麵條上灑了點巴馬乾酪，抓起一雙筷子，然後走到桌邊。

「媽，妳今天過得怎麼樣？」他坐下時問道。

「擔心。」她瞥了一眼坐在桌邊用餐，互相交談的警官。「你晚上不該一個人亂跑。」

「現在城市裡最安全的地方大概就是這間學院了。」喬依埋頭苦吃。義大利麵混了炸青椒、蘑菇、馬蹄，還有酸酸的番茄醬。義大利菜是他最喜歡的食物之一。

他母親繼續看著警官。也許如哈丁所說，他們待在那裡可以提醒大家學校是受到保護的，但也讓人更緊張。因為提醒了人們當下危險的處境。

屋子裡壓抑的交談聲嗡嗡作響。喬依聽到賀曼跟莉莉的名字被提起好幾次，不過每當廚師走過的時候，他也聽到他們抱怨「那些陣學師」把危險帶到學校來。

「他們怎麼會這麼蠢？我們需要陣學師。難道他們想要粉筆精逃出內布拉斯克嗎？」喬依問。

「兒子，大家很害怕。」媽媽說。她攪拌著食物卻沒吃幾口。「天知道？說不定這整件事都是因爲陣學師們內鬨。他們神祕兮兮的……」

喬依看向教授。費奇不在。也許是因爲失蹤案在熬夜工作。但納利薩也不在位置上。那人一定跟這些事有關。喬依瞇起眼睛心想。

在陣學學生的餐桌上，十幾歲的青少年們相互交談，看起來擔心、焦慮，像一群剛聞到有貓的老鼠。梅樂蒂一如往常地坐在桌子的末端，左右兩邊至少有兩個以上的空位。她吃飯時低著頭，不跟任何人說話。

他突然明白沒有人跟自己說話一定很不好受，尤其現在氣氛這麼緊張。喬依吞了幾口義大利麵，想到她被排除在他跟費奇、哈丁的會談時，反應有多麼激烈，可是……也許她是有道理的。是因爲她總是被其他的陣學師排擠嗎？

喬依感覺到一陣罪惡感。

「喬依，這個時候跟費奇教授學習可能不是件好事。」他母親說。

喬依轉向她，罪惡感立刻被緊張取代。媽媽可以結束他跟費奇的研習，如果她去找校長的話……十幾個不同的反駁理由閃過腦海，但是他不能反應得太激烈，免得媽媽反而堅持一定要這麼做。但他該說什麼？怎麼說？

「這會是父親的意思嗎？」喬依發現自己如此開口。

他母親的手僵在半空中，一雙筷子纏著義大利麵動也不動。

提起父親向來是件危險的事。母親現在已經不會動不動因爲他而哭，但也只是沒那麼頻繁而已。令人害怕的是，一起簡單的發條意外突然讓一切天翻地覆——幸福、未來的藍圖、喬依成爲陣學師的可能。

「不。他不會希望你像其他人那樣排擠他們，我想我也不希望你這麼做。只是……小心點，喬依。爲了我。」她說。

他點點頭，全身放鬆下來，然後不幸地發現自己的眼神不斷飄回梅樂蒂的方向。她孤伶伶地坐在那裡。房間裡的人一直在偷瞄陣學師，低聲討論著他們，好像他們是任人品頭論足的展覽品。喬依把筷子往義大利麵一插，站了起來。他母親看了他一眼，卻沒有說話，任憑他走到陣學師的餐桌邊。

梅樂蒂看到他劈頭問道：「幹嘛？又要來拍我馬屁，好讓我把你偷渡到不該去的地方？」

「妳看起來很無聊。我在想，也許妳會想跟我還有我媽一起吃飯。」喬依說。

「噢？你確定你不會邀請我過去，然後要談重要的事情時就把我一腳踢開？」

「妳說什麼？算了。」喬依說完生氣地轉身離開。

「對不起。」她的聲音在背後響起。

他轉頭看了一眼。梅樂蒂難過地盯著一碗紅紅黃黃的義大利麵，中間叉著一根叉子。

「對不起。」她又說了一次。「我……眞的想要去你那裡坐。」

「那來啊。」喬依揮手說。

她遲疑片刻，然後端起碗快步趕上喬依。「你知道別人會怎麼想，對吧？我在同一天跟同個男孩子連續跑走兩次？還跟他一起同桌吃晚飯？」

喬依臉紅心想：太好了，果然怕什麼來什麼。「妳不跟他們坐不會惹麻煩吧？」

「不會啦。學校鼓勵我們坐在那裡，但也不會強迫。我只是向來沒有別的地方可以去。」

喬依比向自己在傭人桌的空位，坐在兩旁的人挪了挪，為梅樂蒂空出位置。她坐下撫平裙子，看起來有點緊張。

喬依也跟著坐下，抓起筷子。「媽，這是梅樂蒂，她今年夏天也跟費奇教授學習。」

「親愛的，很高興認識妳。」他母親說。

「謝謝妳，薩克森太太。」梅樂蒂拿起叉子戳進義大利麵。

「妳不會用筷子嗎？」喬依問。

「我向來不喜歡吃歐洲菜。叉子也很好用。」梅樂蒂苦著臉說。

「這不難。」喬依示範要怎麼拿筷子給她看。「我很小的時候父親教過我。」

「他會跟我們一起用餐嗎？」梅樂蒂很有禮貌地問。

喬依遲疑了，沒有回答。

「親愛的，喬依的父親八年前去世了。」喬依的母親說。

「噢！對不起！」梅樂蒂說。

「沒關係。能跟陣學師同桌其實很好，讓我想起他。」喬依的母親說。

「他是陣學師嗎？」梅樂蒂問。

「不是的，他只是認識很多教授。」她說話時的目光似乎正看向另一個時空。「他爲他們製作特殊粉筆，他們則跟他談論陣學師的工作。我向來聽不太懂，但特倫對這一切很著迷。我想因爲他是一名粉筆匠，所以他們幾乎把他視爲自己的一份子。」

「粉筆匠？粉筆不是從地上挖出來就可以用了嗎？」梅樂蒂問。

「一般普通的粉筆是這樣，類似石灰岩的一種。可是你們陣學師用的粉筆不需要是百分之百純石灰，所以就有很多實驗的空間。至少特倫經常這樣說。

「他認爲爲了畫陣製作的粉筆才是眞正適合陣學師的粉筆。不能太硬，這樣線條會不夠粗，也不能太軟，否則粉筆容易斷。還有，外面得加上一層光膜讓灰塵不會沾上陣學師的手指。他還有些配方，混進去以後，粉筆比較不容易有灰。」

喬依靜靜地坐著。母親很難得會說起父親的事情。

「有些陣學師要求特定的顏色，所以特倫會花很多時間，就爲了調出最適當的色澤。大多數學校不會聘粉筆匠，而約克校長一直沒有聘人取代特倫的位置，他說他找不到另一個能力足夠勝任的人。不過事實是學院並不需要粉筆匠，因爲普通粉筆也可以拿來畫陣。

「可是特倫總是跟那些批評他的工作沒有意義的人爭論。他說，吃飯時食物的味道也沒有意義，因爲不好吃的食物跟好吃的食物一樣有營養。布料的色彩、牆上的彩繪、美麗的音樂……這些都不是必要的，可是人類活著不只是爲了滿足生存所需而已。製造出更好、更有用的粉筆，就是他的人生目標。

「他曾經製作上面附有六種不同粉筆的腰帶，每種粉筆的硬度及尖端的弧度各有不同，適合在各種地面上作畫，很多教授都會配戴。」她嘆口氣續道：「但那也過去了。現在需要特殊粉筆的人會直接從緬因弗那裡訂購。」

喬依的母親說完後，瞥了一眼牆上鑲嵌的大鐘。「灰的！我得要回去工作了。梅樂蒂，很高興認識妳。」

梅樂蒂起身送喬依的母親離開，直到她的身影遠去，才又坐下開始吃飯。「你爸聽起來像是個很有趣的人。」

喬依點點頭。

「你記得很多關於他的事情嗎？」她問。

「嗯。他死的時候我八歲，我們的房間還掛著他的銀版照。我父親是個很和藹的人，很高很壯，看起來像是農夫而不是工匠。他喜歡笑。」

「你運氣眞好。」梅樂蒂說。

「什麼？因爲我爸死了？」喬依問。

「因爲你有像他那樣的爸爸，而且還能跟你媽一起住。」她臉紅著說。

「其實也沒那麼好。我們的房間跟櫃子一樣大，我母親的工作很辛苦，還有其他學生雖然對我不錯，但我從來都交不到好朋友。他們不知道該怎麼樣跟清潔女工的兒子打交道。」

「我連那些都沒有。」

「妳是孤兒？」喬依驚訝地問。

「沒那麼誇張。」她嘆口氣，用叉子鏟著義大利麵。「我家住在佛羅里達群島，我的父母絕對健康，但對於來探望我這件事情也絕對沒有興趣。我想在他們生了第四個陣學師小孩之後，這種事已經不新鮮了。」

「妳家有四個陣學師？」

「包括我父母在內有六個。他們也是陣學師。」她說。

喬依往後一靠，皺起眉頭。陣學能力是不能遺傳的。很多研究證明，即使陣學師能增加生育陣學師後代的機率，差別也極其微小。

「這不可能。」喬依說。

「不是不可能，只是可能性不大。」她咬了一口義大利麵。

喬依瞥向旁邊，他看了一整天的書仍然躺在桌上，褐色的封面古老陳舊。他漫不經心地說：「我今天在讀陣學師進入儀式間以後發生的事。」

梅樂蒂一僵，幾條義大利麵從她的嘴角垂到碗裡。

「很有趣的書。不過我對這個過程有些疑問。」喬依翻著書說。

她吞下義大利麵。「是那本？那本書在說這個？」她說。

喬依點點頭。

「噢，灰的。」她一邊說，一邊用力抓頭。「灰的，我惹上大麻煩了吧？」

「怎麼會？這有什麼問題嗎？每個人都會去儀式間吧？又不是所有關於那個地方的事情都必須當成祕密。」

「其實也不是祕密，只是……我不知道。神聖吧。有些事情不該談。」

「反正我都讀了。」喬依說。至少我能理解的部分讀過了。「我已經知道不少，再跟我多說一點也沒差吧？」

她打量他。「那如果我回答你的問題，你會告訴我你跟費奇和那個警官在討論什麼嗎？」

喬依猛然回神。「呃……我答應不對別人說的，梅樂蒂。」

「我也答應不跟陣學師以外的人談起儀式間的事情。」

灰的。喬依煩躁地心想。

梅樂蒂嘆口氣。「我們該不會又要吵架了吧？」

「不知道，我真的不想。」喬依說。

「我也是。我現在沒什麼吵架的精力，因爲我在吃這個義大利人叫作食物的爛泥。看起來實在很像蟲子。對了，你吃完飯以後要幹嘛？」

「吃完飯？我……我原本打算再繼續讀點書，看能不能弄懂更多裡面的內容。」

「你讀太多書了。」她皺皺鼻子。

「教授們通常不會同意妳的話。」

「那是因爲他們錯了，而我是對的。你不要再讀書了。我們去吃冰淇淋。」

「我不知道廚房會不會有冰淇淋。夏天很難弄到，而且——」

「不是廚房啦，笨蛋。」梅樂蒂翻翻白眼。「是武士街上的冰淇淋店。」

「噢，我……沒去過。」

「什麼！這眞是悲劇。」

「梅樂蒂，任何事在妳看來都是悲劇。」

「沒有冰淇淋吃是集所有悲劇之大成！」梅樂蒂說。「決定了。不用多說，我們現在就走。」

她說完便轉身離開餐廳。喬依吃完最後一口義大利麵，連忙跟上。

喬登防禦陣

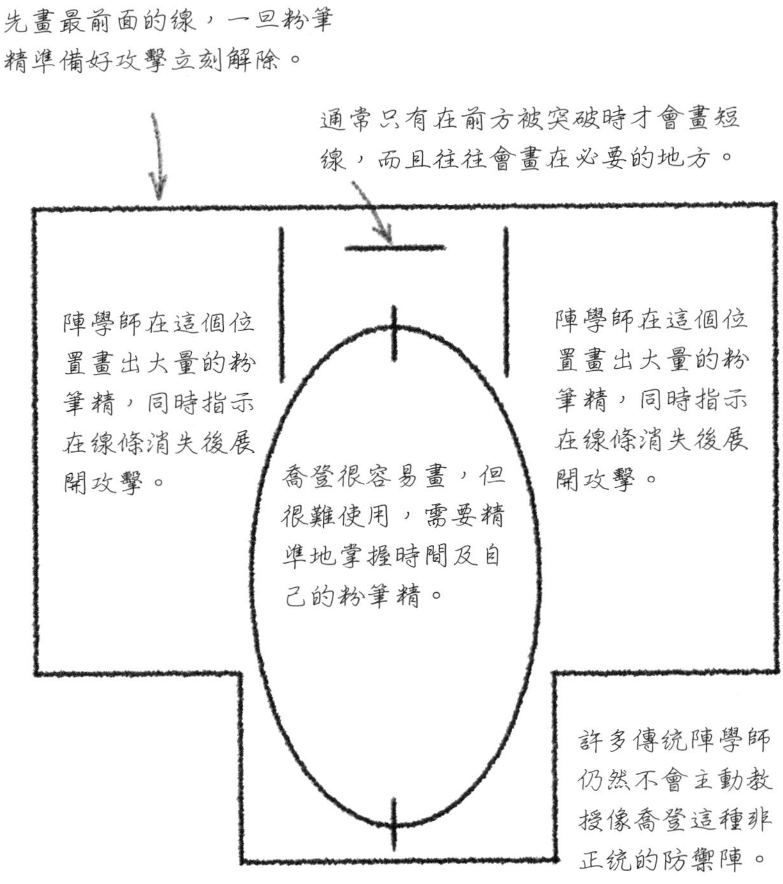
先畫最前面的線，一旦粉筆精準備好攻擊立刻解除。
通常只有在前方被突破時才會畫短線，而且往往會畫在必要的地方。
陣學師在這個位置畫出大量的粉筆精，同時指示在線條消失後展開攻擊。
喬登很容易畫，但很難使用，需要精準地掌握時間及自己的粉筆精。
陣學師在這個位置畫出大量的粉筆精，同時指示在線條消失後展開攻擊。
許多傳統陣學師仍然不會主動教授像喬登這種非正統的防禦陣。

「陣學師到底是哪裡好讓你這麼想當陣學師？」梅樂蒂在夏日的餘暉中開口問道。園丁在小徑上跟他們擦身而過，造訪學院裡的每一盞燈，轉動齒輪讓它們繼續旋轉、散發光芒。梅樂蒂跟喬依必須趕在哈丁的宵禁時間以前回來，他們應該還有時間可以快去快回。

喬依走在梅樂蒂身邊，雙手插在口袋裡，朝校門外慢慢走去。「我不知道。爲什麼會有人不想成爲陣學師？」

「我知道很多人想當陣學師。他們看到我們出名，享有的特殊待遇，喜歡陣學賦與的力量。但你跟他們不一樣，喬依。你不想出名，總是安靜地隱藏自己。你似乎喜歡獨處。」

「應該是吧。也許我只是想要獲得那種力量。妳也看過我跟別人競爭的時候是什麼樣子。」

「不對。你在解釋線條跟防禦陣的時候整個人很興奮，但卻不是把它當成想要奪取的東西，或讓別人服從你的手段。有很多人講到陣學的時候都是這副模樣，就連我班上都有人是如此。」

他們來到校地邊陲，大門旁邊站著兩名警官負責守衛，但沒有想要阻撓人出去的意思。他們身邊放著裝滿酸液的桶子，預備用來對付粉筆精，這些酸液沒有強到會傷人——至少不會傷得很嚴重——卻足以在一眨眼的時間摧毀粉筆精。哈丁不打算冒險。

一名警官朝喬依跟梅樂蒂點點頭。「你們要注意安全，小心點。一個小時內要回來。」

喬依點頭回應後向梅樂蒂問道：「妳確定我們眞的要去？」

她誇張地翻白眼。「沒有人會從冰淇淋店裡消失，喬依。」

「的確。但莉莉．懷庭是從宴會回家的路上消失的。」喬依說。

「你怎麼知道？」梅樂蒂多疑地看著他。

他的眼神飄走。

「噢，對，那些祕密會談。」她說。

他沒有回答，也幸好她沒有追問下去。

路上看起來行人不少，綁架犯向來都是挑學生落單時下手，所以喬依應該不用擔心，可是他還是忍不住仔細地觀察周圍環境。亞米帝斯在他們的右邊，鐵柵欄將修剪整齊的草皮與宏偉的建築物包圍其中，左邊的街上偶爾有馬車行駛過。

隨著大家用不同形狀的發條動物取代馬匹，路上的馬車也越來越少見。一隻形狀像是少了翅膀的龍從旁邊爬過，構造內部的齒輪轉動、滴答，從眼睛裡散發的燈光也照亮了街道。龍背上馱著轎子，喬依看見一個戴圓頂禮帽的男子坐在裡面。

亞米帝斯位於詹姆斯鎮的中心，離幾條繁忙的街口不遠，遠處的建築物大概有十層樓高，全部都是耐用的磚造建築。路上佇立著一些柱子或其他石雕，街道也用石頭拼湊出花紋，許多磚塊上都有新不列顛尼亞的印記。當歐洲人發現這一大片群島，也就是如今的美利堅合眾島國的時候，新不列顛尼亞是最先出現殖民的島嶼之一。

今天是禮拜五，豎琴街上有戲劇跟音樂會，這也解釋了爲什麼路上人這麼多。穿著長褲跟骯髒上衣的工人們走過時朝梅樂蒂行禮，她身上的陣學師制服贏得了他們的尊敬，就連穿著優雅的人們——身著筆挺西裝及長外套，手持拐杖的男士，以及穿著閃亮禮服的女士，有些也會朝梅樂蒂點頭。

被所有人認得、致敬，會是什麼感覺？他從來沒想過當陣學師還有這種好處。

「妳是因爲這樣所以不喜歡嗎？」當他們走到街燈下時，他這麼問梅樂蒂。

「什麼？」她問。

「出名。所有人都會用不同的眼神看妳，不同的態度對待妳，所以妳不喜歡當陣學師？」喬依說。

「這是一部分。感覺就像……就像每個人都對我有期待，許多人必須依賴我。普通的學生可以失敗，但當你是陣學師的時候，所有人都會不斷提醒你不可以失敗。陣學師的數量有限，只有在我們之中有人死去，才會有新的人被選中。如果我做得不好，我們的防線就會出現漏洞。」

她繼續走著，雙手交握在身前，然後他們來到一段發條鐵軌下方，喬依可以看到右邊的亞米帝斯站上有一輛火車正在上緊發條。

「壓力實在很大。」梅樂蒂續道：「我的陣學很差，但是神主親自選中我，代表我是有能力的。所以如果我表現不好，一定是因爲我不夠努力。所有人一直這樣告訴我。」

「哇，這還眞殘酷。」喬依說。

「對啊。」

他不太知道還能說什麼，難怪梅樂蒂對什麼事都很敏感。兩個人安靜地走了一段，喬依此時注意到，他們經過的一小部分路人對梅樂蒂的態度沒有其他人那麼尊敬。他們從工人帽底下方瞪著她，跟同伴交頭接耳。喬依沒想到關於陣學師的抱怨會出現在一般學生以外的人身上。

終於，他們經過鎭上的教堂。宏偉的建築物外有扇巨大的鐵柵門，上頭的齒輪不停轉動，用來記錄時間的無盡循環。站在尖牆跟屋頂上的發條雕像跟怪物，偶爾會轉頭或拍拍翅膀。

喬依停下腳步，抬頭看著在暮色天空下的教堂。

「你沒有回答我的問題。你爲什麼這麼想當陣學師？」梅樂蒂問。

「也許是因爲我覺得我錯過了我的機會。」

「你跟其他人一樣都有過機會。你也經過開示。」梅樂蒂說。

「對，但我的是十二月，而不是七月。」喬依說。

「什麼？」梅樂蒂問道。但喬依已經轉身繼續往前，她衝了過去，轉身面向他倒著走。

「入教儀式的時間是七月。」

「除非你錯過了。」喬依說。

「你爲什麼會錯過你的入教儀式？」

「情況有點……複雜。」

「可是到十二月時，那一年的陣學師都已經挑完了。」

「對，我知道。」喬依說。

梅樂蒂走在他身邊，滿臉深思。「那時候怎麼樣？我是說你的入教儀式。」

「我以爲我們不應該談這種事。」

「不對，是我不應該談這種事。」

「沒什麼好說的。我媽跟我在某個禮拜六去教堂，史都華神父在我身上灑水，頭上抹油，接著帶我去神壇前祈禱大概十五分鐘，之後我們就回家了。」

「你沒進去儀式間？」

「史都華神父說沒有必要。」

她皺眉，卻沒追問下去。他們很快來到亞米帝斯外的一小塊商業區，磚頭建築物的前面掛著遮棚，木頭廣告板在風中微微搖晃。

「我今天應該穿毛衣的。這裡就連夏天都很冷。」梅樂蒂微微打顫。

「冷嗎？噢，對，妳是從佛羅里達來的對不對？」

「北邊好冷。」

喬依微笑。「新不列顛尼亞不冷，緬因弗才叫冷。」

「都很冷。我的結論是你們北方人從來沒有經歷過眞正的溫暖，所以你們只能無知地接受替代品。」

「要吃冰淇淋的人不是妳嗎？」喬依覺得很好笑。

「冰淇淋店裡不冷。好吧，也許會冷，但大家都知道爲了吃冰，冷一點沒關係。就像那些高尙的事物，必須受苦才能獲得獎賞。」

「妳用冰淇淋來比喻信仰的美德？說得好啊。」喬依說。

說完兩人便順著磚頭街道繼續前進，梅樂蒂露出笑容，旋轉油燈的光線在她深紅色的頭髮與臉上的酒渦間跳動。

*眞的，當她沒發瘋或對我吼的時候，她眞的挺漂亮的。*喬依心想。

「到了！」梅樂蒂指著一間店說。

她一口氣衝到馬路對面，喬依小心翼翼地避開車輛跟在後面。這間冰淇淋店顯然很受歡迎，但喬依不常來商業區，自然也沒來過這裡。他有什麼好買的？學院提供了他和家人需要的一切。

喬依認出有些亞米帝斯的學生坐在店裡，他認識的理查森‧麥休斯待在外面，朝他揮了揮手。理查森比喬依大一屆，向來對他很好。他瞥了梅樂蒂一眼，然後朝喬依眨眨眼。

*這下好了，就算以前沒有我跟梅樂蒂的傳言，現在也會有了。*他不知道自己對這件事的感覺。他走向理查森，打算跟他聊天，梅樂蒂則是跑去看有哪些冰淇淋口味。

然後喬依瞥見口味旁邊的價目表，讓他立刻停了下來。

他在心裡責怪自己是個笨蛋。他早該猜到，早該想清楚。他很少離開學校，幾乎不曾在任何事情上花錢。

他趁梅樂蒂還沒走進店裡時拉住她的手臂。

「梅樂蒂。我……我付不起。」

「什麼？」她問。

喬依指著窗戶外面的價錢。「一球冰淇淋要九分？實在太可笑了！」

「現在是六月啊，其實不算太貴。我想現在整個島上最便宜的一球也要七分，而冬天我看過最便宜的要五分。」

喬依猛眨眼。東西這麼貴嗎？

「你有多少？」她問。

喬依把手伸進口袋，拿出一枚銀色錢幣。錢幣差不多跟他的拇指一樣寬，很薄，上面有新不列顛尼亞的標誌。媽媽要他把這枚錢幣帶在身上，以免他需要付計程車資，或是買發條火車票。

「一分錢。」梅樂蒂淡淡地說。

喬依點點頭。

「你一個禮拜的零用錢就這樣？」

「一個禮拜？梅樂蒂，這是我去年生日時我媽給我的生日禮物。」

她盯著錢看了一下。「哇塞，你真的很窮。」

他滿臉通紅，把錢幣塞回口袋。「妳去買妳要吃的，我在外面——」

「別傻了。」她抓住喬依的手臂把他拉進溫暖的冰淇淋店，待在理查森跟一名喬依不認得的長睫毛女孩後面排隊。「我付我們兩個人的錢。」

「我不能讓女孩替我付錢！」

「你這是男性虛榮心作祟。」她從錢袋裡掏出一枚閃亮的金色五毛錢。「拿著。」她把錢遞給他。「現在你可以替我們兩個付錢了。」

「妳開玩笑吧！」他抗議。

「你快點，輪到我們了。」

喬依遲疑地看著櫃檯後面的冰淇淋店員。那人朝他挑起一邊眉毛。

「呃……你好。」喬依說。

「唉，你沒救了。」梅樂蒂用手肘把喬依推開。「我要一份三球巧克力聖代加熱巧克力醬跟巧克力糖粒。」她看了喬依一眼。「他要香草冰淇淋。兩球，加櫻桃。還有我們一人一杯櫻桃汽水。記住了嗎？」

店員點頭。

「他付錢。」梅樂蒂比比喬依。

喬依遞出五毛錢，拿回兩枚一分硬幣。

梅樂蒂指著一張桌子，喬依跟在她後面走過去。兩個人坐下後，他想要把零錢還給她。

梅樂蒂無所謂地揮揮手。「你留著吧。我最討厭小零錢了，叮叮噹噹好吵。」

「妳有多少錢啊？」喬依低頭看著錢幣問道。

「我家裡一個禮拜給我一塊錢。」梅樂蒂拿出一枚金色、直徑約兩吋的硬幣。

喬依瞠目結舌。

他從來沒有摸過一塊錢。從錢幣兩邊的玻璃可以看到裡面的齒輪，證明是眞錢。

梅樂蒂轉動手中的錢幣，然後拿出一把小鑰匙，將裡面細小的齒輪鎖緊，接著齒輪輕輕發出滴答聲，在玻璃表面底下轉來轉去。

一個禮拜一塊錢。喬依驚訝地想著。

「拿著。現在是你的了。」她把錢從桌子的另一邊滾向他。

「我不能拿！」喬依抗議，趁錢幣從桌面滾落前擋下。

「爲什麼不行？」

「這不對。我……」他從來沒有拿過這麼多錢。他想要把錢還回去，但是梅樂蒂立刻關上錢包。

「我房間裡還有五十個這樣的硬幣。我根本不知道拿那些錢幹嘛。」她說。

「太……太驚人了！」

她哼了一聲。「跟這所學校的大多數學生相比根本不算什麼。我班上有個同學，他家每禮拜都給他十塊錢。」

「灰的！我眞的很窮。」他遲疑了。「我還是不能收，梅樂蒂。我不想接受別人施捨。」

「不是施捨。我只是不想拿而已。你爲什麼不拿去買點好東西給你母親？」

這句話讓喬依打住，最後不情願地把錢放回口袋。

「你母親看起來需要休息。她工作很辛苦，對不對？」梅樂蒂說。

「很辛苦。」喬依點點頭。

「那她的錢都去哪裡了？付你的學費嗎？」

「我父親死後，校長讓我免費入學。」喬依搖頭說。

「你母親不可能只賺到你們的食宿費。」梅樂蒂朝端來他們食物的服務生點點頭。喬依光看著自己那堆冰淇淋，以及上面搭配的切片櫻桃和鮮奶油就已經不知所措，但他點的那份只有梅樂蒂那盤巧克力巨獸的三分之二大。

她立刻開動。「你母親的錢呢？」

「我不知道。我從來沒想過。」他摸摸了口袋中的一塊錢硬幣。好多錢。給陣學師的津貼眞的這麼多嗎？

他們必須在內布拉斯克服役十年，之後如果願意可以繼續待在那裡，但只要在前線待滿十年就能退休，等到有需要時才會被徵召。過去三十年以來，他們只被徵召過一次，當時防禦圈出現了一個大缺口。

服役十年就能有終生俸。喬依不知道確切數字是多少，但如果陣學師需要更多的錢，他們可以替發條公司工作。與政府簽訂合約的發條公司允許使用以撕裂符畫出來的粉筆精，用它們轉動爲鐵路提供動力的巨大發條。有了撕裂符，粉筆精就能影響現實世界的物體，而不只是攻擊其他陣學師畫的粉筆。

喬依對這些事情知道的不多，這是另一件陣學師不跟其他人討論的事情。他甚至不確定粉筆精怎麼樣才能推動東西，但是它們的確能施力，而這樣的工作可以支付陣學師非常、非常高的薪水。

「錢似乎是當陣學師的好理由。容易賺錢。」喬依說。

「對啊。容易。」梅樂蒂低聲說。

喬依終於吃了一口冰淇淋，味道比亞米帝斯的廚師做出來的好太多。可是他注意到梅樂蒂開始憂鬱地攪動她的冰淇淋，眼角低垂，讓他也食不知味了起來。

我說了什麼？他們的對話讓她想到自己能力的不足嗎？

「梅樂蒂，妳眞的很擅長陣學。妳在粉筆精上是天才。」喬依說。

「謝謝。」她雖然這麼說，卻沒有立刻打起精神。她似乎不是介意這件事。

不過梅樂蒂很快又開始挖起聖代。「巧克力，古往今來最偉大的發明。」

「發條呢？」喬依說。

她無所謂地揮揮手。「達文西不怎麼樣。大家都知道這點，根本名過其實了。」

喬依微笑享受自己的冰淇淋。「妳怎麼知道要選什麼口味給我？」

「直覺。」她又咬了一口。「喬依，剛才說粉筆精的事，你是認眞的嗎？你眞的覺得我很會畫？」

「當然。」喬依喝了一口汽水。「我偷聽過很多堂課，我從來沒有看過學校裡有哪個教授的粉筆精能跟妳的一樣細緻。」

「那爲什麼其他的線我畫不對？」

「所以妳還是在乎的嘛。」

「我當然在乎，如果我不在乎，就不會是現在這種悲劇了。」

「也許妳需要多練習。」

「我練習得數不清了。」

「那我也不知道。妳是怎麼讓妳的粉筆精待在防禦陣後面的？妳做起來似乎很容易，但據說應該非常難。」

「據說？」

「我不是很確定。」喬依往嘴裡塞了一口冰淇淋，品味著甜美、細緻的口感，然後舔了一下湯匙。「粉筆精理論我讀得不多。普通書本裡沒有很多關於粉筆精的資訊，而費奇教授也不教粉筆精課程，學校裡只有他會讓我一直溜進教室裡偷聽陣學課。」

「眞可惜。你想知道什麼？」

「妳會跟我說？」喬依驚訝地問。

「我不覺得有什麼不能說的。」

「因爲妳聽到我提起入教儀式時整個人很激動。」

「根本不一樣好不好。」她翻翻白眼。「你到底要不要問啦？」

「嗯，我知道有時候粉筆精會聽從指示，但有時候不聽，爲什麼？」

「我想沒有人知道答案。它們通常會照我的想法去做，但其他人就比較有問題。」

「所以妳比其他人熟悉指示符？」

「也不能這麼說。粉筆精……它們跟其他線條不一樣。禁制線只會做一件事，畫好之後，它就會待在那裡。可是粉筆精變化豐富，有自己的生命。如果造得不夠好，它們就沒有辦法做該做的事情。」

「可是所謂『造得好』又是什麼意思？我一直在翻書，只讀到細節能讓粉筆精更強，但……它只是粉筆畫的塗鴉而已。粉筆精怎麼知道自己畫得詳不詳細？」喬依皺眉說。

「因爲它其實知道。粉筆精知道圖的好壞。」梅樂蒂說。

「重點是粉筆的用量嗎？粉筆用很多就能做出『精細』的圖，而不是不精細的圖？」

梅樂蒂搖搖頭。「我第一年接觸陣學的時候，有些學生畫粉筆精的方式就是畫圈後塗色，但那些不是死得很快，就是滾向不該去的地方。」

喬依皺眉。他一直都認爲陣學是……怎麼說呢？應該是科學的，可度量的。禦敵線的力量跟弧度的角度成正比，禁制線的阻擋能力與寬度成正比，所有的線條都可以直接判斷優劣。

「一定跟數字有關。」他說。

「我跟你說了，這跟畫得好不好有關。如果你畫的獨角獸看起來像獨角獸，那它能維持的時間就會長過一個比例不對、腳太短，或是根本不知道自己是獨角獸還是獅子的粉筆精。」

「可是它怎麼會知道？什麼是『好』？什麼是『壞』？這跟陣學師自己內心的認定有關係嗎？陣學師能越正確地畫出內心所想的圖，粉筆精就會越強嗎？」

「也許吧。」她聳聳肩。

喬依搖晃著湯匙。「可是如果是這樣的話，那最會畫粉筆精的陣學師就會是那些想像力最差的人。我看過妳的粉筆精，它們很強，而且非常精細。我不認爲這個系統會獎勵那些無法想像複雜圖像的人。」

「哇，你眞的很認眞。」

「造物線是唯一我覺得不合理的線條。」

「我倒覺得造物線非常合理。圖畫越美力量就越強大，越能按照陣學師的命令行動。這有什麼難懂的？」

「我覺得難懂是因爲它很模糊。」喬依說。「在我知道一件東西背後的原因前無法了解它。一定要有一個客觀的標準來決定什麼是好，什麼不是，即便所謂的客觀角度是陣學師本身的主觀意見。」

梅樂蒂呆呆地眨了幾下眼睛，然後又吃了一口冰淇淋後說：「喬依，你眞的應該成爲陣學師的。」

「別人也這麼跟我說過。」他嘆口氣說。

「我是認眞的。誰會這樣說話啊？」梅樂蒂說。

然後喬依專心吃起自己的冰淇淋。這麼貴的東西，他可不希望它融化、白白浪費。對他來說，味道好是一回事，但不浪費昂貴的東西也很重要。

「那不是妳的同伴嗎？」他指著一群坐在角落的陣學師學生。

梅樂蒂瞥了一眼。「對。」

「他們在做什麼？」喬依問。

「看報紙？」梅樂蒂瞇著眼睛。「喂，頭版是費奇教授的畫像嗎？」

那個記者動作眞快啊。喬依在心裡呻吟。

「來吧。」他喝光汽水，把最後一口冰淇淋塞進嘴裡，站了起來。「我們得弄一份報紙來看。」

剛猛線
第一部：基本使用

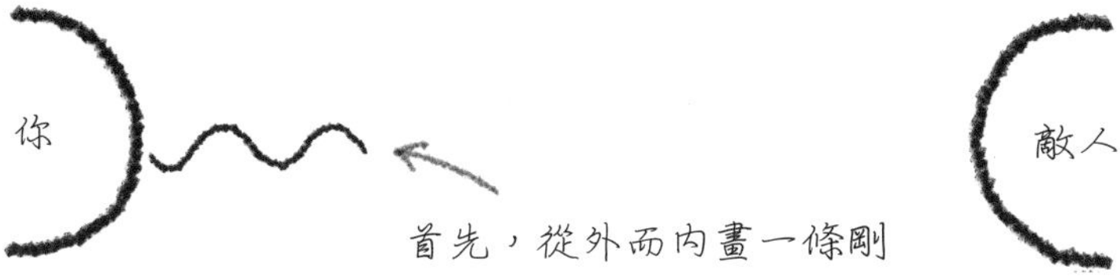

首先，從外而內畫一條剛猛線。

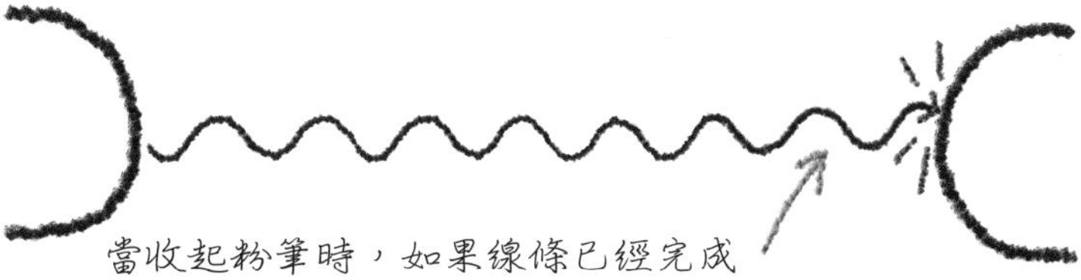

當收起粉筆時，如果線條已經完成兩個波浪，它會直接往前衝，直到擊中物體。

如果瞄準得當，線條會在敵人的防禦圈留下痕跡或造成破壞。注意，根據圓圈的強弱，通常需要在同一個地方擊中數次才會突破一條禦敵線，令大多數粉筆精更容易造成破壞。

（剛猛線無法影響真正的物體或動物，只能影響粉筆圖，這點務必謹記。）

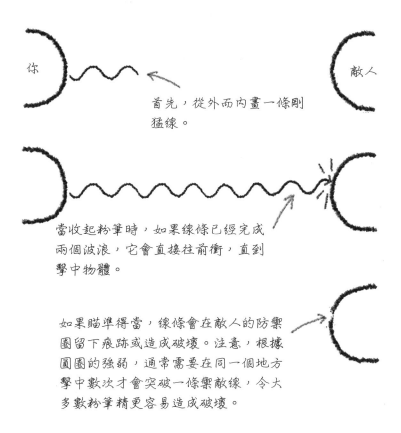

梅樂蒂讀著報紙：「費奇教授是個像小松鼠一樣的男人，縮在書堆前的模樣彷彿那些是儲藏準備過冬的果實，被隨意堆放在他的洞穴裡。可是在這樣的外表下，卻是一個重要的人物，因爲他是尋找亞米帝斯殺手的行動核心。」

「殺手？」喬依問。

梅樂蒂抬起手指，繼續讀下去。

根據某位不願具名的消息人士臆測：「我們的確擔心被綁架學生的性命安危。所有警官都知道這種有人明顯失蹤的案件，被害者很有可能永遠下落不明，至少不會活著被找到。」

費奇教授比較樂觀。他不只認爲那些孩子還活著，甚至認爲可以把他們找回來，而解開他們下落之謎的關鍵，也許就隱藏在犯案現場發現的奇特陣學線之中。

「我們不知道那是什麼線或有什麼用處，但這些線條絕對和失蹤案有關。」費奇教授解釋。儘管他不願意提供線條的樣式，但確實表示那並非基本四線。

費奇是個謙虛的男人。他的聲音安靜、謙遜，鮮少有人知道我們必須將希望寄託在他身上。因爲假設眞的有陣學師狂人在新不列顛尼亞肆虐，那絕對會需要陣學師才能打敗他。

她抬起頭，他們的空冰淇淋盤子跟髒汽水玻璃杯還放在桌上，冰淇淋店裡少了很多人，許多學生已經離開，爲了趕上宵禁返回亞米帝斯。

「我想現在妳也知道一切了。」喬依說。

「就這樣？你跟督察就說了這些？」梅樂蒂說。

「差不多是這樣。」這篇文章裡提到一些令人害怕的細節，包括莉莉跟賀曼失蹤的方式，還有兩個地方都有血跡。「這很糟糕，梅樂蒂。我不敢相信這件事上報了。」

「爲什麼？」

「直到現在，警方跟約克校長還在暗示莉莉跟賀曼只是離家出走，陣學師的家長們猜到這不是事實，但是城裡的人不知道。」

「讓他們知道眞相比較好。」梅樂蒂義正辭嚴地說。

「即使因此造成恐慌嗎？即使普通人因此躲在家裡，害怕一個可能不存在的殺手，一個一定不會傷害他們的人？」

梅樂蒂咬著嘴唇。

喬依嘆口氣，站起身把報紙摺好。「回去吧。我們得趕在宵禁之前回到學院，還有如果哈丁督察還沒看到這份報紙的話，我想拿給他看。」

她點點頭，跟喬依一起走到街上。如今天色感覺更暗了，喬依再次質疑自己是否不該在殺手出沒的時候還在外面跑。梅樂蒂似乎有同樣的感覺，她比來的時候靠得離他更近。他們加快腳步，一路上都沒有對話，直到終於回到亞米帝斯的大門前。

剛才那兩名警官仍站在門口。喬依走進去的時候，學院的大鐘敲響距離整點還有十五分的鐘聲。

「哈丁督察呢？」喬依問。

「不好意思，他出去了。我們能協助你嗎？」一位警官說。

「他回來以後把這個交給他。」喬依把報紙交給其中一人。警官快速瀏覽一遍，臉上露出擔憂的神色。

「來吧。我送妳回宿舍。」喬依對梅樂蒂說。

「你怎麼突然變得這麼有紳士風度？」她說。

他們緩緩地沿著小徑前進，喬依沉浸在自己的思緒中。至少這篇文章沒有貶低費奇。也許那名記者對於必須說謊騙他有罪惡感。

不久後兩人來到宿舍。

「謝謝妳請我吃冰淇淋。」喬依說。

「不，該謝謝你。」

「是妳付錢的。妳把錢給我，讓我去付。」他說。

「我不是謝你付錢。」梅樂蒂輕快地說，拉開宿舍的大門。

「那是爲什麼？」他問。

「因爲你沒有對我視而不見，還有同時對我有時是個瘋子這件事視而不見。」她說。

「我們每個人都有是瘋子的時候。妳只是……嗯，比別人擅長吧。」他回答。

「你眞會稱讚人啊。」她挑起一邊眉毛說。

「我不是那個意思啦。」

「那我只好原諒你了。眞無聊。晚安了，喬依。」她說。

梅樂蒂的身影在宿舍裡消失，大門也在她身後關上。喬依緩緩走過草皮，腦中思緒混亂，最後發現自己在陣學學區信步亂走。

他知道大多數教授的住處，所以很容易就判斷出哪間沒有人使用的辦公室會分配給納利薩。果不其然，他很快就在造物樓的外牆找到掛著納利薩名牌的大門。

喬依在外面徘徊，抬頭看著黑漆漆的二樓。造物樓是四棟陣學大樓中最新的一棟，比舊的那些安排了更多窗戶。納利薩房間的窗戶是暗的，意思是他不在，還是已經就寢了？

梅樂蒂說納利薩要人把書送到他的辦公室，現在那些書應該就在他的桌上，或者就放在樓梯間頂層……喬依發現自己正朝門把伸手。

我在做什麼？他連忙阻止自己。難道他眞的想要闖入教授的辦公室？在選擇用這麼激烈的手段之前，他必須先想清楚。當喬依轉身準備走過草皮，卻聽到身後傳來聲音，他立刻轉頭過去。

通往納利薩辦公室樓梯間的門打開了，一個穿著黑色披風、金色頭髮的人走了出來。是納利薩。喬依感覺心臟猛地一跳，但他站得夠遠，又被黑色陰影籠罩，納利薩根本沒注意到他。

教授戴上一頂高禮帽順著步道離開。喬依感覺心跳如雷。如果他剛才上樓，納利薩一定會逮到他。他深吸幾口氣，讓自己平靜下來。

然後他想到，現在可以確定教授不在了。

如果他很快就回來怎麼辦？喬依心想著搖搖頭。如果他眞的決定溜進教授的辦公室，就需要一個更好的計畫。

他繼續走著，卻因爲感覺清醒而不想回宿舍，最後終於做出決定。他知道有一個人一定還醒著，而這個人是他可以傾吐的對象。

喬依知道哪裡最有可能找到他母親，於是先從那些地方下手。雖然他沒找到她，但卻找到了黛姆——另一名清潔女工。她告訴喬依該去哪裡。

原來媽媽正在清理競技場。喬依透過微微撐開的門縫探頭瞄了一眼，聽到刷地的聲音在室內迴盪。他把門打開，走了進去。

位於禦敵樓中央的競技場占據了這棟建築物大部分空間，這裡的天花板是有鐵架支撐的方形玻璃片，畢竟陣學決鬥的最佳觀賞位置是從上往下俯瞰。每年大混戰時，教授跟當地仕紳都會坐在上面最好的座位觀看比賽。

喬依從來沒有眞正看過這個房間，雖然他運氣很好，有一、兩年弄到了大混戰下層座位的票。競技場的形狀像座溜冰場，最下方是比賽區，黑色的地面讓粉筆的痕跡更爲清晰，寬敞的面積足夠讓幾十個人同時畫防禦圈。在比賽區的外圍設置了許多座位，不過再怎麼多都不夠容納所有想要觀看大混戰的人。

一年到頭都有決鬥比賽，但是大混戰依舊是最受歡迎的活動，也是高年級生在被送去內布拉斯克進行為期一年的訓練前，炫耀技巧的最後一次機會。大混戰中的贏家會在內布拉斯克得到重要的職位，而且有機會成為小隊長與隊長。

喬依的母親趴跪在房間中央刷著黑岩石地面，旁邊只有一盞發條燈。她用方巾把頭髮綁在後面，袖子捲起，褐色的裙子因為跪在地上而滿是灰塵。

喬依突然感到一陣憤怒。其他人去看戲或在房間裡休息，但他媽媽卻在刷地板，然後這股憤怒立刻變成罪惡感。媽媽在刷地的時候，他在吃冰淇淋。

如果我是陣學師，她就不需要這麼做了。喬依心想。

梅樂蒂對於許多陣學師渴望金錢跟權力表示鄙夷，她顯然完全無法理解沒有這兩者的人生是怎麼一回事。喬依順著在長椅間的台階往下走，腳步聲在室內發出迴音。

「喬依？」當他踩上黑岩石地板時，他母親抬起頭說。「你應該要準備睡覺了，年輕人。」

「我不累。」他來到她身邊，拿起浮在木桶裡多餘的刷子。「我們在做什麼？刷地板嗎？」

她打量他片刻，最後回頭開始工作。夏天時，母親對於他的上床時間沒有那麼嚴格。「不要把你的褲子弄壞了。這地板很粗糙。一不小心就會把膝蓋上的布磨破。」

喬依點點頭，開始刷一塊她還沒動手的區域。「為什麼需要打掃這裡？這裡不常用到。」

「得為大混戰做準備。」她把一綹滑落的頭髮撥開。「每年我們都得上一層漆維持深色表面。動手前，必須先把比賽場地清乾淨。」

喬依點點頭繼續刷地，能實際做點什麼而不只是翻書讓他心情好不少。

「那女孩子感覺人不錯。」他母親說。

「誰？梅樂蒂？」

「不，是你帶來吃晚飯的另個女孩。」他母親調侃地說。

「我想是吧，她有點奇怪。」喬依滿臉通紅地說。

「陣學師大多很奇怪。不過我很高興看到你跟女孩在一起。我擔心你。你似乎有聊天的對象，晚上卻不會跟大家出去玩。你有很多認識的人，卻沒有很多朋友。」他母親說。

「妳從來沒有提過這件事。」

她哼了一聲。「就算我不是教授也知道青春期的男孩不喜歡聽媽媽操心。」

「我沒讓妳頭痛。以青春期的兒子來說，我不是那種太讓人頭痛的小孩。」喬依笑著說。

他們並肩工作一段時間，喬依還是不太高興他母親得這麼辛苦。對，陣學師很重要，他們幫助保護諸島免於內布拉斯克的危險攻擊，但是媽媽做的事情難道不重要嗎？神主挑選出陣學師，難道不也是祂挑選出清潔女工？

爲什麼大家重視費奇教授這種人做的事情遠勝於他母親做的事？她比喬依認識的任何人都要辛勤工作，但她既不出名，也沒有獲得財富或地位。

梅樂蒂問他母親的錢去哪裡了？這是個好問題。媽媽工作的時間很長，所以他們的錢到哪兒去了？都被媽媽存起來了嗎？還是去了別的地方？一個喬依從來沒有想到的花費……

他猛然坐起身，全身如墜冰窖。「校長其實沒有讓我免費上亞米帝斯，對不對？妳爲了不讓我有罪惡感才這麼告訴我，妳在花錢讓我上這所學校。」

「什麼？我絕對付不起這裡的學費。」媽媽繼續刷地。

「媽，妳幾乎每天都做兩輪工作，那錢不會憑空消失。」

她哼了一聲。「就算做兩輪工作，我也負擔不起。你知道這裡的父母得付多少學費嗎？」

喬依想起梅樂蒂說她班上有個學生一個禮拜有十塊零用錢。如果光是零用錢就這麼多，那他們爲了送孩子來念亞米帝斯又要花多少？

喬依不想知道。

「所以錢到哪裡去了？爲什麼要加班？」他問。

她沒有抬頭。「你父親死的時候留下的不只有家人，喬依。」

「什麼意思？」

「我們有債。」她繼續刷地。「你不用擔心這些。」

「爸是粉筆匠，他的工作室跟材料都是學校提供的。他爲什麼會欠債？」

「很多原因。」她刷得更用力了些。「他經常旅行，跟陣學師們會面，討論他們的工作。當時發條鐵路沒有現在這麼便宜。況且還有書籍、材料，爲進行各種計畫而休假。有一些資金是約克校長借他的，但更大一部分來自外面，那種會把錢借給你爸這種窮工匠的人……當他們來要錢的時候，是不可能裝傻不還的。」

「多少？」

「跟你無關。」

「我想知道。」

他母親看向他，與他四目對視。「這是我的責任，喬依。我不會讓它毀了你的人生。因爲約克校長，你可以接受良好的教育，重新開始。我會處理你爸的問題。」

她顯然認爲這件事情的討論就此爲止，開始繼續刷地。

「爸爸這些時間都在做什麼？」喬依猛力刷著自己那塊區域。「他願意冒這麼大的風險，一定對自己的目標很有信心。」

「他的理論我大部分都不了解。你知道他一講到粉筆成分比例就可以講個不停。他以爲自己能用粉筆改變世界。神主啊，我眞的相信他。」

房間裡除了刷子磨擦岩石的聲音之外只有沉默。

「你知道嗎？他的目標就是要把你送來亞米帝斯。他希望能夠付得起學費。我想這就是爲什麼約克校長要給你獎學金。」他母親輕聲說。

「所以我每次成績不好妳才會這麼生氣？」

「這是一部分。噢，喬依，你還不明白嗎？我只是想要你過一個比我們好的人生。你的父親……他犧牲了太多。如果那該死的研究沒有害他送命，他也許會成功。」

喬依偏著頭。「他是在發條鐵路意外中受傷的。」

她停頓片刻。「對，我就是這個意思。要不是他因爲某個計畫在外旅行，火車出軌時他就不會在車上。」

「媽媽，爸爸眞的是因爲鐵路意外受傷的嗎？」喬依盯著她問道。

「喬依，你看到他在醫院裡。他去世的時候你就在他身邊。」

喬依皺著眉，卻無法反駁。他記得乾淨無菌的房間，醫生們忙碌穿梭，還有他們幫父親治療，在他斷掉的腿上開刀。他也記得所有人都勉強擺出樂觀的態度，告訴喬依他的父親會痊癒。

他們都知道他會死。喬依如今明白。他們都知道，甚至他母親也很清楚，只有八歲的喬依抱持希望，心想有天他父親會醒來，一切都會沒事。

意外是七月三號發生的。到了四號，也就是開示那天，喬依仍舊待在父親身邊。他緊握著父親的手，感覺自己的胃不斷翻攪，眼睜睜看著他離開人世。

特倫甚至不曾醒來，即使喬依那天祈禱了上百次。

直到眼淚滴在面前的黑岩石上，喬依才發現自己在哭。他連忙擦擦眼睛。時間不是應該減弱痛楚嗎？他仍然記得父親的模樣：和藹的神情、開朗的下巴，還有會笑的眼睛。心好痛。

喬依站起身，把刷子放回桶子裡。

「也許我該回去睡覺了。」他說完轉過身去，擔心媽媽看到他的眼淚。

「你是應該去睡了。」他母親說。

喬依走向出口。

「喬依。」她在他身後喊。

他停下腳步。

「不要太擔心。我是說錢的事。我處理得來。」她說。

妳工作得半死，剩下的時間還得拿來操心。我一定要找到方法來幫妳。一定。喬依心想。

「我明白。我會專心讀書。」他說。

她聽了繼續刷地。喬依離開競技場，走過草皮回到宿舍，連衣服都沒脫就爬上床，突然覺得極為疲累。

幾個小時過後，照在臉上的陽光讓喬依眨著眼醒來，他發現自己昨晚竟然一下就睡著了。他打著呵欠下床把床舖整理好，等媽媽大概一個小時後回來休息，然後從床腳的一個小箱子裡拿出衣服來換上。

除了這兩件家具外，房間裡幾乎空無一物。裡面只放了一個床頭櫃、一個衣箱，還有一張床，房間小到他幾乎可以同時摸到兩邊的牆壁。喬依一面打呵欠，一面預備走向位於走廊盡頭的浴室，打開了房門。

結果卻看見人們在走廊上跑來跑去，興奮交談。他停下腳步，抓住一名急忙走過的女人手臂問道：「艾牧西爾太太？怎麼了？」

深色肌膚的埃及女人看了他一眼。「喬依，孩子，你沒聽說嗎？」

「聽說什麼？我剛醒。」

「第三起失蹤案。又是一個陣學師。查理斯．卡洛威。」

「卡洛威？」喬依認得這個名字。「妳是說……」

她點點頭。「東卡羅萊納武士議員的兒子。那孩子昨天深夜在他們家族的宅邸中被綁架。

要我說，他們應該聽校長的建議。可憐的孩子在這裡比較安全。」

「武士議員的兒子！」這下慘了。

「不只這樣。」她靠得更近。「有人死了，喬依。男孩的僕人。普通人，不是雞毛撢。在現場找到那些人的時候他們皮膚被撕爛，眼睛被咬掉，像是……」

「像是被野粉筆精攻擊。」喬依低聲說。

她俐落地點頭，然後快步離開，顯然打算跟別人分享這個消息。

喬依麻木地心想：*武士議員的兒子被綁架了。普通人被殺害了。*

一切有了天翻地覆的變化。

第三部

指揮粉筆精

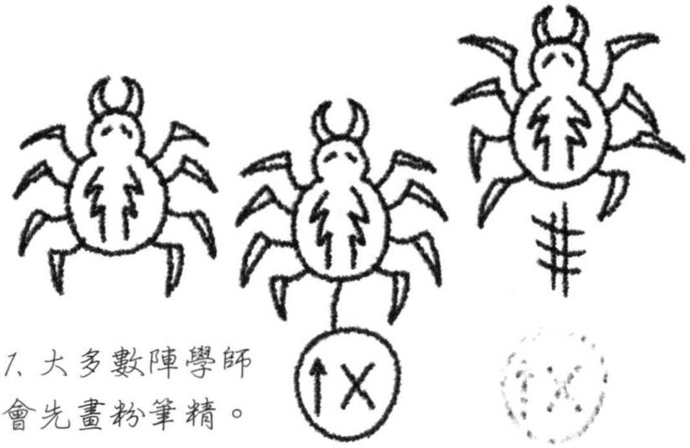

1、大多數陣學師會先畫粉筆精。

2、然後用粉筆將符文寫在粉筆精旁邊加以指示。

3、一旦指示完成後，符文就會消失，粉筆精跟著執行。

不知何故，人類製造的粉筆精不太靈光，必須隨時告知確切的行動，否則就會漫無目的地行動。使用的符文並無標準，不同陣學師的用法也不一樣。可是符文的意義卻是一致的。

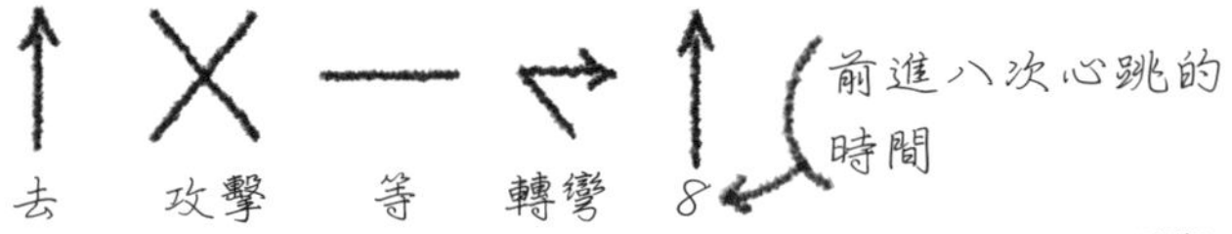

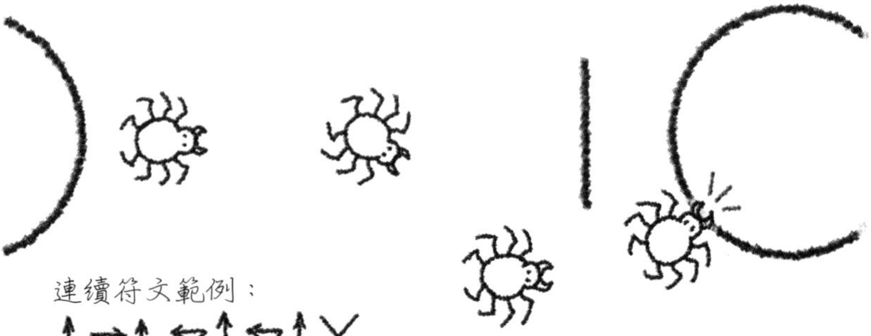

連續符文範例：

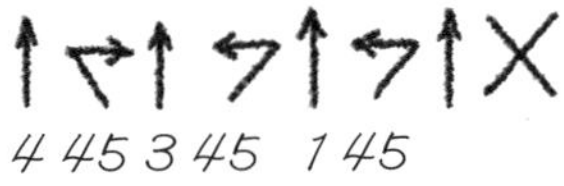

喬依跑過大半個學校來到費奇教授的辦公室。他先是敲了敲門，但沒有回應，所以他試轉一下門把，發現沒鎖。

他把門推開。

「等一下！」費奇大喊。教授站在書桌旁，正忙著抱起一堆卷軸、文具、書本，看起來比平常還邋遢，頭髮豎起，領帶歪歪扭扭。

「教授？」喬依詢問。

「啊，喬依。太好了！拜託你來幫我拿一下這些東西。」費奇抬頭說。

喬依連忙幫他抱起一整堆卷軸。「發生什麼事了？」

「我們又失敗了。又有人失蹤。」費奇說。

「我知道。」喬依跟著費奇教授走到門口。「但是我們該怎麼辦？」

「你不記得嗎？」費奇在喬依身後關上門，然後急忙下樓。「你提議我們必須要在犯罪現場被破壞前先去檢查。雖然這些警官能力很好，但是他們對陣學不夠了解。我跟哈丁督察解釋過了。」

「他們真的會等我們嗎？」

「他們必須要等哈丁抵達才能開始調查，而他正在亞米帝斯，有人失蹤這件事才剛傳出來，所以如果我們——」

「費奇！」前方一個聲音大喊。喬依抬頭看到哈丁督察跟一群警官站在一起。「加速，士兵！」

「好，好。」費奇加快腳步。

哈丁一揮手，所有警官立刻散開，然後他對來到身邊的費奇跟喬依說：「我已經叫工程師把鐵路攔住，還有我的人正在封鎖學院，以後不准任何陣學學生在沒有警方保護之下離開這個地方，直到我們找出元凶。」

「很睿智的作法。」費奇說完跟哈丁兩人走向火車站，喬依趕緊抱著卷軸跟上。學生們聚集在附近的草地上看著警方的行動，喬依在其中發現自己熟悉的紅卷髮。

「喂！」梅樂蒂推開其他學生，衝向喬依。「發生什麼事了？」

喬依臉上露出尷尬的表情，費奇教授則轉身說：「啊，梅樂蒂，親愛的。我在辦公室裡留了一些防禦陣讓妳描圖。今天我不在，那是妳的功課。」

「描圖？我們現在有危機要處理啊！」梅樂蒂質疑。

「好了，好了，我們還不知道是怎麼一回事呢。我就是要去看看到底情況如何，但是妳的功課不能耽擱。」

她瞥了喬依一眼，喬依抱歉地聳聳肩。

「好了，士兵們，趁犯罪現場還新鮮，我們趕快行動！」哈丁說。

梅樂蒂雙手叉腰地看著他們離開，喬依直覺自己回來之後，必定有一頓好罵等著他。

他們來到火車站，一棟兩邊都有出入口的大型磚造建築物。喬依鮮少搭火車。他的祖父母住在同一座島上，搭馬車去看他們比較便宜，而除了他們以外，他沒什麼離開城市，更別說島嶼的理由。他滿懷期待地跟在哈丁、費奇的身後走上斜坡，一面擠過早上下火車的學生，等人群繞過他們。

「督察，你還沒封鎖火車站？」費奇看著湧出的學生說。

「現在這麼做太早了。如果學院是學生的庇護所，那我們得讓他們先回亞米帝斯。有很多非陣學師的學生沒有住校，我想盡可能讓他們來這裡避難。現在既然知道有普通人的死者，就代表我們已經無法確定普通學生的安危。」

三個人走進長方形的磚造火車站，發條火車固定在鐵軌下面，而鐵軌高高掛在空中，離地大概有十呎高，一路延伸至火車站的末端。火車的車廂修長，外型像是華麗的馬車。

火車的齒輪引擎從最前面的兩節車廂頂端突起，像是巨大的鐵爪抓住上方的鐵軌。一群工人在走道上忙碌，負責把圓鼓狀的發條電池放入第一座引擎，然後加以固定。電池已經在別的地方上好發條，因爲光是準備一個就得花上好幾個小時。裡面的彈簧必須強而有力，足以拉動整輛火車，而這個工作主要是交給粉筆精來做。

哈丁催促費奇跟喬依進入車廂，後面跟著一批警官。警官們從車廂最前面的包廂裡趕出幾個不太高興的乘客，替費奇、哈丁、喬依讓出空間。

喬依興奮地坐下。眼前的情況很不樂觀：又有學生被綁架，還有無辜的人被殺害，但他忍不住因為能搭發條火車而感覺刺激，更別說他還坐在包廂裡。

火車因工人安裝發條鼓發出匡啷聲，來回搖晃。喬依看到外面有些人生氣地走下車，站在月台上。

「你在疏散火車上的人？」費奇問。

「不是。我的人只是告訴他們這班火車要取消所有停靠站，直到我們抵達東卡羅萊納。任何不想去那裡的人都必須下車等下一班。」哈丁說。

隨著一道響亮的卡榫聲，宣告發條鼓已安裝完畢，然後工人們朝第二節車廂移動，開始把第二個鼓固定在那裡的齒輪引擎上，沒多久又傳出類似的聲音。喬依想像著鼓裡面的巨大發條跟齒輪，這些構造蘊含著緊繃而強大的力量，只等著被釋放。

「督察，真的是卡洛威爵士的兒子被抓了？」費奇向前傾身。

「對。」警官一臉擔憂的神色。

「這對亞米帝斯跟島嶼來說代表什麼？」費奇說。

警官搖搖頭。「我不知道。我從來不了解政客。我是個軍人，我屬於戰場，而不是會議間。」然後轉身與費奇對望。「但我知道我們最好趕緊弄清楚這到底是怎麼一回事。」

「對。」費奇說。

「我不明白。」喬依皺眉說。

費奇瞅了他一眼。「你沒上關於政府組織的課嗎？」

「當然有。政府組織是我去年……呃，當掉的課。」

費奇嘆口氣。「你眞是浪費你的潛力。」

「那門課一點都不有趣。我想要念的是陣學，不是政治。說實在的，我什麼時候會需要知道不同時代的政府理論？」喬依反駁。

「我不知道，也許是現在？」費奇說。

喬依聽了一臉尷尬。

「當然不只這樣，孩子。學校存在的目的是讓你學會如何學習，如果你不練習接觸你不喜歡的東西，那你的人生會很辛苦。如果你不試著在不情願的時候仍然繼續學習，你要怎麼成唯一個傑出的陣學學者，或是去上大學呢？」費奇說。

「我從來沒有這麼想過。」

「也許你該多這麼想。」

喬依往後一靠。他最近才知道原來有比較開放的大學，允許陣學師以外的人學習這門學問，而他懷疑這種學校會收每個學期至少習慣性當掉一門課的學生。

他緊咬著牙，對自己無比氣惱，但是他已經無法改變過去的事實。也許他可以改變未來，當然前提是眼前的問題不會連累亞米帝斯關門大吉。「所以爲什麼亞米帝斯的事情會讓新不列顚尼亞陷入危機？」

「卡洛威家的孩子是武士議員的兒子。這個家族來自東卡羅萊納，那裡沒有自己的陣學學校，必須把他們的陣學師送來亞米帝斯。過去有些島嶼對於必須花錢把孩子送去一個遠離自己島岸的地方念書多有抱怨，他們不願讓自己的陣學師受到另一個島嶼的控制，即使只是爲了學習。」哈丁解釋。

喬依點點頭。合眾島上的島嶼雖然各自獨立，但有些事情是所有島嶼共有的，像是陣學師跟督察，這點讓它們不像單一的國家，至少跟南美的阿茲提克聯邦不一樣。

「你是說武士議員會把他兒子的失蹤案怪罪於新不列顛尼亞。」喬依說。

哈丁點點頭。「東北聯盟跟德州聯盟的交易問題已經讓合眾島上的情勢非常緊繃。該死！我最討厭政治。眞希望我人在前線。」

喬依幾乎要問爲什麼他不在前線，最後卻遲疑了。哈丁的表情讓他感覺不該問這個問題。費奇搖搖頭。「我擔心這些事情，包括孩子們失蹤，犯罪現場的奇特圖樣，只是爲了掩飾眞相的障眼法，重點其實是爲了綁架勢力龐大的武士議員之子。這有可能是政治鬥爭。」

「或者是某個非法組織想要擁有屬於自己的陣學師。我曾經目睹一條好的禁制線可以擋下子彈，甚至砲彈。」哈丁補充。

「嗯，督察，你的想法值得我們多研究。」

「希望不是我想的這樣。」哈丁用力一搥扶手。「我們沒有內鬥的本錢。不能再來一次。上一次差點害死我們所有人。」

天啊。喬依心想，全身掠過一陣寒意。他從來沒有想過亞米帝斯對世界政治有多大的影響力。突然間，學校未來的情況比之前顯得重要許多。

第二個鼓也就定位，最後幾名通勤的乘客不悅地步出車廂。鐵軌朝前方的天空延展，鋼鎖上滿是凹凸，就等火車上方的巨大齒輪咬合拉動車廂前進。接著，工程師鬆開了第一組齒輪引擘的卡榫，傳來鋼與鋼磨擦發出的刺耳聲響，火車終於開始移動。

火車一開始前進的速度很緩慢，齒輪發出答答聲，整個車廂都在搖晃，但不久後就穩定加速駛離車站，順著鐵軌升上天空。凌駕萬物之上的感覺讓人不由得讚嘆這一切的神奇。火車速度持續加快，穿過市中心的天際線，甚至從一些低矮的建築物上方飛過。

人們在街上來來往往，看起來像是孩童玩耍後忘記收拾的洋娃娃或玩具士兵。發條鐵軌向下傾斜通往另一個車站，但火車沒有慢下來，直接穿過另一棟建築物的正中央。

喬依想像自己看到在月台上等待的乘客露出生氣的表情，雖然火車進站時，月台上的人只剩模糊的殘影。火車帶著他們穿過城市，繼續忽略幾個車站，然後鐵軌猛然往南拐，幾秒鐘後，他們便在水面上飛馳。

詹姆斯鎮位於新不列顛尼亞的島岸，喬依幾次搭乘發條火車都是爲了去海灘。一次是跟他父親——那時候的生活比現在好很多。一次是幾年後，同行的是他母親跟祖父母。

那一次的旅行並不有趣，他們整趟旅行都在思念失去的那個人。

即便如此，喬依從來沒有真正跨越海峽。*這是我第一次造訪另一個島嶼。*喬依心想，他有點遺憾不是因爲比較愉快的原因。

鐵軌在大型鋼柱的支撐下懸掛在空中，鋼柱的底座深深插入海底。島嶼之間的海不深，大概只有一百呎左右，然而建造發條鐵道仍是極爲龐大的工程。新的鐵軌隨時都在鋪設，用繁複交錯的鋼造網路把六十個島嶼串連起來。

在前方，喬依看到五條不同的鐵軌交錯——兩條往西南，可以通往西卡羅萊納以及更遠的地方，另一條往東南，應該是往佛羅里達群島方向。沒有一條通往正東方。曾有人討論過應該建造一條通往歐洲的發條鐵軌，但是海峽的深度讓這個計畫變得不易實行。

他們的火車來到兩條鐵路交會處，車廂順著繞成圓圈的鐵軌轉彎。喬依從窗戶往外看，工程師推動一個握把，在火車上方升起一個特殊的鉤子，鉤子牽動正確的拖鉤，幾秒鐘後他們便朝南方的東卡羅萊納急駛而去。

費奇跟哈丁在位子上安然坐定，教授翻著書，督察則是在筆記本上寫著給自己的注記，閒適的氛圍和先前的緊繃形成奇異的對比。如今他們只能等。雖然島嶼之間的距離不大，但要跨越比較大片的海洋仍然需要幾個小時。

喬依這段時間都在看約下方五十呎的海浪，翻滾撞擊的律動令他著迷。隨著時間過去，火車開始減速，齒輪漸漸喪失動力。

終於火車完全靜止，停在水面鐵軌上毫無動靜。接著車廂晃動，遠處傳來匡啷聲，代表第二齒輪引擎啓動了，火車再度重新前進。當喬依看到陸地時，距離他們從亞米帝斯出發正好過了兩個小時。

喬依精神一振。東卡羅萊納會是什麼樣的地方？他的直覺告訴他那裡跟新不列顛尼亞差不了多少，因爲這兩個島是鄰居。某種程度上來說他的想法沒錯，綠色的地面跟濃密的樹木跟他在家鄉看到的非常類似。

可是，兩座島還是有差別。這裡沒有水泥城市，取而代之的是大片的樹林，以及隱身在樹枝與林蔭間的雄偉宅邸。在他們經過的城鎮中，規模最大的也不過只有二十幾棟建築物。這時火車終於開始減速，喬依看到前面坐落著一堆屋子。算不上城鎮，比較像是樹林間的豪宅，彼此相隔的距離有種與世隔絕的感覺。

「整座島上都是豪宅嗎？」火車降落時，喬依這麼問。

「並不是。這是島的東面，鄉間莊園都喜歡建在這裡。西面就都市化得多，但還是沒有詹姆斯鎮這樣的城市，幾乎要到丹佛才會碰到另一個同樣輝煌的城市。」費奇說。

喬依歪著頭。他從來不覺得詹姆斯鎮有多輝煌。它就是它。

火車進入車站後停下。在這一站下車的人並不多，大多數都是警官，至於其他的乘客似乎要去島嶼的西面，不久後火車就會帶著他們繼續出發。

喬依、費奇、哈丁步出車廂，感覺到外面濕熱的天氣。工人們忙著替換火車上的發條鼓。

「大家動作快。」哈丁急忙步下台階，衝出車站。一下火車，他似乎又開始急躁起來。喬依跟在後面，再次抱起費奇的卷軸跟書本，不過現在他多了一個從一名警官那裡借來的大肩背包可以裝這些物品。

他們穿過一條滿是碎石的路，離開空中火車所投射的陰影。喬依以爲他們要搭馬車，但顯然他們要去的宅邸正是不遠處的一棟豪華白色大屋。費奇、哈丁，還有其他警官急忙跑去。

喬依一邊用空出的手來擦汗，一邊端詳眼前的建築。這棟屋子的外圍有一道巨大的鐵欄杆，跟亞米帝斯的很像，欄杆內種了許多樹木，讓大部分的綠地都籠罩在樹蔭底下，宏偉的白色柱子佇立在宅邸前方，草地聞起來才被修剪過，十分整齊。

警官們在草地上來回奔跑，另一群則守在門口，旁邊聚集很多穿著昂貴西裝與高帽的男人。哈丁、喬依和費奇穿過草皮來到屋子面前時，兩名警官衝了過來。

哈丁看著迎面衝來的兩人喃喃自語：「我眞的需要培養警官行軍禮的習慣，每個人看起來簡直是他灰的有夠隨便。」

「督察，附近區域已經封鎖完成，沒有讓任何人進入，但我們把僕人們的屍體移走了。男孩的房間還沒有人進去。」其中一個來到他們身邊的警官說。

哈丁點點頭。「死了多少人？」

「四人，長官。」

「灰的！有多少目擊證人？」

「長官，對不起……但是，我們猜那四人就是目擊證人。」那名警官說。

「沒有人看到任何東西嗎？」

警官搖搖頭。「也沒有人聽到任何聲響。屍體是武士議員親自發現的。」

哈丁在草地上猛然停下。「他來過了？」

警官點點頭。「他的臥室就在走廊盡頭，整個晚上都在裡面休息，那裡與男孩被抓走的房間只隔著兩個房間。」

哈丁瞥向費奇，喬依看到兩人臉上都浮現同樣的疑問。無論凶手是誰，其實都可以輕鬆殺死武士議員，爲什麼他只把兒子抓走？

「我們進去吧。教授，我希望你不會因爲一點血就不舒服。」哈丁說。

「呃，這個……」費奇臉色刷白地說。

三個人趕緊走上通往前門的大理石台階，越過由高級紅木雕製的大門。在進入白色的玄關沒多遠的地方，他們看到一名高大、戴著高帽的男人，他雙手交握在杵著地面的拐杖上，臉上掛著一副單邊眼鏡，皺著眉頭。

「哈丁督察。」男人說。

「哈囉，依芬泰爾。」哈丁說。

「這是哪位？」費奇問。

「我是依芬泰爾隊長，代表卡洛威爵士旗下所有安全警衛。」他跟在哈丁身邊續道：「我可以說，這個事件讓我們極爲不喜。」

「那你覺得我是什麼感覺？開心雀躍嗎？」哈丁沒好氣地說。

依芬泰爾冷哼一聲。「你們這些警官早就該把這件事處理好。武士議員對此頗爲煩心，因爲新不列顛尼亞警方讓自己的問題波及他的宅邸，危害他的家人。」

哈丁抬起手指說：「首先，我是聯邦督察，不是新不列顛尼亞警方的一員。第二，這件事不能怪在我頭上。如果你還記得，隊長，我昨天晚上才在這裡試圖說服武士議員把兒子送回亞米帝斯，因爲那裡比較安全！那笨蛋不理會我的警告，如今只能怪他自己。」哈丁停下腳步，直指著依芬泰爾。「最後，隊長，我認爲你的安全警衛才是你們家大人最該感到『煩心』的對象。他的兒子被綁架時，你們跑到哪裡去了？」

依芬泰爾滿臉漲紅，和哈丁互瞪著彼此，直到隊長撇過頭去。督察走上通往二樓的台階，喬依跟費奇跟在後面，依芬泰爾也是。「這些是你們的陣學師吧？」

哈丁點點頭。

「督察，告訴我，爲什麼你們聯邦督察沒有僱用一名全職陣學師？如果你們的組織眞像所有人說的那麼重要、有能耐，那你們一定已經準備好應對這種情況。」

「我們沒有準備好應對這種情況，因爲他灰的陣學師通常不殺人。現在如果你不介意的話，我跟我的手下需要進行一些調查工作。把你家大人照顧好，依芬泰爾，別來擋我的路。」

依芬泰爾停下腳步待在後面，一臉不悅地看著他們離開。

一走到警衛隊長聽不到的地方，哈丁立刻說：「什麼私人安全警衛，比傭兵好不到哪裡去。在前線根本不能相信他們，他們的忠誠只獻給口袋裡的錢。啊，到了。」

的確到了。他們轉過彎來到一小段走廊，地面上有好幾灘血，讓喬依臉色發白。他很高興屍體已經被移走了，光是深紅色的血跡就已經夠讓人害怕。

走廊是白色的，再配上白色地毯，讓紅色的血跡變得更加怵目驚心。這裡裝飾得很優雅，牆上有很精緻的花卉圖，天花板上懸掛著一小盞水晶燈，閃爍的發條機械發出柔柔的滴答聲。

「那個笨蛋。」哈丁看著沾滿血跡的白地毯。「要是武士議員能聽進我的建議就好了。也許這會讓其他人明白事理，把孩子送回亞米帝斯。」

費奇點點頭，但喬依看得出來血跡讓他惴惴不安，腳步也有點不穩。哈丁來到現場其中一名位階比較高的警官面前，他是名高眺，帶有阿茲提克血統的男子。「森提安，情況如何？」哈丁問。

「長官，走廊這裡發現四具屍體。」警官指著血跡。「死亡方式似乎與遭到粉筆精攻擊時的模樣相符。男孩的房間在這裡。」警官又指向走廊中央大開的門口。「我們沒有進去過。」

「很好。」哈丁繞過血跡走過去。

「長官——」警官對想要進門的哈丁開口。

哈丁像是撞到什麼一樣被擋下。

「長官，門口有一條陣學線。你不希望現場被破壞，所以我們還沒有移除。」森提安說。

哈丁揮手要費奇過來。教授雙腳發軟地走過去，很明顯正努力不要去看血跡。喬依跟在後面，在門口旁邊跪下，伸手按著空氣。

他的手被擋了下來。有東西在回推，一開始力道很輕，隨著他加重力道也越發用力。他如果使勁去推，可以讓手稍稍靠近那道無形的牆，但永遠沒有碰觸到東西的感覺，就像試著把兩塊極點相同的磁鐵貼在一起。

費奇跪在喬依旁邊拿出一段粉筆，畫了四個形狀像是人握著鏟子的粉筆精。喬依仔細地觀察教授在每個粉筆精下面寫的符文，指示它們前進，攻擊任何遭遇到的粉筆。

粉筆精開始挖著禁制線。「好了。這恐怕要花上幾分鐘。」費奇起身說。

「督察，如果你有空，也許你會想看看這裡。」其中一名警官說。

哈丁跟著警官來到走廊不遠處。

喬依也站起身。「教授，你還好嗎？」

「沒事，沒事。我只是……唉，我對這種事向來不太適應，我在內布拉斯克的表現差強人意跟這一點也有關係。」

喬依點點頭把肩包放下，走到督察身邊。督察跪在地板上的某樣東西旁邊，那裡的血跡看起來像是腳印。

「印子朝那個方向出去，一路延伸到後門，之後就找不到了。」警官說。

哈丁研究著在地毯上十分清晰的腳印。「光憑這樣實在很難判斷。」

警官點頭。

「所有腳印都一樣大嗎？」喬依問。

警官瞥向喬依，彷彿第一次注意到他的存在，然後點點頭。

「意思是可能只有一個犯人？」喬依問。

「除非只有一個人踩到了血。」哈丁說。

「其他的粉筆畫呢？除了男孩房間裡的，還有別的嗎？」喬依問。

「有好幾處，像走廊兩邊就各有一個。」警官把他們帶到牆邊，上面是在其他犯案現場找到的螺旋圖形。

喬依在圖形前面揮手，手卻沒有被逼

開，也沒有受到任何影響。

「教授？」喬依喚回費奇的注意力。教授聽到呼喊走過來。

「在這邊畫粉筆精，讓它從圖形中間穿過。」喬依指著圖形。

「嗯，對……好主意，孩子。」費奇開始畫。

「這麼做有何意義？」哈丁雙手背在身後問道。

「如果這眞的是陣學圖，那粉筆精就必須攻擊粉筆才能穿過。如果這個圖沒有任何陣學力量，那粉筆精就可以當它不存在直接穿過去。」喬依說。

費奇畫好粉筆精，螃蟹從面前的牆上爬過，來到螺旋狀的圖形前面時卻停了下來。粉筆精似乎在思考，然後又走了一步。

停住了。

喬依感覺全身一冷。粉筆精又試了一次，卻再次被逼退。終於它開始伸出螯爪挖掘，輕易就把圖形挖斷。

「這簡直是……這眞的是陣學圖。」費奇說。

「那又怎麼樣？士兵，我在這方面眞的不行。到底是怎麼一回事？」哈丁說。

「陣學線只有四種。至少我們以爲是這樣。」費奇臉上若有所思的表情，似乎在思考很深奧的問題。「喬依，你說說看，你覺得這有可能是一種禦敵線嗎？畢竟我們早年也不知道有橢圓的存在。或許這也是一樣的情形。」

「可是爲什麼要畫一道這麼小的禦敵線？而且還在牆上？這不合理，教授。況且，粉筆精很容易就穿過去，所以不會是禦敵線。如果是禦敵線，那還眞的沒什麼用。」

「沒錯……我覺得你說得對。」費奇伸手讓粉筆精消失。「眞的很奇怪。」

「你不是說牆上還有第二幅畫？」哈丁問警官。

那人點頭，領著哈丁跟喬依走到走廊的另一頭。走廊盡頭有同樣的畫。

喬依沿著邊緣用手指摸了一圈，然後皺眉。

「什麼事，孩子？你似乎很困擾。」哈丁問。

「這條線斷了。」喬依說。

「是被粉筆精攻擊？」

「不是。看起來不像被挖過，而像是因爲畫太快，所以筆畫不完整。」喬依看著走廊的另一端。「你在莉莉・懷廷家也找到過同個圖樣。它在哪面牆上？」

「有關係嗎？」

「我不知道。也許有？」

「是在屋外的牆上。正對街的那一面。」哈丁說。

「賀曼的屋子呢？」

「門外。走廊上。」哈丁說。

喬依敲敲牆壁。「這是第一次有陣學師以外的人受傷。死了四個普通人。」

哈丁點頭。「根據報告，他們也許正在僕人的廚房裡打牌。」

「廚房在哪裡？」喬依問。

哈丁指著樓梯。

「在走廊這邊，靠近斷裂的符號。也許這兩件事有關聯。」喬依說。

「也許。」哈丁揉揉下巴說：「孩子，你看這種事情的眼力挺不錯的。你有想過當警官嗎？」

「我？」喬依說。

哈丁點點頭。

「嗯……沒有。」

「你應該想想，士兵。我們隨時需要關注細節的人。」

成爲督察？喬依從沒想過。他越來越想去念陣學，像費奇曾建議他的那樣。可是哈丁說的……這也是一個選擇。他永遠不會成爲陣學師，很多年前他便已接受了這個事實，但還是有其他可以做的事。其他刺激的事情。

「督察？禁制線解除了。我們可以進去了。」費奇喊。

喬依瞥向哈丁，兩人一起走向走廊，進入房間。

蕭夫防禦陣

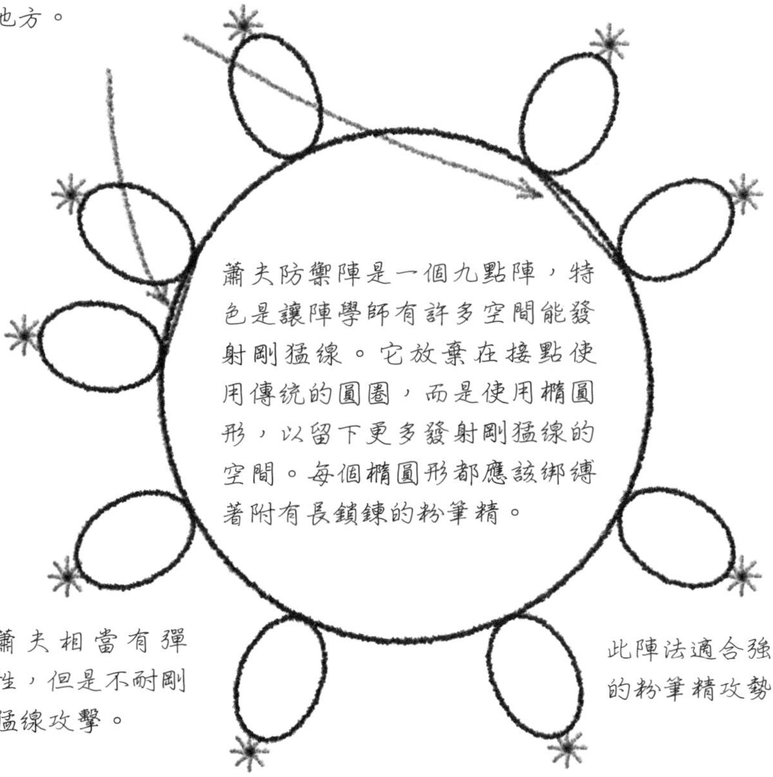
注意到禁制線只會畫在絕對需要固定防禦陣的地方。
這個防禦陣通常是由擅長剛猛線的進階陣學師使用。
蕭夫防禦陣是一個九點陣，特色是讓陣學師有許多空間能發射剛猛線。它放棄在接點使用傳統的圓圈，而是使用橢圓形，以留下更多發射剛猛線的空間。每個橢圓形都應該綁縛著附有長鎖鏈的粉筆精。
蕭夫相當有彈性，但是不耐剛猛線攻擊。
此陣法適合強大的粉筆精攻勢。

有意思的是，如果陣學師喜歡畫剛猛線，這個防禦陣是非常合適的選擇。

「神主啊。」費奇站在門口邊輕呼。門口後方連接著一小段走廊，再右轉就進入房間。

走廊裡滿是破碎的陣學圖。一圈又一圈的防禦圈，還有幾十條禁制線。喬依目睹眼前的一切，因地上的粉筆量感到驚訝。

「這看起來像是戰場。我看過。當然不是和粉筆精，而是人。」哈丁從門口說。

「什麼意思？」喬依看著他問道。

「很明白。」哈丁往前一指。「卡洛威家的男孩一開始在門口畫了一個圈，然後用線把旁邊擋下，免得自己被包圍。等到前線被突破，他放棄了那個圓圈，在後面又畫了一個。像是在戰場上緩緩撤退的軍隊。」

「他很強。這些防禦陣很複雜。」喬依說。

「對。查爾斯沒上過我的課，但我聽說過很多他的事。據說他經常惹麻煩，但是他的技巧也是無人能比的。」費奇說。

「三個被綁架的學生有同樣的特點：他們是學校裡最好的陣學學生。」喬依說著上前一步。他可以踩過形成圓圈的禦敵線，但如果他想穿過旁邊的禁制線則會被擋下。

「不要踩到任何粉筆。」費奇拿出捆好的卷軸，準備畫下每一條禦敵線。「不要動到任何東西！」

喬依點頭。到處都是短小的線和點，當他再細定睛看，可以看出那是被毀掉的粉筆精碎片。哈丁督察示意警官待在房間外面，然後繞過費奇，小心翼翼地跟喬依在走廊上前進。

哈丁指向在線條後面最後一個圓圈。「那裡。血跡。」

果然如此。只有幾滴血，與其他現場如出一轍。喬依輕吹口哨繞過防禦陣，在旁邊蹲下。

「怎麼了？」哈丁問。

「蕭夫防禦陣。是九點陣。而且沒有半點謬誤。」他伸出手拿起一張被丟棄在圓圈旁邊的紙，上面畫著蕭夫防禦陣。

喬依拿給督察看。「小抄。但即使是照著畫，九點陣還是很難畫對。」

「可憐的孩子。」哈丁取下他的警帽夾在腋下，表現出敬意。他看著一連串通往房間外的七個圓圈說：「他灰的眞是奮戰到底。是個勇士。」

喬依點點頭，再次看著點點血跡。這裡也沒有屍體，跟其他現場一樣。每個人都認爲學生是被綁架的，但是……

「他們是怎麼把他搬出去的？」喬依問。

另外兩個人看著他。

「我們得穿過門口的禁制線。如果凶手綁架了陣學師，又是怎麼把他從房間裡弄出去的？」喬依說。

「他們一定把線畫了回去。」哈丁抓著下巴。「但它有洞，看起來像是被攻擊過。所以他們重新畫了線之後，又對它釋放攻擊？可是為什麼要這麼做？掩蓋他們抓走孩子的事實嗎？何必多此一舉？我們一定會知道孩子被綁架了。」

沒有人有答案。喬依研究了防禦陣一會兒後皺起眉頭，更貼近破碎、被撕裂的蕭夫防禦陣。「費奇教授，你來看看這個。」

「什麼？」

「有畫。在地板上。不是陣學圖，是一張圖片。」

那是用粉筆畫的，但看起來像是繪畫課時的碳筆素描。圖畫的筆觸很潦草，與其說是畫，不如說只勾勒了一個輪廓。畫中是一個男人，頭上戴了一頂圓頂帽，身邊握著一根過長的拐杖，尖端指著地面。

那個人的頭顯得過大，臉上有一大塊沒有描繪的空白，像是大張的嘴。那東西在微笑。圖畫下面寫著潦草、簡短的幾段話。

我看不見那個人的眼睛。他以塗鴉的方法來作畫，所畫的一切都不會保持固定的形狀，那些粉筆精是扭曲的，看起來像是有好幾百個，被我毀掉的每一隻都會重生。我擋住它們，它們就挖穿線。我尖叫求救，卻沒有人來。

他站在那裡，用黑暗沒有形狀的眼睛看著我。這些粉筆精跟我看過的任何一隻都不一樣。它們會變形跟蠕動，從來沒有固定的形狀。

我打不過它們。

告訴我父親我很抱歉，我是個很壞的兒子。我愛他。我眞的愛他。

當三個人沉默地讀完查理斯．卡洛威的遺言，喬依忍不住發抖。費奇跪在地上畫了一個粉筆精，然後用它來檢查素描，確定是否有陣學力量。粉筆精直接走過圖，完全不予理會。費奇驅散粉筆精。

「這完全沒有道理。被摧毀後會重生的粉筆精？沒有固定形狀的陣學圖樣？」費奇說。

「我看過這種東西。」哈丁抬頭與費奇對視。「在內布拉斯克。」

「可是距離這裡很遠！」費奇說。

「教授，我不認爲我們能繼續否認下去。」哈丁站起身。「有東西從魔塔逃出來了。它不知道用什麼方法來到這裡。」

「可是動手的是人。」費奇說著用顫抖的手輕點查理斯畫的圖。「哈丁，那不是忘魔的影子。那是人的形狀。」

喬依聽著兩人的對話，發現一件事：內布拉斯克的眞實情況遠超過一般人的理解。

「忘魔是什麼？」喬依問。

兩人轉向他，卻陷入沉默。

「你不用管這件事，士兵。你在這裡幫了大忙，但是我恐怕沒有權限告訴你內布拉斯克的事情。」哈丁說。

費奇一臉尷尬，而喬依突然明白梅樂蒂被排除在外的感覺，但並不意外。關於內布拉斯克的細節幾乎跟複雜的陣學一樣神祕。

大多數人其實都能接受這點。位於中央島嶼的戰場距離遙遠，人們很願意忽略內布拉斯克。從葛列格里王的時代以來，那個地方的戰鬥從不間斷，也永遠不會消失，雖然偶爾有人死亡，但不頻繁，而且向來都是陣學師或專業軍人，很容易被大眾忽略。

除非有東西跑出來。喬依打了個冷顫。他端詳著哈丁跟費奇心想：眼前的情況就算用內布拉斯克的標準來看都很詭異。哈丁在前線超過十年，但連他也對這件事的發展感到目瞪口呆。

之後哈丁繼續檢視房間，而費奇回去看圖。喬依跪下，最後一次讀那幾段話。

他用塗鴉的方式作畫……

經過了一番爭論，喬依終於說服費奇讓他幫忙描繪出現場的防禦陣。哈丁出去分配底下的人蒐集其他線索，像是有沒有找到強行進入的跡象。

喬依安靜地用碳筆在紙上畫著。即使是陣學師來畫，碳筆畫出來的圖像也不具任何陣學能力，但是卻與粉筆的筆觸頗為類似。問題是，沒有任何素描能夠完全重現地上的圖畫，包括所有細微的抓痕跟斷裂的線條。

喬依畫完幾張之後走到費奇身邊，後者正在研究查理斯死守的最後一個圓圈。

「你有沒有注意到他把整個房間都用粉筆畫過，不讓粉筆精從牆上繞過他的防線？非常聰明。你有沒有注意到這種攻擊方法符合我們在先前幾次案件中的判斷？」費奇說。

喬依點頭。「很多粉筆精，以量致勝。」

「沒錯。而且我們現在握有證據，這個攻擊者……這個塗鴉人……也許是個男性，這讓我們的範圍縮小了。你能不能出去描牆上的那些螺旋圖，好讓我們握有不同的人抄寫下來的版本？我想這會讓我們的圖更精準。」

喬依點點頭，抓起一綑紙和幾支碳筆小心翼翼地走出去。大多數警官都在下面，喬依遲疑地站在門口，回頭看向房間。

查理斯跟賀曼一樣把自己封在裡面，他甚至在窗戶旁邊都畫了禁制線，而這些線看起來像是曾從外面遭受攻擊。也許他原本打算想爬出去，卻發現逃生的道路被堵死。他別無選擇。

喬依泛起雞皮疙瘩，想像查爾斯這個晚上用一個個防禦陣抵擋粉筆精，用盡全力想要活到天明。

他離開門口，走到牆上兩幅圖的第一幅前面。這個犯罪現場帶來的問題似乎多於答案。喬依用紙抵著牆，然後一邊看著螺旋圖，一邊開始描畫。感覺——

走廊有東西在動。

喬依轉身看見那東西沿著房間地板向前跑，在白色地毯上很難辨識。是粉筆精。

「教授！哈丁督察！」喬依大喊著衝向那東西。

粉筆精竄下樓梯，喬依幾乎無法在白色大理石上分辨出它的形狀，而且一來到樓梯底部就沒看見它的身影。他來回搜索、發抖，想像那東西爬上他的腿，開始啃他的皮膚。

「喬依？」費奇在樓上的欄杆旁邊喊道。

那裡！喬依瞄到一抹白，粉筆精通過木頭大門，往外面的台階跑去。

「教授，有粉筆精！我去追它！」他大喊。

「喬依！不要做傻事！喬依！」

喬依出了大門，追在粉筆精後面，有些警官看到他也立刻衝了過來。喬依指著粉筆精，它在草地上移動清楚很多，粉筆線條順著草葉的形狀跟輪廓變換，類似影子落在粗糙地面上的樣子。

警官找來更多幫手，費奇也出現在門外，看起來相當焦慮。喬依一直跑，幾乎趕不上粉筆精的速度。這種東西速度非常快，完全不會累，早晚會跑得不見蹤影，但是他跟警官們暫時能追上它。

粉筆精來到柵欄，從下面鑽了出去，喬依跟警官們則是出了大門繼續追。接著，粉筆精爬向一棵生著粗壯樹枝的大橡樹，奇怪的是，它居然爬上樹幹了。

這時候喬依終於看清楚粉筆精的形狀，僵在原地。

「獨角獸？」慘了……

警官聚集在大樹底下抬起頭，舉起發條來福槍。「妳！立刻下來！」其中一人大喊。

喬依走到他們身邊。梅樂蒂坐在樹上，他聽到她誇張地嘆口氣。

「我不應該這樣是吧？」她朝他喊。

「可以這樣說。」他回答。

「妳給我解釋清楚。」哈丁雙手叉腰說。

梅樂蒂苦著一張臉，坐在廚房的椅子上，白色裙子因爲爬樹而沾上髒汙。旁邊一名警官正仔細地替他的來福槍上發條，滴答聲在小廚房裡迴盪。

「有必要嗎？」費奇瞥向槍。

「教授，請不要打岔。你也許了解陣學，但是我了解間諜。」

「我不是間諜！」梅樂蒂說完後想了想。「好吧，對，我是間諜。但是我是替我自己工作的間諜。」

「妳爲什麼對這個行動如此感興趣？」哈丁將雙手背在背後，緩緩繞著梅樂蒂踱步。「妳跟這些人的死亡有何關係？」

她瞥了喬依一眼，他看得出來梅樂蒂似乎終於明白她爲自己惹上多大的麻煩。「我跟那件事沒有半點關係！我只是個學生。」

「妳是陣學師。這些罪行都是陣學師犯下的。」哈丁說。

「那又怎麼樣？這裡有很多陣學師。」梅樂蒂說。

「妳對這個調查展現出持續、無可否認的興趣。」哈丁說。

「我很好奇！其他人都可以知道發生了什麼事，爲什麼我不可以？」梅樂蒂說。

「不准發問。妳知不知道我有權力監禁妳，直到調查結束？妳知不知道妳現在是這起殺人案件的頭號嫌疑犯？」

她的臉瞬間蒼白。

「督察，我能……跟你談談嗎？也許出去談？」喬依說。

哈丁瞥了喬依一眼，然後點點頭。兩人從側門出去又走了一小段路，確保沒人聽見他們的談話。

「我們幾分鐘後再回去。讓她緊張一下也好。」哈丁說。

「督察，梅樂蒂不是謀殺或是綁架案的犯人。相信我。」喬依說。

「我也覺得你是對的，喬依，但我必須追查所有線索。那位小姐讓我覺得全身都不對勁，令我對她起疑。」

「她讓我們很多人都覺得全身不對勁，但這不代表她就是塗鴉人。首先，她爲什麼會知道要來這裡的原因很簡單。她看到我們離開亞米帝斯，而且所有人都知道受害者的身分。我可以爲她擔保。」

「你確定自己了解她嗎，喬依？你怎麼知道她是不是欺騙你？有一部分的我一直擔心，犯下這件案子的人其實就在我們面前，在亞米帝斯中自由來去。那裡是陣學師能夠躲藏，又不引人懷疑的最佳地點。」

像納利薩？他昨天晚上就離開房間去了某個地方。喬依心想。

可是喬依對梅樂蒂又有多熟悉？她的傻氣跟友誼會不會都是裝出來的？哈丁的疑心讓喬依瞬間動搖。他發現他對梅樂蒂的過去了解很有限，也不知道爲什麼她的家人似乎不關心她發生什麼事。

但她也是個很眞誠的人，從不隱藏自己的心情，而是一股腦地大聲宣告。梅樂蒂對他很直率，她似乎對所有人都是這樣。

而且喬依發現，他就是喜歡她這點。

「不對，不是她，督察。」喬依說。

「嗯，在我的心中，你對她的評價是很有分量的。」

「所以你會放了她？」

「我得再問幾個問題。」哈丁走回廚房。喬依跟上。

哈丁一進門就說：「好了，這位小姐，喬依剛才爲妳擔保，所以我現在比較願意聽聽妳的說詞，但是妳的麻煩還是很大。回答我的問題，也許我就不會對妳提出指控。」

她瞥向喬依。「什麼問題？」

「我的人說妳派粉筆精一路跑到建築物裡。神主的，妳是怎麼辦到的？」哈丁說。

「我不知道。我就是可以。」她聳聳肩說。

「親愛的，我認識許多世界上極爲傑出的陣學師。妳用來指示那隻粉筆精走這麼遠，爬上台階，最後抵達房間的一連串符文……簡直長得不可思議！我不知道妳有這種能力。」費奇說。

「妳的目的是什麼？爲什麼妳要叫粉筆精大老遠跑去又回來？妳想被抓嗎？」哈丁問。

「灰的，當然不是！我只是想知道裡面發生了什麼事。」梅樂蒂說。

「妳認為粉筆精會告訴妳嗎？」

她遲疑了一下，最後終於坦承。「不是。我只是……失去控制了，可以嗎？我原本是要它去引開一些警官的注意。」

她在說謊。喬依皺眉心想。他注意到她說話時看著地面。正如喬依之前所想，梅樂蒂是個很真誠的人，所以說謊時很容易察覺。

她對粉筆精的操控簡直好得出奇，不可能失去對那一隻的控制。但是……難道她真的以為粉筆精會回去報告它的發現？粉筆精不會說話。它們就像發條動物一樣，除了服從指示之外沒有多餘的思考能力。

可是那隻獨角獸粉筆精的確直直逃向梅樂蒂。

「粉筆精有時候是會做出很奇怪的事情，督察。」費奇說。

「相信我，我很清楚這點。我在戰場上，每個禮拜都會聽到陣學師給我這個藉口。我很驚訝你們居然有時真能指揮它們，那些粉筆精似乎沒事就會跑錯方向。」

梅樂蒂勉強地扯出微笑。

「這位小姐，妳仍然是嫌疑犯。」哈丁指著她說。

「督察，我說真的，我們從樓上的圖畫已經知道塗鴉人是個男的，至少也是打扮與男人無異的女人。我不認為梅樂蒂有這個能力，而且我相信有人可以為她昨天晚上的行蹤作證。」費奇說。

「我的寢室裡有兩名室友。」梅樂蒂連忙點頭說。

「除此之外，」費奇抬起手指續道：「我們對查理斯房間的側寫證明綁架犯的陣學線條以非常奇特的方式運作。我看過孟斯小姐的線條，它們都非常普通，甚至可以說經常畫得很差。」

「好吧。妳可以離開了，孟斯小姐。但是我會繼續盯著妳。」哈丁說。

她大大鬆了口氣。

「太好了。」費奇從椅子上站起來。「我還有很多幅畫要完成。喬依，你送梅樂蒂去車站好嗎？還有，不要讓她在路上再惹麻煩？」

「沒問題。」喬依說。

哈丁回去進行原本的工作，不過他派了兩名警官陪著喬依和梅樂蒂，確保她離開屋子。她走得很不情願，喬依跟在後面，兩人來到門口時，梅樂蒂用世界級的凶狠目光瞪了兩名警官一眼。

警官留在屋子裡。喬依跟梅樂蒂一起慢慢走到外面的草地上。

「剛剛實在不是讓人愉快的經驗。」她宣告。

「妳偷窺了犯罪現場，妳以爲會有什麼結果？」喬依問。

「他們讓你進去。」

「這是什麼意思？」

她抬頭看天空，然後搖搖頭。「對不起。我只是……覺得很煩躁吧。感覺像是每次我想加入什麼事情，都會有人告訴我，這件事我不能做。」

「我明白妳的感覺。」

「不管怎麼說，還是要謝謝你替我擔保。要不是你，我就要被那隻禿鷹給撕爛了。」梅樂蒂說。

他聳聳肩。

「我是認真的。我會補償你的，我保證。」她說。

「我……不確定想知道妳打算怎麼做。」

「噢，你會喜歡的。我已經有個想法了。」她精神一振地說。

「什麼想法？」

「你得等等！我不想破壞驚喜。」她說。

「太好了。」梅樂蒂的驚喜一定很棒。他們來到車站旁，卻沒有進去，而是站在舒適的樹蔭下等費奇。梅樂蒂想要讓喬依多說一些，但他發現自己給的答案都很粗淺。

他一直在想那張倉促間畫下來的素描，以及下面害怕的話。查理斯．卡洛威當時知道自己要死了，仍然盡量留下筆記，記錄他所發現的一切。這個行為非常高貴，也許比喬依這輩子做過的任何事情都要高貴。

*必須有人來阻止這一切。不能就這樣束手就擒。*他靠著樹幹心想。有危險的不只是學生，不只是亞米帝斯，有普通人被殺了。如果費奇跟哈丁說得沒錯，這些綁架案甚至威脅到合眾島的安定。

一切都跟那些奇怪的粉筆畫有關。那個螺旋圖。要是我能想起來曾在哪裡看過就好了！

他搖搖頭瞥向梅樂蒂，她坐在不遠的一塊草地上。

「妳是怎麼辦到的？我是說操縱那個粉筆精。」他問。

「我只是失去控制了。」

他沒好氣地瞪著她。

「幹嘛？」她說。

「妳很明顯在說謊，梅樂蒂。」

她呻吟一聲躺在草地上，抬頭看著樹。他猜梅樂蒂大概會拒絕回答。

「我不知道我是怎麼辦到的，喬依。課堂上的每個人都說要如何指示粉筆精，說它們沒有自己的意識，就像發條一樣，但是……我其實不太會畫指示符。」

「那妳怎麼讓它們乖乖聽話？」

「它們就是會聽。我……我覺得它們懂我的意思，還有我想要它們做什麼。我解釋我想要它們做的事，它們就去做。」

「妳解釋？」

「對。小小聲的講。它們似乎很喜歡。」

「它們還會帶消息給妳？」

她聳聳肩，這個動作做起來有些怪，因爲她正躺在地上。「它們不能說話，但是它們在我周圍移動的方式，有時讓我覺得可以了解它們的意思。」她把頭轉過來看著他。「這只是我的想像力作祟，對不對？我想像自己擅長畫粉筆精，好彌補在其他線條上表現很差的事實。」

「我不知道。隨便一個人對粉筆精的認識都比我多。在我看來，它們說不定眞的會聽妳的話。」

她似乎因此感覺安慰，露出微笑，抬頭看著天空直到費奇教授出現，而哈丁顯然選擇待在宅邸繼續調查。喬依發現自己很高興能回亞米帝斯，他一整天都沒吃東西，肚子開始抱怨了。他們走進車站，爬上無人的月台，等待下一班火車。

「這件事讓我們的情況又增加一些令人不安的因素。」費奇說。

喬依點點頭。

費奇繼續說：「野粉筆精，未知的陣學線……我想也許我需要你幫我查一些比較冷僻的陣學書籍，一定有哪個地方曾提到類似的事情。」

喬依感覺一陣興奮，但很快就因爲現狀而消散。他瞥向站在後面，有可能聽不到他們對話的梅樂蒂。自從她被抓到偷窺後，在費奇身邊就顯得有些手足無措。

「令人憂心的時代。」費奇搖頭，鐵軌因爲火車進站傳來震動。「令人憂心的時代……」

不久後，他們搭上跨越海面的列車，往亞米帝斯的方向前進。

九點圈

九點圈是陣學圓圈中最複雜也是最難畫的。跟兩點、四點、六點圓圈都不一樣，九點圈的接點分布並不平均，而是與想像中和圓圈交錯的三角形有關。因為每個非直角的三角形，都能以它為中心畫一個圈，而該圓圈便與三角形交會形成九個重要的點。

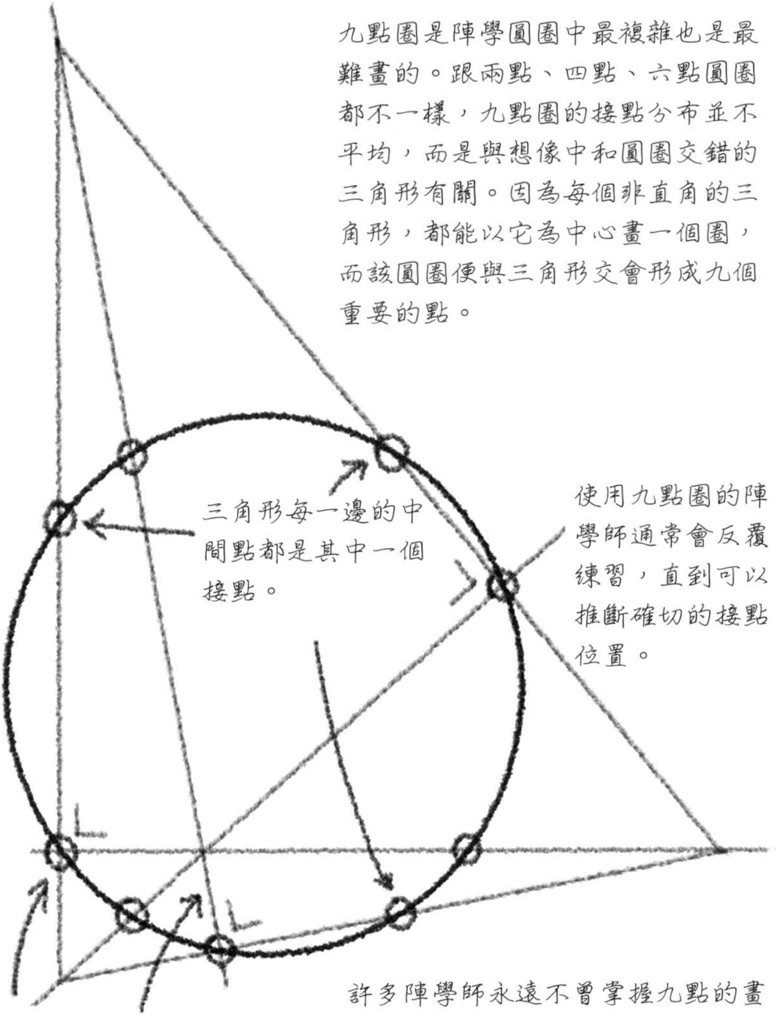
使用九點圈的陣學師通常會反覆練習，直到可以推斷確切的接點位置。
三角形每一邊的高則是提供另外六點。

許多陣學師永遠不曾掌握九點的畫法，因為只要一個點偏掉，整個防禦陣就會大為減弱。

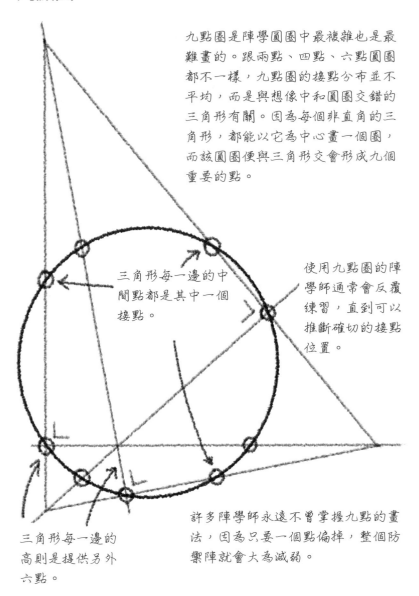

書中寫著：歐洲人第一次跟野粉筆精的接觸頗有爭議。

喬依背靠著費奇教授的辦公室磚牆坐著。用「頗有爭議」來形容這個事件簡直是太過輕描淡寫，在他花了一個禮拜研究之後，仍然找不到有哪兩個文獻對野粉筆精第一次被發現的地點持相同意見。

> 這是因爲阿茲提克船艦跟舊世界第一次接觸之後，許多跨海西行的旅人並沒有良好的記錄習慣。
>
> 雖然許多早年的探險家，如雅克·卡蒂埃，還有著名的弗朗西斯科·巴斯克斯·德·科羅納多都是代表歐洲國家，但他們眞正追求的其實都是個人名聲或財富。這是擴張主義跟探險的時代。美洲島嶼代表一個未知的天地，等待他們去征服、控制，還有希望加以利用。
>
> 亞洲在這個時候已經有戰爭的跡象，朝鮮帝國也開始展現其實力。許多有野心的人發現如果他能在新世界占有一席之地，也許就能成爲一個獨立的個體，掙脫歐洲主人的壓制，無論這壓制是實際存在抑或只是個人觀點。
>
> 歷經數世紀與粉筆精的作戰與奮鬥，被磨練得過於強大的

南美帝國將探險家紛紛驅逐，迫使他們將注意力轉向諸島，但從來沒有人告訴過他們此地隱藏的危險。阿茲提克諸國在這個時代非常排外且不願與外界聯繫。

內布拉斯克的魔塔當然是早期記錄的重點。自古代存留下來的魔塔是諸島上的奇景之一，也是在此處唯一發現的獨立人類建築物。

許多探險家都描述過魔塔，但這些探險家異口同聲地聲稱，當他們第二次回到內布拉斯克時，魔塔就已經消失了。他們說它在島嶼上到處移動，從來不會在同樣的地方出現第二次。

這些報告當然不可全信，因爲如今魔塔的位置非常固定，但是報告中仍然記錄了一些很可信的怪異點。例如島嶼上完全沒有人跡應該就已提醒當時的人美國有問題。有人建造了內布拉斯克的魔塔，有人曾居住在這些島嶼上。是阿茲提克人嗎？

他們不肯提及內布拉斯克，只肯將這裡稱爲汙穢之地。就目前爲止，他們的紀錄並沒有提供更精確的見解。他們利用當地植物製造的酸液與想要霸占他們島嶼的粉筆精對抗，同時接受島嶼來的難民，但他們自己卻沒有往北邊探索。這些難民們，與阿茲提克文化融合至今已有五百年，其中的故事純粹靠口耳相傳，而且隨著時間逐漸變質。他們敘述著傳說，談論起可怕的怪物，以及厄運跟徵兆，還有被屠殺的數個國家。可是故事沒有細節，而且似乎相互矛盾。

早期的北美探險家的確提到他們偶爾會在島上碰到當地人，許多島嶼跟城市的名字都是來自於這類早期的報告，但疑問卻沒有因此減少。這些原住民是阿茲提克人，還是另一個文化的遺民？如果根據阿茲提克傳說有些人住在島上，那他們的城市跟城鎮又到哪裡去了？

有些早期的移民回報他們覺得這些島嶼感覺空曠得近乎詭異，到處充斥著令人感覺毛骨悚然、心神不寧的靜默。我們唯一得到的結論是阿茲提克的故事帶有某種程度的眞相——比我們更早住在這裡的人被趕向南邊，要不就是遭到野粉筆精殲滅，就像我們當初差點面臨的命運。

本書作者認爲，在所有早期歐洲粉筆精目擊紀錄中，最可靠且最日期最正確的應該是艾斯特維茲紀錄，即使該紀錄的觀點令人憂心。

喬依把書闔上，頭靠著牆，一手揉揉眼睛。他知道艾斯特維茲紀錄的內容，他才剛在另一本書裡讀過，講的是一群西班牙探險家在尋找金礦時，在西南方的一座島嶼上進入了一道奇怪、狹窄的峽谷，那個島嶼的名字叫作邦恩或桑納亞歷達之類的。

這些探險家在曼紐．艾斯特維茲的帶領之下，在峽谷的石壁上找到一系列小小的人形圖畫。那些是很原始的圖，像是很久以前的山洞居民留下的圖畫。

探險家們在那裡紮營過夜，享受靜謐的小溪，還有爲他們遮擋山風的洞穴，但是日落不久後，他們說牆上的圖形開始舞動。

艾斯特維茲本人對於圖畫有很詳細的描述。更重要的是，他很堅持這些牆上的圖畫不是刮痕或雕刻，而是以一種如粉筆的白色材質所畫。他甚至臨摹了那些圖形收錄在日誌裡，這些紀錄一直保留至今。

「喬依，孩子，你看起來累壞了。」費奇說。

喬依眨著酸澀的眼睛，抬起頭來。費奇坐在書桌前，從他眼眶下的黑眼圈看來，教授一定比自己還要累上兩倍。

「我沒事。」喬依說完硬壓下一陣呵欠。

費奇看起來不相信他的話。過去一個禮拜他們翻過一本又一本的書，費奇讓喬依讀的多半是歷史書，因爲高階的著作已經超越他的能力。喬依打算繼續學習、研究，直到他能讀懂那些書籍，而目前他比較適合專注在其他主題上。

哈丁督察則持續進行綁架犯的調查工作。這不是喬依跟費奇該做的事情，他們是學者——至少費奇是——喬依還不知道自己的身分是什麼，除了他快累死了。

「那本書有什麼特別的嗎？」費奇滿懷希望地問。

喬依搖搖頭。「它主要是在講其他的報告並討論其眞實性。這本書不難懂。我想繼續看下去，看能不能找到什麼有用的資訊。」

費奇確信如果有別的陣學線，紀錄中一定會提到，像是艾斯特維茲畫的圖。儘管隨著時間過去無人記得，現在卻變得非常重要。

喬依瞄到費奇手上的讀物。「啊，那是我做的那些關於陣學師的筆記嗎？」

「嗯？噢，是啊，我之前一直沒機會看。」

「你應該不用在上面花費心思了。我覺得這些死亡紀錄沒有用。」

「這很難說。」費奇翻動書頁。「也許這回的事件不是第一次發生。要是以前也發生過類似的失蹤案，但是因爲每次都是單一事件，所以從來沒有被串連起來？我們只是……」

他突然沒再說下去，手中握著其中一張紙。

「怎麼了？你找到什麼了嗎？」喬依問。

「嗯？噢，沒有，沒有。」費奇連忙把紙放下。「我應該去看別的書了。」

在喬依的判斷中，費奇非常不會撒謊，或許是因爲他無法承受任何人際互動上的衝突。所以費奇到底在那張紙上讀到什麼被勾起興趣的事？而且他爲什麼不想跟喬依說？

喬依正在猶豫該用什麼方法才能偷偷瞄一眼費奇桌上的紙張時，狹窄房間盡頭的門被打開，梅樂蒂走了進來。她跟費奇的課程半個小時前就結束了，她回來做什麼？

「梅樂蒂，妳忘了東西嗎？」費奇問。

「才不是。」她靠著門框回答。「我來是有正事的。」

「正事？」費奇問。

「對啊。」她舉起手中的一張紙。「納利薩要我下課後跑腿。對了，喬依，我發現我的悲慘處境完全都是你的錯。」

「我的錯？」

「當然。要不是你因爲跑去聽陣學課而惹上麻煩，我就不需要整個下午像發條玩具一樣在校園裡到處跑。教授，這是給你的訊息。校長要叫喬依去辦公室一趟。」

「我？爲什麼？」喬依問。

她聳聳肩。「跟你的成績有關。好了，我還有更多瑣碎、無聊、討厭的小事要去做。晚餐見？」

喬依點點頭之後，梅樂蒂便跑走了。他走過去拿起被她夾在兩本書之間的紙條。和成績有關……他知道自己應該要覺得緊張，但是此時此刻，這種平凡瑣事感覺已經離他很遙遠了。

紙條當然是被封死的，但是喬依可以看出梅樂蒂從旁邊把紙條撕開偷窺的痕跡。他走到一旁，抓起他的書袋。「那我先走了。」

「嗯？」費奇已經全神投入書裡。「啊，好。很好。明天見。」

喬依經過書桌時，快速掃過之前費奇在讀的紙張，然後走了出去。那張紙記錄著每年從亞米帝斯畢業的學生名單，喬依在上頭標記出所有死因可疑的人。有兩個人，但是他並沒有注意到哪個名字特別重要，所以……

他跟上次一樣差點漏了！艾克斯頓的名字在該年從普學區畢業的學生名單最上面。費奇是注意到這點，還是只是巧合？

喬依來到大樓外面後跨過草坪，朝辦公室走去。在過去這七天亞米帝斯變了，校園裡多了很多警官，在校門跟鐵道站也會檢查身分證明，而陣學師學生不准在無人陪同的情況下離開學院。喬依在與幾個陣學師學生擦身而過時，聽到他們抱怨這裡變得像監獄。

還有在草坪上踢足球的普通學生，他們似乎沒有之前那麼興奮，人數也少了很多。大多數普通學生的家長把孩子帶離學院，不打算讓他們繼續留在這裡度過整個夏天，而普通學生的家長也獲准這麼做。雖然有非陣學師被殺死，但現在很清楚目標仍然是陣學師，普通學生離開學院應該是安全的。

在查理斯．卡洛威之後沒有再發生失蹤案，一個禮拜過去了，所有人似乎只是在等待。什麼時候會再發生？接下來會發生什麼事？誰是安全的，誰不安全？

喬依快步前進，越來越靠近學院的大門，那裡聚集著最近另一個重大改變。

抗議的群眾。

他們手中拿著標語：給眞相。雞毛撢危險！全送去內布拉斯克！

諸島上許多評論家宣稱卡洛威四名僕人的死是陣學師的錯。有人認爲不同陣學師的陣營間正進行某種祕密戰爭——或者稱之爲陰謀，也有人認爲這一切，包括陣學師的存在，開示儀式，內布拉斯克的戰爭，只是一場極大的騙局，目的是要維持君主教會的權力地位。

所以有一群小而活躍的反陣學師份子開始在亞米帝斯外面抗議。喬依不知道要怎麼看待這群胡說八道的人，可是他知道有幾個陣學師學生——他們現在隨時都待在學校——他們的家在晚上遭人破壞。幸好門口的警官讓大多數的麻煩人物遠離亞米帝斯。大多數。兩個晚上以前，有人丟了一堆上面寫滿髒話的磚頭進來。

喬依沒有停下腳步來聽抗議者在說什麼，但是他們的吶喊聲一路跟著他：「要眞相！陣學師，停特權！要眞相！」

喬依快步走上通往辦公室的小徑，兩名抱著來福槍的警官站在門口兩邊，但他們認得喬依，所以放他進去。

「喬依！我們沒想到你這麼快就來了。」佛蘿倫絲說。雖然學院的情況很嚴重，但是金髮的女辦事員仍然堅持穿著鮮黃色的夏季洋裝，搭配寬沿遮陽帽。

「他當然來得快了。」艾克斯頓連頭都沒抬起來，繼續埋首工作。「有些人不會忘記他們的責任。」

「別這麼無趣。」

喬依越過櫃台後面看到佛蘿倫絲的桌上躺著一份報紙，標題寫著：新不列顛尼亞的危機！

「喬依，校長現在正在會客，我相信他一定很快就結束了。」佛蘿倫絲說。

「你們這邊還撐得下去吧？」喬依瞥向窗外的警官問道。

「你也知道，就這樣了。」佛蘿倫絲說。

艾克斯頓哼了一聲。「妳平常不是很愛八卦，爲什麼現在開始遮遮掩掩了？」

佛蘿倫絲滿臉通紅。

艾克斯頓放下筆，抬起頭來。「喬依，事實是情況不好。就算不管門口的那些笨蛋，就算不介意每走一步路就會被警官絆倒，情況還是很不好。」

「怎麼說？」喬依問。

佛蘿倫絲嘆口氣，雙手疊在書桌上。「沒有陣學學院的島嶼爭取開設屬於他們自己的學院。」

「這有那麼慘嗎？」喬依聳聳肩。

「首先，教學的水準會直線下降。親愛的，亞米帝斯不只是一所學校，它是少數來自不同島嶼的人們會同心合作的地方。」

「詹姆斯鎮跟大多數城市不一樣。」艾克斯頓表示贊同。「在世界上大多地方，你不會看到朝鮮人跟埃及人混在一起。而在合眾國的其他島嶼，如果你是個外地人，即使只是相隔幾座島的美國人，都會被當地住民視爲外人。你能想像合眾島國有六十所不同學校，而且各自有相異的陣學師訓練方法，當這些學校爭論起自己負責防守哪塊區域，對內布拉斯克戰況會有多大的影響嗎？光是八所學校就已經夠困難了。」

「還有人在討論學校應該扮演的角色。」佛蘿倫絲瞄著報紙。這份報紙來自於緬因弗，一個北方的島嶼。「那些評論家把陣學師說得好像他們不是眞的人。有人要求免除陣學師的普通課程，專門訓練用來在內布拉斯克戰鬥，好像這些人只是子彈，被塞入槍膛，準備發射一樣。」

喬依皺眉，靜靜地站在櫃台旁邊。佛蘿倫絲坐在位置上，嘖了幾聲後重新開始工作。

「這是他們自找的。」艾克斯頓幾乎是在自言自語。

「誰？」喬依問。

「陣學師。他們一天到晚就表現得與眾不同，而且神祕兮兮的。你看看他們是怎麼對待你的。任何他們認爲不配與自己平起平坐的人就會遭受排擠。」艾克斯頓說。

喬依挑起一邊眉毛。他感覺艾克斯頓的口氣中帶有強烈的不滿，也許這跟他在亞米帝斯念書時的經歷有關？

艾克斯頓繼續說：「總而言之，陣學師對待其他人的方式讓出錢經營這個地方的普通人開始質疑，陣學師是不是眞的需要這麼高級的學校，還有終生俸。」

喬依用食指敲敲櫃台。「艾克斯頓，你眞的是亞米帝斯畢業的嗎？」

艾克斯頓的筆停了下來。「誰告訴你的？」

「我看到的。我在幫忙費奇教授做研究，負責查看畢業紀錄。」

艾克斯頓沉默了片刻。「對，我是這裡的學生。」最後終於說道。

「艾克斯頓！你從來沒跟我說過！你家人怎麼付得起這裡的學費？」佛蘿倫絲說。

「我不想談。」艾克斯頓說。

「唉唷，你就說嘛。」佛蘿倫絲說。

艾克斯頓放下手邊的工作站了起來，從牆上的掛勾取下外套跟圓頂禮帽。「我現在要去午休了。」說完便離開辦公室。

「臭脾氣。」佛蘿倫絲在他身後喊著。

沒多久後，校長辦公室的門開啓，哈丁督察走了出來，藍色西裝一如往常地筆挺整齊。他舉起放在校長辦公室外的來福槍，架上肩膀。

「我會處理巡邏隊的事。我向你保證，絕對不會再有類似磚頭事件的事情發生。」哈丁對約克校長說。

約克點點頭。哈丁似乎對校長頗爲尊敬——也許因爲約克的身材魁梧，嘴上垂著鬍子，看起來像是戰場上的將軍。

「督察，我要給你最新的名單。」佛蘿倫絲站起來，遞給他一張紙。

哈丁快速掃過，臉微微漲紅。

「怎麼了？」約克校長問。

哈丁督察抬起頭。「這是我的疏忽，先生。有十四名陣學學生的家長仍然拒絕將他們的孩子送到學校來接受保護。這是不可接受的。」

「這些家長很固執，不是你的錯，督察。」約克說。

「我把這件事當成自己的責任。請容我告退。」哈丁說完走出去，經過時對喬依點點頭。

「噢，喬依啊。進來吧，孩子。」約克校長說。

喬依走進校長的辦公室，再次在巨大的書桌前坐下，感覺像是一隻嬌小的動物抬頭仰望巨大的主人。

「校長，你找我來是要談成績的事情嗎？」喬依等約克坐下後問道。

「其實不是。希望你會原諒我用成績作藉口。」他的雙手在書桌上交疊。「孩子，學院裡發生了很多事，而我的責任是盡可能地留意每一個細節。我需要你給我消息。」

「校長？我無意冒犯，但我只是一個學生，我不知道能幫上你什麼忙，而且我不喜歡監視費奇教授。」喬依說。

約克輕笑。「你不用監視他，孩子。我昨天找過費奇，也剛剛跟哈丁談完。我信任這兩個人，但我想聽到的是不曾先入爲主的看法。我需要知道發生了什麼事，但我不可能事必躬親。我希望你告訴我跟費奇一同工作時看到跟做過的事。」

於是接下來的一個小時中，喬依一五一十地說了。他談到學生資料的研究、抵達查理斯·卡洛威失蹤現場的經過，還有他讀的書。約克專注聆聽。一個小時過去之後，喬依發現自己對校長的敬意逐漸攀升。

約克的確很在乎，而且願意聽一個非陣學師的意見跟想法。喬依快說完時，他開始思考自己是不是應該提起對納利薩的懷疑。

喬依看著校長，約克一邊聽他說，一邊拿出紙筆做筆記。

「好了。謝謝你，喬依。我正需要這些。」約克抬起頭說。

「不客氣，校長。只是……還有一件事。」

「什麼事？」

「校長，我覺得納利薩跟這一切有關。」

約克向前傾身。「你爲什麼會這麼說？」

「其實也不是什麼確切的事情。應該說是巧合。包括納利薩出現的時間點，還有他做的一些事。」

「例如？」

喬依滿臉通紅，意識到自己說的話聽起來有多愚蠢。他正坐在校長辦公室，指控約克親自聘請的人。

「我……」喬依看著地面。「對不起，校長，這不是我該說的話。」

「你沒有。我對納利薩也有懷疑。」

喬依驚訝地抬起頭。

「我沒有辦法決定我這樣的反應只是因爲我不喜歡那個人，還是有別的原因。納利薩花了很多時間待在辦公室想要知道調查進度。我一直問自己，他是想要知道我們了解多少，還是因爲他嫉妒。」

「嫉妒？」

約克點點頭。「我不知道你有沒有發現，但是費奇教授最近頗爲出名。媒體知道了他的名字之後，現在幾乎每一篇跟失蹤案有關的報導都會提到他。顯然他是聯邦督察對付綁架犯的『祕密武器』。」

「哇塞！」喬依說。

「無論如何，我都希望自己當初沒有聘用納利薩。可是他已經有聘書，要辭退他不是件容易的事，況且我也沒有能證明他涉案的證據。所以我再問一次：你是因爲什麼理由而懷疑他？」

「嗯，你記得我跟你說過有新的陣學線嗎？我看到納利薩從圖書館借了一本關於新陣學線，以及它們存在可能性的書。」

「還有呢？」

「他那天晚上外出了。就是查理斯．卡洛威被綁架的那天。我在散步時看到他。」

約克揉揉下巴。「你說得沒錯，這些算不上是有力的證據。」

「校長，你知道納利薩爲什麼來這裡嗎？我的意思是，如果他是這麼偉大的內布拉斯克英雄，爲什麼要在這裡教書，而不是跟野粉筆精作戰？」

約克看了喬依幾秒。

「校長？」喬依忍不住問道。

「我在猶豫要不要告訴你。說實在的，孩子，這是份敏感的資訊。」約克說。

「我懂得如何保守祕密。」

「這點我不懷疑，可是說與不說還是我的責任。」他的雙手指尖輕輕地互點幾下。「內布拉斯克那時……出事了。」

「什麼事？」

「一名陣學師死了。無論東邊這裡的人是怎麼說的，當內布拉斯克有人喪命時，戰爭議會向來非常嚴肅看待。這一起事件中，有許多人受到責難，所以最後決定有些人，例如納利薩，應該要被重新分派到非軍事職位上。」

「他殺了人？」

「不是。他涉入一個年輕陣學師被野粉筆精殺死的事件。納利薩從來沒有被認定涉案，根據我讀到的消息，也不應該受此懷疑。當我應徵他進入學院時，納利薩把這件事歸罪在政客想要掩蓋自己的決策汙點。這種事情很常見，所以我相信他，其實我到現在還是相信他。」

「可是……」

「可是，還是值得懷疑。」約克贊同。「告訴我，你發現的那些線條是什麼模樣？」

「我能借支筆嗎？」

約克遞了一支給他，還給他一疊紙。喬依畫了在三個犯罪現場找到的螺旋形圖案。「沒有人知道這是什麼，但是至少我們現在知道這是陣學線。」

約克揉揉下巴，舉起那張紙。「嗯……對。你知道嗎？很奇怪，不過我覺得這線條看起來有點眼熟。」

喬依的心跳漏了一拍。「眞的嗎？」

約克點點頭。「可能我多想了。」

他爲什麼會看過？約克校長沒有讀過陣學。我們兩個有什麼共通點？只有學校。

學校，還有……

喬依抬起頭，眼睛睜得老大，終於想起他在哪裡看過這個圖形。

線條的強度

禁制線的強度取決於線條有多直，穩定度則是要看作畫的表面，力量延伸的強度則必須仰仗於線的粗細。

禦敵線的強度在於線條有多均勻，轉彎是否順暢。(一個圓圈的力量是平等的，但是橢圓形的力量則有不同)

弧度大的地方會比一般圓圈更強韌，弧度低的地方則較圓圈薄弱。

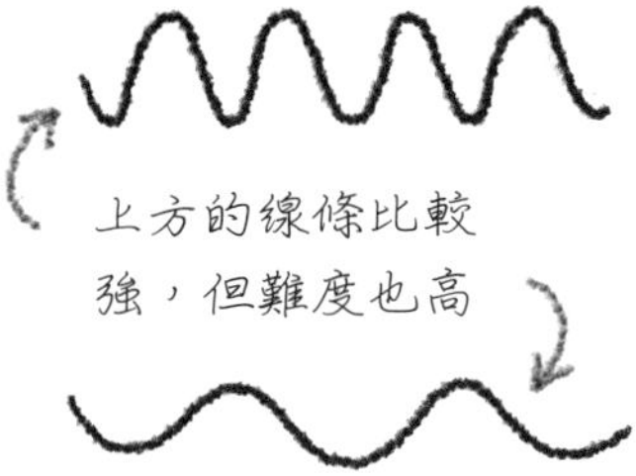

剛猛線的強度受波浪弧度的影響。

造物線的強度根據粉筆精的複雜程度、創意、美感而有所不同。

喬依離開辦公室，匆匆忙忙地向約克跟佛蘿倫絲告別。他沒有告訴任何人他剛才發現的事情。他必須先親自確認。

他走上通往宿舍大樓的小徑，腳步飛快，但卻壓下奔跑的衝動。學院氣氛已經夠緊張，如果在這時候奔跑，一定會引起不必要的注意。

不幸的是，他瞄到梅樂蒂走上通往辦公室的小徑，她今天的跑腿任務應該結束了。他表情一僵，連忙躲到一旁，但是她當然看到他了。

「喬依！我覺得我眞是聰明絕頂！」她大喊。

「我現在沒什麼時間……」他對衝向自己的梅樂蒂說。

「巴拉巴拉。你得聽我說，我有很刺激的事情要告訴你。你不興奮嗎？」她說。

「興奮。我等一下再聽妳說。」喬依繼續往前走。

「喂！」梅樂蒂趕上他。「你是不是又想不理我？」

「又？我從來沒有不理妳過。」

「才怪。」

「拜託，最初那幾個禮拜，不是妳以爲我在跟蹤妳，所以對我發脾氣嗎？」

「過去種種譬如昨日死。你聽我說，這眞的很重要。我找到讓你成爲陣學師的方法了。」她說。

喬依差點被自己絆倒。

「哈！我就知道這會引起你的注意。」梅樂蒂說。

「妳這麼說只是爲了讓我停下來嗎？」

「灰的，當然不是。喬依，我不是跟你說了嗎？我眞是聰明絕頂！」

「我們邊走邊說。」喬依再次邁開腳步。「我需要去查一件事。」

「喬依，你今天好怪。」梅樂蒂一邊說著趕上他。

「有件事我剛才才弄清楚。」他來到職員的宿舍大樓前。「一件讓我困擾已久的事。」說完便爬上通往二樓的台階，梅樂蒂跟在後面。

「我不喜歡你對待我的方式，喬依。你難道不知道我花了好多天想辦法，好回報你在哈丁面前擔保我的事嗎？我特別跑來告訴你，而你卻像個瘋子到處亂跑？我開始認爲你對我有意見了。」

喬依停下腳步，嘆口氣看向她。「我們在學生遭到綁架的犯案現場發現了新的陣學線。」

「眞的？」

「對。其中一種我覺得很眼熟，一直想不起來爲什麼，直到約克校長剛才跟我說了一些事，讓我想起自己是在哪裡看到的，所以我要去確認。」

「啊，所以……你確認好了之後，就可以好好專心聽我說我精采絕倫，聰明透頂，驚天動地的大消息？」

「當然。」喬依說。

「那好。」她說著跟在喬依身後，兩人一起走進通往他跟他母親住處的寢室走廊。喬依推開房門，來到床邊的抽屜櫃前面。

梅樂蒂探頭進來。「哇，你睡在這裡嗎？很……嗯，溫馨。」

喬依拉開抽屜櫃最上層的抽屜，裡面塞了一堆雜物。他開始翻找。

「你們的其他房間呢？在走廊對面嗎？」

「沒有，就這間。」喬依說。

「噢。你媽住哪？」

「這裡。」

「你們都住在這個房間？」梅樂蒂問。

「晚上我睡，白天她睡，可是今天她不在。她去探望我外祖父、外祖母了。今天她休假。」媽媽很難得休假。

「眞不可思議。你知道嗎？這裡比我的寢室小多了，我們還沒事就抱怨房間有多小。」

喬依找到他要的東西，拿出來放在抽屜櫃上。

「鑰匙？」梅樂蒂問。

喬依推開她，衝進樓梯間。梅樂蒂緊跟在後。

「鑰匙是幹嘛用的？」

「我們不是一直都住在那個房間。」喬依說著推開第一扇門繼續往地下室前進，他要找的那扇門位於樓梯間最下面。

「所以呢？」梅樂蒂追問。喬依忙著用鑰匙開鎖。

他看著她，然後推開門。「我們以前住在這裡。」他指著裡面的房間。

他父親的工作室。

大房間裡充滿物品的陰影和灰塵的氣味，喬依走進來，因爲這地方帶給他熟悉的感覺而驚訝。他已經八年沒有走進這扇門，但是他很清楚知道要到哪裡找牆上的油燈。他爲燈上了發條，轉動下面的齒輪，讓它開始發出嗡嗡聲，散發光芒。

光線照在滿是灰塵的房間，裡面有很多舊桌子，一堆堆石灰塊，還有一個以前用來燒粉筆的壁爐。喬依虔誠地走進去，感覺回憶紛紛甦醒、顫抖，像是味蕾嚐到既酸又甜的味道。

「我以前睡在那裡。」他指著遠處的角落。那裡有一張小床，天花板上垂著兩張床單，可以拉起來讓他有點隱私。

他父母的床在另一個角落，上頭掛著類似的的床單。在兩個「房間」之中擺著家具——一些椅子、附帶抽屜的櫃子。他父親一直說要搭些牆把工作室隔成幾個房間。在他死後，新房間放不下這些家具，所以喬依的媽媽索性把東西都留在這裡。

喬依露出淡淡的微笑，想起他父親一面哼著歌，一面在桌子上刷平粉筆。房間裡，大部分的空間都用來當工作室，到處放著加熱的甕、混合劑料的瓶子、火爐，還有成堆關於粉筆成分與質地的書。

「哇，這裡感覺好……祥和。」梅樂蒂說。

喬依越過房間，腳步在滿是灰塵的地面磨擦出聲。在其中一張桌子上，擺著一列排成色譜的粉筆，他從桌上拿起一支藍色的，放在手指間摩挲，外表的薄膜讓他的手指不會沾上任何灰。然後喬依走到房間的另一邊，也就是床的對面，牆上掛著不同的化學成分，可以製作成各種硬度的粉筆。

粉筆成分周圍是各種陣學防禦陣，一共有好幾十個，都是喬依的父親畫的。防禦陣旁邊附上了注記，解釋誰在哪場決鬥中用過這些陣法，另外還有關於著名決鬥的新聞剪報，以及決鬥者的報導。

喬依的腦海中響起特倫的聲音。他父親大聲讀著這些決鬥的報導，興奮地對喬依解釋出色的戰略。想起父親狂熱的模樣，連帶喚回許多其他的回憶，但喬依暫時將一切擺在一旁，專注於另一件事。因為在這些成分、防禦陣、報紙簡報之中，有一張特別大的紙。

上面畫著他們在每個犯罪現場找到的螺旋形陣學線。

喬依緩緩吐出一口氣。

「怎麼樣？」梅樂蒂來到他身邊問道。

「就是它。新的陣學線。」

「什麼，你爸是綁架犯？」

「當然不是。可是他知道，梅樂蒂。他借錢，他休假，他去拜訪八所學院的陣學師。他在進行一件研究，這是他對陣學的熱情。」

梅樂蒂看著旁邊的剪報跟照片。「原來如此。」她低聲說。

「什麼原來如此？」

「為什麼你對陣學這麼著迷。我問過你，你沒有回答。是因為你爸。」她說。

喬依看著牆壁上的防禦陣跟圖樣。爸爸會說個不停，對喬依解釋防禦陣適合用來對抗哪些攻擊結構。其他男孩跟他們的爸爸踢足球，喬依跟他一起畫防禦陣。

「我父親想要我念亞米帝斯。他非常渴望我成為陣學師，但是他從來沒有對我說過。我們沒事就在一起畫畫，我想他會成為粉筆匠是因為能夠跟陣學師一起工作。」

而他完成了一件很偉大的事情。一條新的陣學線！它不是費奇或納利薩那樣有多年經驗的陣學師發現的。是喬依的父親，一個平凡的粉筆匠。

他是怎麼辦到的？這到底是什麼意思？那條線的功用是什麼？好多問題。他父親一定留下了筆記，喬依得試著找出來，追蹤他父親生前最後那段時間的研究，還有這一切跟失蹤案的關聯。

有一瞬間，喬依整個人沉浸在喜悅中。你辦到了，爸爸。你辦到他們沒有人辦到的事情。

「好了。」喬依轉向梅樂蒂。「妳的大消息是什麼？」

「噢。現在要我好好地宣布有點困難。我不知道。我只是……嗯，我最近在研究。」

「研究！妳？」喬依問。

「我當然會研究！」她雙手叉腰。「而且你沒資格抱怨，因為這都是為了你。」

「妳研究我？現在到底誰在跟蹤誰啊？」

「不是你這個人啦，白痴。是關於你身上發生的事。喬依，你的入教儀式是錯的。你應該要進入儀式間。」

「我跟妳說了，史都華神父說我沒有必要進去。」喬依說。

梅樂蒂戲劇化地舉起手說：「他，錯得徹底。你的靈魂可能因此而有危險！你並沒有入教，那場儀式搞砸了！你需要重新來過。」

「八年後？」

「當然。有何不可？你聽我說，現在距離七月四號不到一個禮拜了。如果我們說服主教你有失去靈魂的危險，也許他會讓你再試一次。當然這次得用正確的辦法。」

喬依想了想。「妳確定我可以再來一次？」

「我確定。我可以找相關文獻給你看。」梅樂蒂說。

我年紀太大了……可是，葛列格里王也是八歲以後才成爲陣學師！也許我也可以。

最後喬依微笑著說：「這也許眞的值得一試。」

「我就知道你會明白。快說我是天才。」梅樂蒂說。

「妳是天才。」喬依瞥了一眼牆上的圖樣。「我們去找費奇吧。我要他來看看這個，晚點再來想主教的事。」

「根據我的判斷，你父親堅信有更多陣學線。你看。」費奇坐在工作室中央的桌邊說。他從一疊書跟成堆舊紙中抽出一張。過去的幾個小時中，喬依跟梅樂蒂都在幫他整理工作室和喬依父親的紀錄，這個空間彷彿恢復久遠以前的忙碌狀態。

費奇遞給喬依的書頁微微飄動，像是某種法律文件。

「這個是贊助契約。」費奇說。

「法倫達學院。那在加州群島，對不對？是訓練陣學師的學校之一？」喬依說。

費奇點點頭。「這裡總共有四張契約，分別出自八所陣學學院，包括亞米帝斯。上面承諾，如果你父親能證明在原本的四條陣學線以外，存在第五條陣學線，他們會提供他和他的家人一百年的贊助。」

「贊助？」梅樂蒂問。

「是錢，親愛的。一筆頗爲豐厚的津貼。有了四所學校的收入，喬依的父親會成爲非常富有的人。我必須說，我對你父親對陣學的理解程度相當震驚！這些著作非常深奧。我想其他教授知道了也會大感意外。我現在終於明白，我們對他的能力簡直是過於低估了。」

「他說服了某個人。」喬依指著贊助契約。

「嗯，沒錯，的確是。他一定很努力，而且提出非常令人信服的證據，才能拿到這些契約。根據在這邊看到的資料，他跟不同的學校一起進行研究，甚至去了歐洲跟亞洲，與那裡的學者跟教授會面。」

在這麼做的過程中，累積頗爲龐大的債務。喬依如此心想，坐在費奇用來充當工作桌的旁邊椅子上。

「可是他找到那條線了。」梅樂蒂指著牆上的畫。「所以他爲什麼沒變有錢？」

「他沒辦法讓它生效。」費奇拿出一張紙。「就像我們一樣。我也畫了一模一樣的線，但是沒有任何作用。那個綁架犯知道一些我們不知道的事。」

「所以這沒有意義。我父親知道的不比我們多。他發現有其他線條存在，甚至複製了一條，卻沒有辦法讓它生效。」喬依說。

費奇翻動著紙張。「你父親對於這個符號沒有發揮效用，有一個很重要的論點。有一些學者相信，陣學線的功能必須建立在陣學師畫圖時的目標。他們的證據是，如果我們用粉筆寫字，甚至用粉筆畫畫，那些圖畫不會活起來，除非我們很明確地要畫陣學圖。舉例而言，字母中的直線不會一不小心變成禁制線。

「陣學師的意念影響他繪圖的結果。這是不可以量化的。也就是說陣學師不能用意念讓禁制線變得更強，但是如果陣學師沒有打算要畫禁制線，那這條線就不會有用。」

「所以，你不能讓螺旋圖產生作用的原因是……」喬依說。

「是因爲我不知道它的作用是什麼。你父親相信，除非他能把線條的種類跟用途結合在一起，否則他的研究還是沒有結果。」

費奇拿出另外一張紙。「可惜有人因此笑他。我隱約記有段時間你父親說服一些陣學師去畫他的線，我沒有參與，而且沒有太過留意，否則我應該會更早想起他對新陣學線的興趣。雖然他有許多不同的意念讓人嘗試，但很可惜還是沒能讓線條生效。根據他這邊的紀錄看來，他將那次試驗視爲極大的失敗。」

地上傳來響亮的嘆息。是梅樂蒂。她躺在地上盯著天花板，聽著兩人的對話。她一定得天天洗裙子，因爲她很喜歡坐在地板上，爬樹，還有躺在地上。

「無聊了，親愛的？」費奇問她。

「只有一點。你繼續說啊。」她說完後又嘆了口氣。

費奇朝喬依挑挑眉毛，後者聳聳肩。有時候梅樂蒂只是想要提醒別人她也在場。

「即便如此，這還是很棒的發現。」費奇說。

「即使我們不知道這線條有什麼用？」

「沒錯。你父親做事非常仔細。他蒐集了很多文獻，有些甚至很罕見，而且仔細列出任何跟新陣學線有關的線索或理論。這簡直就像你父親預見未來，看到我們在這個調查中需要什麼幫助。他的筆記會省下我們好幾個月的時間！」費奇回答。

喬依點點頭。

然後費奇幾乎像是自言自語了起來。「我可以說，我們當初應該更認眞地對待特倫。沒錯，他簡直是個祕密天才。那感覺就像發現你的門房私底下是個進階發條理論的學者，空閒時在建造一台全功能的埃屈利克斯。嗯……」

喬依的手指滑過其中一本書，想像他父親在這個房間裡工作、製作粉筆，一面幻想著陣學的神奇。喬依記得自己坐在地板上，抬頭看著桌子，聽他父親哼歌；也還記得火爐燃燒的氣味——他父親一邊在烤粉筆，一邊把粉筆掛在空中晾乾，隨時不停地追求理想的成分、硬度，以及線條的清晰度。

梅樂蒂坐了起來，把幾綹紅卷髮從眼前撥開。「你還好嗎？」她看著他問。

「只是想到我爸了。」

她坐在那裡看著他，終於梅樂蒂開口說：「所以，明天是星期六。」

「所以？」

「後天是星期天。」

「對……」

「你需要去跟主教談。你必須要讓他同意你進行入教儀式。」

「怎麼了？」費奇從書本中抬起頭。

「喬依要進行入教。」梅樂蒂說。

「他八歲時沒發生過？」費奇問。

「有，但是他們搞砸了。我們要說服他們讓他再來一次。」梅樂蒂說。

「梅樂蒂，我不覺得我們能說服他們做任何事。我甚至不知道現在是不是擔心這件事的時候。」喬依連忙說。

「七月四日是下個禮拜。如果你錯過了，又得再等一年。」梅樂蒂說。

「是沒錯，可是現在有更重要的事情要擔心。」喬依說。

「我不敢相信！」梅樂蒂倒退幾步。「你這輩子都在夢想陣學跟成為陣學師，結果現在你有機會可以實踐卻放在一旁不管？」

「這機會也不大。畢竟只有千分之一的機率。」喬依說。

費奇充滿興味看著他們。「先等一下。梅樂蒂，親愛的，妳為什麼覺得他們會讓喬依再試一次？」

「他沒有機會進去儀式間。所以他不能……你知道的。」梅樂蒂說。

「啊，我明白了。」費奇說。

「我不明白。」喬依插嘴。

「這不公平。」梅樂蒂盯著天花板。「你也看到他多麼擅長陣學。他甚至連試的機會都沒有。他應該要有機會。」

「嗯，我不是教堂程序的專家，但我想妳要說服主教讓一個十六歲的年輕人參與入教儀式一定很困難。」費奇說。

「我們會有辦法的。」梅樂蒂固執地說，好像喬依根本沒有說不的權力。

此時一個影子遮住門口的光線。喬依轉身，看到他母親站在外面，就在樓梯最後一階台階上。他注意到她震驚的表情。「啊。呃……」

費奇站起身。「薩克森太太，妳的兒子有了極為出色的發現。」

她走進房間，穿著藍色的旅行用洋裝，頭髮綁在後面。

喬依緊張地看著她。媽媽對於他們侵犯她這麼久以前鎖上、離開的房間會怎麼想？

結果她露出微笑。「好多年了。我想過回來，但我一直擔心太痛，擔心自己會不停想起他。」她迎上喬依的眼睛。「這個地方確實讓我想起他，但已經不痛了。我想……該是搬回這裡的時候。」

粉筆精的類型

造物線一直是陣學線中最無法量化的線條。粉筆精的種類似乎會影響其執行指示的能力。舉例來說，形狀像是武士的粉筆精在綁縛於防禦點時，通常比派去攻擊時要更強大。有大爪子或牙齒的粉筆精擅長攻擊，但不擅長防禦。大型、圓滾的粉筆精可以承受多次的剛猛線攻擊，但行動很緩慢。有很多腳的粉筆精可以快速移動，但通常不能快速咬穿敵人的線條。

防禦型粉筆精

攻擊型粉筆精

適合吸收攻擊

適合快速移動

喬依坐在寬廣的教堂，手放在前一排木椅的靠背，把頭枕在上面，思緒卻不肯停歇。

「神主將生命賜給無生命的物體。」史都華神父喋喋不休地證道。「現在我們是無生命的物體，需要祂賜給我們懺悔的恩典，好將光明跟生命還給我們。」

光線照進彩繪玻璃窗，每扇玻璃窗上都鑲嵌著一只記錄時間的時鐘，而主要的圓形藍色彩繪玻璃窗上則鑲嵌著這座島上最華貴的鐘，齒輪跟指針都是用彩繪玻璃製成。

教堂的內部擺滿禮拜用的木椅，中間留有走道，在教堂圓頂內部的深處，十二使徒的雕像俯瞰著信眾們。雕像們偶爾會動作，內部的機械賦與它們具有生命的假象。無生命物體的生命。

「生命的麵包，生命的清水，重生的力量。」神父說。

這些話喬依以前都聽過了。他早就知道神職人員很喜歡重複相同的話，只是跟以往相比，今天的他特別無法集中注意力。他的人生跟亞米帝斯的重要事件發展有了緊密的關聯，這讓喬依覺得很奇怪，甚至可以說是不安。難道是命運把喬依引導至如今的處境嗎？或者是神主的意志，就如同史都華神父常說的那樣？

他再次抬頭望著彩繪玻璃。如果一般人開始敵視陣學師，會對教堂帶來什麼樣的影響？幾幅窗戶上畫著葛列格里王，流亡之王，他身邊向來包圍著陣學圖樣。而在兩側的岩石牆壁上則雕刻著交錯的圓圈跟線條，雖然建築物本身是十字形，但在教堂中央的交會處卻是圓形的，那裡的石柱標出九點圈的每個點。

使徒看著眾人，神主也在十字架上，一個聖達文西的雕像在地面畫著圓圈、齒輪，還有陣學三角。他被君主教會封爲聖徒，雖然——或者說因爲——他是個叛逆的基督徒。

就連最無知的人都知道陣學跟君主教會之間的關聯。所有人都必須同意入教才會得到陣學能力。他們不需要眞心信仰，甚至不需要宣稱自己信教，只要同意入教就是走上被救贖的第一步。

回教徒說陣學是異端邪說；其他基督教會雖然勉強接受這個儀式的必要性，卻不承認這證明了君主教會的權威；至於朝鮮人則是完全忽略整個過程宗教的部分，即使入教，卻仍然是佛教徒。

不過，沒有君主教會就沒有陣學，這點是不可否認的。這個簡單的事實讓曾經瀕臨滅絕的教會成爲世界上最強大的教會。如果人民想要扳倒陣學師，教會會替陣學師出頭嗎？

喬依的母親坐在他身邊，虔誠地聽著證道。她跟喬依前一天忙著從樓上搬回工作室。其實花不了多少時間，因爲他們的東西不多，可是喬依每次走進工作室都會覺得自己仍然八歲，只有兩呎高。

有東西在戳喬依的後頸。他吃了一驚轉過頭去，訝異地看到梅樂蒂坐在他後面的長椅上。他上一次看到她時，她還在室內的另一邊。

「他快講完了。你要問還是我來問？」她悄悄說。

喬依不置可否地聳聳肩。

幾分鐘後，她坐到他身邊的長椅上。

「你是怎麼了？」她低聲問道。「我以爲這是你唯一想要的。」

「是沒錯。」他低聲說。

「你的聲音聽起來不這麼覺得。自從我跟你說了我的計畫以後，你就一直在拖延！你表現得好像根本不想入教。」

「我當然想，只是……」他該怎麼解釋？「梅樂蒂，我知道這樣很蠢，但我眞的很擔心。這麼久的時間裡，我定義自己的方式就是我錯過成爲陣學師的機會。妳懂嗎？如果計畫成功了，我卻還是沒被選中，那麼我連這樣的信念都沒有了。」

喬依一直在研究，追隨他父親的腳步學習圖樣跟防禦陣，另一方面，他安心地知道自己不是個失敗品或是被拒絕的瑕疵品，他只是因爲很好的理由錯過自己的機會而已。

喬依沒有毀掉他父親希望擁有陣學孩子的希望。如果喬依從頭到尾沒有過機會，那他就不能被責怪，不是嗎？

「你說得對，你眞的太蠢了。」梅樂蒂說

「我不會放棄的，我只是現在……想吐而已。」

從理性的角度來看，他可以看到自己論點中的問題：不會有人因爲不是陣學師而被「責怪」。只是邏輯不是每次都能影響一個人的感覺。他幾乎寧願懷抱著自己是陣學師的可能性，而不願知道答案。但梅樂蒂堅持要他重試一次，喚醒了他所有深藏的恐懼。

史都華神父結束布道。喬依低下頭祈禱。他沒聽進多少神父說的話，可是當對方說「阿門」時，他已經下定決心。如果有機會成爲陣學師，他絕不會放手。多年前發生的事不能重演。

他壓抑緊張的情緒，站了起來。

「喬依？」他母親問。

「媽，妳等我一下。我要跟主教說話。」喬依快步上前。梅樂蒂連忙來到他身邊。

「我來。妳不用開口。」喬依說。

「太好了。」梅樂蒂難得沒穿學校制服，而是穿了一件挺迷人的白色及膝洋裝，露出一段長腿。

專心點。喬依心想。然後他說：「我還是不覺得會成功。」

「你不要這麼悲觀。」她的眼睛閃閃發光。「我有幾個絕招。」

糟了。

他們來到聖壇，在史都華神父面前停下來。主教瞥向他們，微微調整眼鏡，頭上的主教冠一陣搖晃。那頂巨大的頭冠跟袍子一樣都是黃色的，上面有一個九點圈，圓圈裡是十字架。

「我的孩子們，什麼事？」史都華神父傾身問。

喬依發現主教老了不少，白鬍子幾乎長及腰部。

「我……」他一時不知如何開口。「神父，你記不記得我的入教儀式？」

「嗯，我想想。提醒我一下，你今年幾歲了，喬依？」老人問。

「十六歲。可是我不是跟其他人一起參加的。我……」喬依說。

「啊，對了，你父親。我想起來了，孩子，是我親自爲你主持的入教儀式。」史都華說。

「是，只是……」喬依覺得直接指控這名老神父當年做錯了，感覺不太對勁。

旁邊的人都在排隊——總會有人想在布道之後跟史都華神父說話。祭壇旁邊的大燭台上燒著蠟燭，從敞開大門灌進來的風讓燭火微微搖曳，腳步聲在空曠的大廳中迴盪。儀式間位於祭壇後面的教堂盡頭，那是一個小型的石頭房間，兩邊各有一扇門。

梅樂蒂推推他。

「神父，我無意冒犯，但是我對自己的入教過程覺得不安心。我沒有機會進去房間。」

「啊，是的，孩子，我可以了解，但你不需要擔心自己的靈魂是否會無法被拯救。世界上有很多地方的教會不夠顯赫，所以他們沒有大教堂，自然也沒有儀式間，但是那些人跟我們一樣都過得很好。」

「可是他們不能成爲陣學師。」喬依說。

「嗯，對。」史都華說。

「所以我當初沒有機會，不能成爲陣學師。」喬依說。

「孩子，當初你有機會，只是沒有辦法掌握機會。孩子，太多人過於執著於這件事，但其實不論陣學師還是非陣學師，對神主而言都是一樣的。成為陣學師是奉獻，不是為了讓一個人變得強大或是自我，恐怕有太多人忽略追求陣學帶來的名利其實已經進入罪惡。」

喬依臉色一紅。史都華似乎覺得這個對話已經結束了，於是神父和藹地朝喬依微笑，一手按上他的肩膀進行賜福，然後轉向下一名信徒。

「神父，我想參與這個禮拜的入教典禮。」喬依說。

史都華神父一驚，轉過身。「孩子，你的年紀太大了！」

「我——」

「這沒關係。」梅樂蒂連忙開口，打斷喬依的話。「什麼時候入教都可以。不是這樣的嗎？《祈禱之書》就是這樣說的。」

「嗯，但那通常是指八歲以後才改信神主的人。」史都華說。

「也可以是指喬依。」她說。

「他已經入教了！」

「他沒有進過房間。」梅樂蒂固執地說。「你難道不知道羅依·史蒂芬斯的案子嗎？他被准許九歲入教，因為他前一年的七月四日當天生病。」

「那件事發生在緬因弗，和我們隸屬完全不一樣的教區！他們那邊淨做一些怪事。喬依沒有理由要再進行一次入教儀式。」

「除了給他成為陣學師的機會。」梅樂蒂說。

史都華神父嘆口氣，搖搖頭。「孩子，妳似乎把聖言讀得很透，但妳不了解其中的意義。

相信我，我知道怎麼樣才是最好的。」

他又要轉身離開，梅樂蒂開始揚起聲音：「那你爲什麼不告訴喬依八年前你爲什麼沒有讓他進入儀式間的眞相？也許是因爲北牆浸水損壞所以正在修繕？」

「梅樂蒂。」喬依握住她的手，她看起來眞的動怒了。

「如果神主想要喬依成爲陣學師呢？你剝奪他這個機會時，有沒有這麼想過？只因爲你在修繕你的教堂？一個男孩的靈魂跟未來値得你這麼做嗎？」

梅樂蒂的聲音在平時嚴肅的室內迴盪，喬依覺得越來越尷尬。他想要叫她別說了，但是她不理他。

梅樂蒂放大聲量往下說：「我，認爲這是一個悲劇！我們應該急於鼓勵一個想要成爲陣學師的人！難道教堂要跟反對我們的人站在同一邊嗎？難道教堂的神父不願鼓勵一個想要執行神主意志的男孩？主教，你心裡的眞正打算到底是什麼？」

「好了，小聲點，孩子。」史都華神父撫著額頭。「不要喊了。」

「你要讓喬依進行入教儀式嗎？」她問。

「如果這樣就能讓妳閉嘴，那我會去問大主教。如果他允許，喬依就可以再次入教。這樣妳滿意了嗎？」史都華神父說。

「暫時可以。」梅樂蒂的雙手在胸前交叉。

「願神主的祝福與妳同在，去吧，孩子。」史都華神父說。然後他壓低了聲音，又補上一句：「派妳來的惡魔說不定會因爲把我整得頭痛在深淵裡升職了。」

梅樂蒂抓住喬依的手臂把他拖走。他的母親在座位之間的走廊上等待。

「剛才是怎麼一回事？」她問。

「沒事，薩克森太太。一點事都沒有。」梅樂蒂興高采烈地說。

喬依在與母親擦身後瞥向梅樂蒂。「這就是妳的偉大計畫？大發脾氣？」

「大發脾氣是高貴而且經過歷史試煉的策略。」她滿不在乎地說。「尤其如果肺活量好，面對的又是一個不懂變通的老神父。我知道史都華這個人，只要音量夠大就能讓他屈服。」

他們走出教堂，哈丁站在前院跟幾名警官交談，兩個發條守門怪物在入口上的平台徘徊。

「史都華神父說他會去問。我不覺得我們贏了。」喬依說。

「我們真的贏了。他不會希望我再鬧事，尤其現在陣學師跟普通人之間的關係很緊張。快點，我們去弄點東西吃。發脾氣真的會讓人胃口大開呢。」

喬依嘆口氣，但仍然允許自己被她拖過街道，走向學院。

綁縛粉筆精

大多數陣學師使用一個簡單的◇代表對粉筆精的「防衛」指示。任何有這個符文的粉筆精會主動保護其負責的範圍，免於被沒有綁縛於同一個圓圈的粉筆精攻擊。

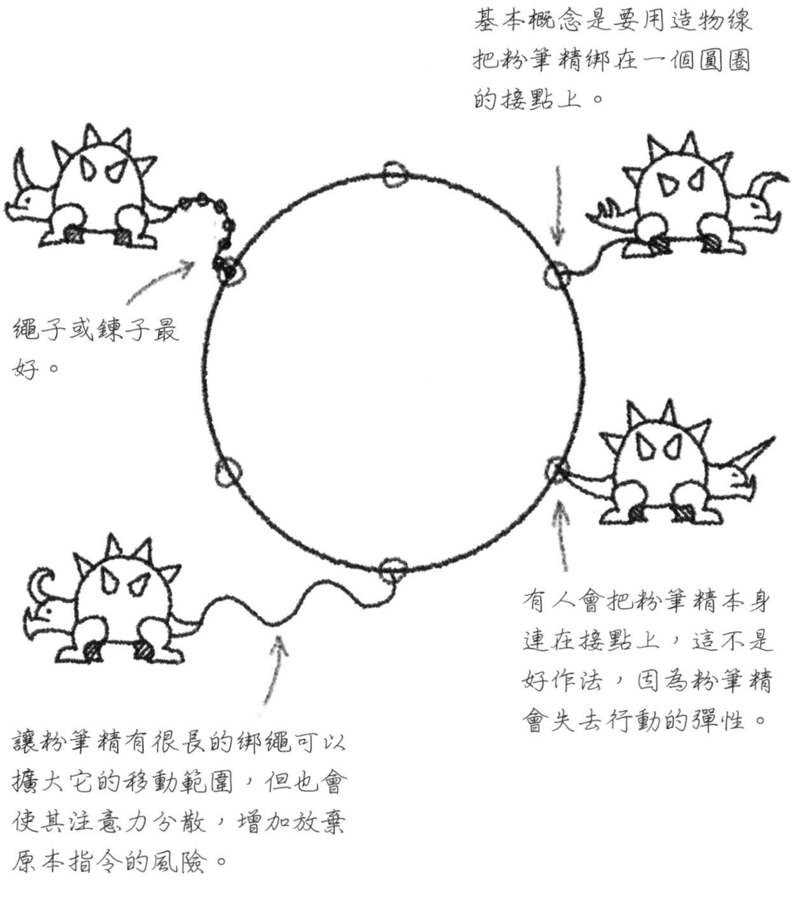
基本概念是要用造物線把粉筆精綁在一個圓圈的接點上。
繩子或鍊子最好。
有人會把粉筆精本身連在接點上，這不是好作法，因為粉筆精會失去行動的彈性。
讓粉筆精有很長的綁繩可以擴大它的移動範圍，但也會使其注意力分散，增加放棄原本指令的風險。

喬依讀著：

圓圈是神聖的。

唯一永恆且完美的形狀，從古埃及人阿梅斯發現神聖的數字之後，圓圈就一直被視爲神主的傑作。許多中古世紀的學者將定義圓圈的指南針當作神主創造之能的符號，經常在手繪抄本中看到。

在我們來到美國諸島前，圓圈的歷史也進入一個黑暗時期。地球被證明不是扁平的圓形，而是圓度可疑的圓球。天空中的星球也被證明是以橢圓形的軌跡移動，進一步減弱對圓形神性的信仰。

然後，我們發現了陣學。

在陣學中，言語是不重要的，只有數字有意義，而圓圈主宰一切。一個人的圓圈越能貼近完美，他的能力就越強大。圓圈超越人類簡陋的邏輯，是天生具有神性的存在。

奇特的是，一件人造的物品在發現陣學的過程中扮演如此重要的角色。如果陛下當初不是隨身攜帶著一只佛羅藍大師的新式懷錶，那麼也許這一切都不會發生，人類也會被野粉筆精滅絕。

章節告一段落。喬依坐在空曠的工作室裡，背靠著牆。幾束陽光從上方的窗戶溜進房間，在滿是灰塵的空氣中灑落，跌成地面上的方塊。

喬依翻著古書的書頁。這個段落來自於亞當．梅金斯的日誌，他是陣學創立者，國王葛列格里三世的私人天文學家與科學家。亞當．梅金斯被認爲是發現且概述兩點、四點、六點陣學圈原則的人。

這本書是喬依父親的其中一本藏書，顯然頗具價值，因爲是很早期的抄本。喬依的母親爲什麼沒有把這本書或是任何一本書賣掉來還債？也許是因爲她不知道這些書的價值。

這本書裡記載著梅金斯對於其他陣學圖樣存在的推斷，只是最後仍然沒有做出結論。喬依發現書裡最後一段比其他部分都還具有吸引力。

如果陛下當初不是隨身攜帶著一只佛羅藍大師的新式懷錶，那麼也許這一切都不會發生，人類也會被野粉筆精滅絕……

喬依皺眉，翻到下一章。他沒有再找到任何跟懷錶有關的章節。

關於葛列格里王是如何發現陣學這件事，書中透露的訊息不多。根據教堂的官方立場，他是接受了神啓才獲得知識，宗教畫裡經常畫著葛列格里跪在地上祈禱，一束光照在他周圍，形成標有六點的圓圈。書的內頁也有類似的版畫，只是這一幅圓圈出現在葛列格里面前的空中。

所以這到底跟懷錶有什麼關係？

「喬依？」一個女孩的聲音在宿舍地下室的磚頭走廊間迴盪。幾秒鐘後，梅樂蒂的臉出現在通往工作室敞開的大門前。她肩膀上背著書包，穿著陣學學生的裙子跟襯衫。

「你還在這裡？」她質問。

「我有很多書要看……」喬依開口想辯解。

「你根本是坐在黑暗裡。」她走到他身邊。「這個地方好枯燥。」

喬依看了看工作室。「我覺得這裡讓我很安心。」

「隨便啦。你該休息了。來吧。」

「可是——」

「不准有藉口。」梅樂蒂抓住他的手臂用力拖，喬依允許她把自己拉起來。今天是禮拜三，明天就是七月四號，也就是入教儀式。主教仍然沒有傳來喬依是否可以參加的消息，塗鴉人也沒有再次發動攻擊。

許多媒體宣稱哈丁督察的封鎖策略很成功，最後幾個不讓學生回學校的家長也開始屈服了。喬依沒有像他們那樣放心。他覺得一柄利斧就懸掛在他們的頭上，隨時都可能落下。

「來吧。」梅樂蒂把他從地窖裡拖出來，走進午後的陽光。「我說真的，如果你不小心點，說不定會縮成一團變成教授了。」

喬依揉揉脖子，伸展四肢。來到戶外的確很舒服。

「我們去辦公室，看看主教有沒有寄東西給你。」梅樂蒂說。

喬依聳聳肩和梅樂蒂走向辦公室。白天變得越來越暖和，新不列顛尼亞的潮濕逐漸朝海邊散去，在工作室裡待了一上午之後，曬曬太陽很舒服。

他們經過人文大樓時，喬依看著一群工人正在忙著洗刷建築物的外牆，兩天前的晚上，有人在上面寫了「回內布拉斯克」這幾個字。哈丁對於有人能突破他的防線極爲憤怒。

我倒認爲是裡面的學生做的。喬依心想。富有的普通學生跟陣學師之間向來有心結。

梅樂蒂也看到了。「你聽說維吉尼亞跟薩狄亞斯的事情了嗎？」

「誰啊？」

「陣學師。我們上一屆的學生。昨天教堂禮拜後他們待在外面，碰到一群追著他們跑，朝他們丟瓶子的暴民。我從來沒聽說過這種事。」

「他們還好嗎？」

「呃，還好……」梅樂蒂變得不太自在。「他們畫了粉筆精。那些人立刻就散開了。」

粉筆精。「可是——」

「他們不知道撕裂符，即使知道也不會用。使用撕裂符對付人是很嚴重的罪。」梅樂蒂連忙說。

「即使這樣還是很糟。一定會有人亂傳。」喬依說。

「那你希望他們怎麼樣？讓暴民抓到他們嗎？」

「當然不是。」

兩個人尷尬地走了一段路。

「噢！我剛想起來，我得去造物樓一趟。」梅樂蒂說。

「什麼事？」喬依才剛問，她就掉頭跑走了。

「順道而已。」她一邊調整肩膀上的背袋，揮手要喬依跟上。

「那是在學校灰的另一邊！」

她翻翻白眼。「幹嘛？走一小段路會死啊？快點。」

喬依嘟囔兩句，走到她身邊。

「你能猜到發生什麼事嗎？」梅樂蒂說。

喬依挑起一邊眉毛。

「我終於可以不用再描圖了。費奇教授現在讓我畫整個陣圖。」她說。

「太好了！」這是第二步。參考一張小圖，畫出整個陣學圖形，雖然是梅樂蒂好幾年前就該學會的東西，但他沒這麼說。

「沒錯。再過幾個月，陣學對我來說便易如反掌。我一定可以打敗任何敢跟我決鬥的十歲小孩。」她一揮手說。

喬依笑了。「所以我們去造物樓到底要幹嘛？」

梅樂蒂舉起一張折起來的小紙條。

「噢，對，替辦公室送東西。」喬依說。

她點點頭。

「等等。」喬依皺起眉頭說：「妳是在跑腿？妳就爲了這件事來找我？因爲妳一個人跑腿覺得無聊了？」

「當然啊，你不知道你存在的意義就是爲了娛樂我嗎？」梅樂蒂開心地說。

「我就知道。」喬依說。他們正走過禦敵樓，裡面有一堆職員進進出出。

「是大混戰。他們在做準備。」喬依說。今年的大混戰將在這禮拜六舉行。

梅樂蒂臉色很難看。「眞不敢相信他們居然還要辦。」

「爲什麼不辦？」

「最近發生這麼多事……」

喬依聳聳肩。「我想哈丁會限制學生跟教職員才能參與，反正塗鴉人只會在晚上攻擊，而且這種活動會有很多陣學師出席，根本不適合下手。」

梅樂蒂一邊以沒人聽得清楚的音量嘟囔，一邊和喬依爬上通往造物樓的山坡。

「妳剛在說什麼？」喬依問。

「我眞搞不懂是誰想出要辦大混戰。有什麼意義啊？」梅樂蒂說。

「很好玩啊。學生可以練習眞正的決鬥，證明自己在陣學上的能力。妳爲什麼不喜歡？」

「每個教授至少得派一個學生去參加那東西。」梅樂蒂說。

「那又怎麼樣？」

「所以費奇有幾個學生？」

喬依在山坡上停住腳步。「等等……妳要去大混戰裡決鬥？」

「而且受盡其他人的羞辱。當然，這種事也不是第一次，但我實在不知道爲什麼要把我拿出來展示。」

「別這樣，梅樂蒂，說不定妳可以表現得不錯，畢竟妳的粉筆精很好啊。」

她不友善地瞪著他。「納利薩要派十二個學生下場。」這是參與混戰的人數上限。「你認爲他們會最先幹掉哪一個？」

「那妳就不會被羞辱。誰會覺得妳能抵擋他們？玩得開心點就是了。」

「絕對很痛苦。」

「這是好玩的傳統。」

「燒女巫也是，除非你是被燒的女巫。」梅樂蒂說。

喬依笑了。這時兩人抵達了造物樓，來到其中一扇門前，梅樂蒂伸手開門。

喬依全身一僵。這裡是納利薩的辦公室。「是這裡？」

「對。」梅樂蒂苦著臉。「辦公室有訊息要交給他。對了，我都忘了。」她從包包拿出《力量的起源》，就是喬依幾個禮拜前借的書。「他要求看這本書，於是圖書館聯絡我，因爲是我把這本書借出去的。」

「納利薩要這本書？」喬依問。

「呃，對啊。我剛才不就說了嗎？我是在費奇的辦公室找到的，你把書留在那兒，抱歉。」

「不是妳的錯。」喬依原本想多花點時間讀父親的研究，或許他就有辦法看懂那本書。

「我等下就回來。」梅樂蒂開門跑上台階。

喬依在樓下等待。他完全不想見到納利薩，可是……他爲什麼想要這本書？

納利薩跟這些事情一定有關。他心想著繞到建築物另一邊，抬頭往辦公室窗戶看去。他停下腳步。納利薩就站在窗前，身上穿著教授的紅外套，釦子扣到脖子處，眼睛掃射著校園。當納利薩視線掠過喬依時，彷彿沒有注意到他。

然後他的頭猛然轉回喬依的方向，與他雙眼對望。

喬依每次見到納利薩都覺得這個人很高傲，有一種不成熟，幾乎是天眞的自大。可是如今這個人的表情沒有半點這種氣質。納利薩待在滿是陰影的房間，站得又高又挺。他的手背在身後，低頭盯著喬依，似乎陷入深思。

納利薩轉過身，顯然是聽到梅樂蒂敲門的聲音，然後離開了窗戶邊。幾分鐘後，梅樂蒂出現在樓梯下方，手中抱著一疊書，包包裡更是裝滿了許多書。喬依衝上前去幫忙。

喬依把一半的書拿走時，梅樂蒂說：「呃，謝了。這個給你，你應該有興趣。」她把手裡那疊書中最上面一本推給他。

喬依把書拿起。書名寫著：《全新未知陣學線存在與否之探討》，正是他想從納利薩辦公室偷走的書，也就是教授幾個禮拜前借的書。

「妳偷來的？」喬依壓低聲音問。

「才不是。」梅樂蒂抱著書往山坡下走。「他叫我幫他把這些書還回圖書館，好像我是什麼高級跑腿工。」

「呃……妳就是，梅樂蒂，只是不包括『高級』那部分而已。」

她哼了一聲，兩個人繼續往山下走。

「他借的書還眞多。」喬依看著懷裡的書名。「全部都是在講陣學理論。」

「嗯，他是個教授嘛。喂，你在做什麼？」梅樂蒂說。

「我在看他是什麼時候借了這些書。」喬依一邊保持書堆的平衡，一邊翻著每本書的書頁查看出借章。「他看起來不到兩個禮拜就把這些書都看完了。」

「那又怎麼樣？」

「兩個禮拜就讀完這些可不少。妳看，他昨天才借出這本講進階剛猛線反彈原理的書，然後今天就要還了？」

她聳聳肩。「這本書一定不太有趣。」

「或者他是想從書裡找到什麼，只是大略翻過，專門在找他要的資訊。他有可能想要再發明一條新的線。」

「再發明一條？你還是堅持把他跟失蹤案串連在一起對不對？」梅樂蒂說。

「我覺得他很可疑。」

「如果這些都是他做的，爲什麼所有的失蹤案都發生在校園外？他爲什麼不選擇最容易下手的學生？」

「因爲他不希望別人懷疑到他身上。」

「動機呢？」梅樂蒂說。

「我不知道。抓走武士議員的兒子這件事讓整個情況複雜很多，把區域問題變成了國家問題。這實在不合理。除非他從一開始就想這麼做。」

梅樂蒂看著他。

「太牽強了？」喬依問。

「對。如果目的是要製造國家危機，那他直接抓武士議員就行了。」

喬依被迫承認她是對的。塗鴉人的動機是什麼？跟陣學師有關，還是想要造成島嶼之間的分歧？如果目的只是要抓走或綁架學生，那這些新的陣學線是從哪裡來的，而且爲什麼與野粉筆精扯上關係？它們眞的是野生的嗎？或者是普通粉筆精被指示裝成野生的，好誤導警方？

喬依跟梅樂蒂來到圖書館，兩個人走了進去，歸還納利薩借的書。托倫太太一邊登記，一面露出她的招牌表情——不滿地看了他們一眼，然後把那本探討陣學線數種可能的書借給梅樂蒂。

他們走出圖書館之後，梅樂蒂把書遞向喬依。

喬依把書夾在腋下。「我們不是要去辦公室看看主教有沒有送信來嗎？」

「是吧。」她嘆口氣。

「妳怎麼突然就沮喪起來啦。」

「我就是這樣。情緒起伏很大，這樣的我才顯得有趣。總而言之，你必須承認你並沒有替我帶來一個愉快的午後。首先我得先去找納利薩，雖然他眞是帥到暈，而且還被迫去想大混戰的事。」

「妳講得好像整件事差點都是我的錯。」喬依說。

「哎，我原本不想說這麼白的，但既然你自己都說了，那我也只好被你說服。你眞該向我道歉。」

「拜託。」

「你難道不會有一點點同情我嗎？我可是要被全校的人笑啊。」她問。

「也許妳頂得住。」

她不甚友善地瞪著他。「你看過我畫的圓圈吧？」

「妳有進步啊。」

「再三天就是大混戰了！」

「好吧。」他終於承認：「妳的確沒有任何機會。可是，學習的唯一方式就是嘗試啊！」

「你眞的很像教授。」

他們來到辦公大樓外。「喂！妳這樣講我可要不高興了。我在校期間可是很努力讓成績不及格，我打賭自己當掉的課比妳還多。」

「我不信。」她高傲地說。「況且，就算你眞的當得比我多，我也不信你像我那樣當得萬眾矚目、顏面盡失。」

他笑了。「我同意妳的觀點。沒有人能像妳那樣顏面盡失到萬眾矚目。」

「我剛才不是這樣說的。」

抵達辦公室的時候，喬依看到哈丁的警官在那裡守著。「現在這個情況至少有個好處。如果約克校長把大混戰限制成只有學生跟教職員可以參加，那我就不需要在我父母面前丟臉。」

「等等，他們眞的會來？」

「他們每次大混戰都會來。」她苦著臉說。「尤其當他們有孩子參加的時候。」

「妳提到妳父母的口氣好像他們很恨妳。」

「不是的，只是……他們是很重要的人，要忙的事也很多。他們沒辦法把時間花在一個不能弄懂陣學的女兒身上。」

「不會那麼糟吧。」喬依說。

她朝他挑起眉毛。「我有兩個哥哥，一個姐姐，都是陣學師。他們在校期間至少贏過兩次大混戰，威廉參加的四年每次都贏。」

「哇塞。」喬依說。

「而我卻連個圓圈都畫不好。」梅樂蒂走得很快。喬依得加快腳步才趕得上她。

「他們不是壞人，但我想把我送來這裡對他們也比較輕鬆，佛羅里達遠到他們不用常常見到我。其實我週末可以回家，我剛來念書的前幾年都是這樣，可是最近……威廉死了以後，家實在不是很快樂的地方。」

「等等。死了？」喬依說。

她聳聳肩。「內布拉斯克很危險。」

死了。內布拉斯克。梅樂蒂姓……

孟斯。喬依突然煞車。

梅樂蒂轉過身去。

「妳哥哥幾歲？」喬依問。

「比我大三歲。」梅樂蒂說。

「他去年死的？」

「灰的！我在費奇教授給我的名單中看到他的訃告。」

她點點頭。

「那又怎麼樣？」

「納利薩教授跟去年陣學師學生的死有關，所以他才從前線被送回來。也許這一切都有關聯！也許——」

「喬依。」梅樂蒂怒叱喚起他的注意。

他眨眨眼注視著她，看到她眼中的焦慮，隱藏在怒氣後面。

「不要扯到威廉。我……就是不要。你要找納利薩的可疑之處盡管去找。可是不要提到我哥。」她說。

「對不起。可是……如果納利薩與這件事有牽扯，妳不會想知道嗎？」喬依說。

「他的確有。納利薩帶著一群人離開內布拉斯克的防禦圈前往魔塔底端，想要把我哥救回來。他們連屍體都沒找到。」梅樂蒂說。

「所以也許他殺了妳哥！也許他說找不到只是說說而已。」喬依說。

她的聲音變得很安靜。「喬依，我只願意說一次，明白嗎？威廉的死是他自己的錯。他跑到防禦圈外，陣營中一半的人都看到他被粉筆精淹沒。

「威廉想要證明自己是英雄，卻反而讓很多人陷入可怕的處境。納利薩盡全力想把他救出來。他為了我哥冒生命危險。」

喬依遲疑了，想起她是怎麼形容納利薩的。

「我不喜歡他對費奇做的事，但納利薩確實是英雄。他離開是因為他無法及時救出威廉。」梅樂蒂說。

喬依總覺得有哪裡不對，但是他沒有反駁，而是直接點點頭說：「對不起。」她也點點頭，顯然覺得這件事的討論到此為止。接下來到辦公室以前，兩人一路上都保持沉默。

喬依心想，納利薩突然決定自己承受不了失敗？他因為一個人死亡就離開前線？如果他離開前線是因為良心不安，那為什麼要跟約克校長抱怨政治鬥爭？

那個人有問題。

他們打開通往辦公室的門，喬依很高興看到哈丁督察跟費奇教授都在。哈丁站在那裡跟佛蘿倫絲討論要怎麼為他的手下提供補給品跟住宿。費奇在其中一張接待椅上坐著。

「啊，喬依啊。」費奇站起來。

「教授？你不是來找我的吧？」喬依說。

「嗯？什麼？噢，沒有，我是來向校長回報我們的工作進度，他每兩天就會找我一次。我沒什麼新發現，你呢？」

喬依搖搖頭。「我只是在陪梅樂蒂跑腿。」他靠著牆頓了一下，看著梅樂蒂去拿另一疊待送的紙條。「不過是有一件事。」

「噢？」

「你對於陣學被發現的經過知道多少呢？就是葛列格里王還活著的時候。」喬依問。

「比大多數人多，畢竟我是個歷史學家。」費奇說。

「他的發現跟鐘有關嗎？」

「啊，你是在講亞當．馬金斯的紀錄，對不對？」

「對。」

「哈！小子，總有一天我能把你訓練成學者。做得好，非常好。對，在早期的紀錄中，有一些很奇怪的部分都跟鐘有關，我們目前還不知道爲什麼。早期的粉筆精對時鐘有反應，但現在的已經不會了。你知道嗎？在君主教會的教堂裡，會使用這麼多發條機械就是因爲齒輪對粉筆精的震懾力。」

「這是個譬喻。」艾克斯頓從房間另一邊補充。喬依抬起頭，他沒想到對方有在聽。「你有空可以去問主教。」艾克斯頓繼續說。「教士們對這件事的看法很有趣。人類讓混亂歸於秩序，所以一切有了分裂。」

房間另一邊傳來笑聲，佛蘿倫絲轉過頭來，停下跟哈丁督察的對話。「艾克斯頓！我以爲你忙到沒空聊天！」

「我是啊。」他喃喃地說。「我幾乎已經放棄在這所瘋人院裡好好做事了。每個人都在跑來跑去，發出一大堆噪音。我得要想辦法趁沒人在時做事。」

「好吧，如果已經有人注意而且研究過的話，那鐘大概也是條死路。」喬依對費奇教授說，然後嘆口氣續道：「我不確定能在這些書裡找到有用的東西。這段時間我不斷發現自己對陣學的了解少得可憐。」

費奇點點頭。「我有時候也這樣覺得。」

「我記得那回看你跟納利薩決鬥，只因爲我了解你選擇的防禦陣就自以爲什麼都知道了。陣學遠比我之前想的要深奧很多。」

費奇微笑。

「怎麼了？」喬依問。

「你剛才說的正是所有學問的基礎。」費奇伸手按上喬依的肩膀，他的肩膀比教授高上了那麼一點。「喬依，孩子，你在這場調查中不可或缺，如果約克沒有把你派給我作爲助理……我不知道我們現在會是什麼樣子。」

喬依發現自己露出微笑，費奇的誠摯讓人感動。

「啊哈！」一個聲音大聲宣告。

喬依轉身看到梅樂蒂抓著一封信。她衝過房間，引起艾克斯頓一陣皺眉。她從分隔辦公區跟等候區之間的櫃台探出身子，把信遞給喬依。「是主教的信。快打開，快打開！」她說。

喬依遲疑地接下。上面有發條十字的標記。他打破封蠟，深吸一口氣，然後把信展開。

喬依，我查過你的案子，也跟新不列顛尼亞的大主教還有你學校的校長談過。經過一番思考之後，我們同意你的請求的確有其價值，如果神主希望你成爲陣學師，那我們不應該拒絕給你機會。

禮拜四八點準時來教堂，你會得到一件入教儀式袍，同時獲准在正式儀式開始前進入房間。帶你母親以及任何你想要他參與這場儀式的人來。

——史都華主教

喬依震驚地抬起頭。

「上面怎麼說？」梅樂蒂的口氣像是要爆炸一樣。

「意思是還有希望。」喬依放下信。「我得到機會了。」

固定防禦圈

如果剛猛線的波浪幅度很大，可以用來移動其他線條。

（使用在禁制線上有困難，但是對付其他粉筆精跟禦敵線就很簡單。）

所以必須在防禦圈的接點上增加幾條禁制線作為固定。線條越多，穩定度越高，但是用得太多，最後陣學師就會發現困在自己的防禦圈裡動彈不得！

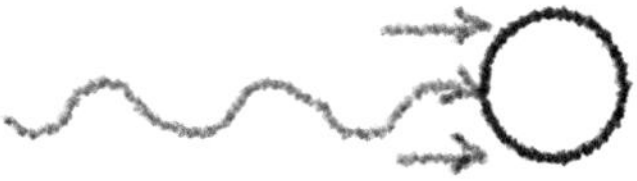

聰明的陣學師會去尋找固定不佳的圓圈，然後攻擊。

注意：剛猛線當然很快就會失去動力，可是若能把對手的防禦圈移開，就算只有幾吋，也會有極好的效果。

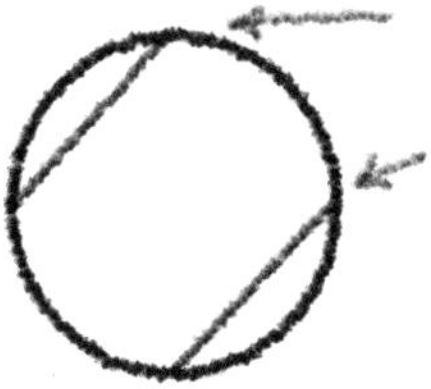

大多數陣學師選擇使用禁制線連接兩個接點。

只用一條線圓圈仍然可以被甩開。要用兩條。當然除了這個方法外，仍有其他固定圓圈的戰略。

那天晚上已經很晚的時候，喬依靜靜地躺在床上，想要釐清自己的情緒。工作室牆壁上的鐘滴答響著，但他沒有轉頭去看，他不想知道現在幾點。

很晚了。他醒著。就在他要進行入教儀式的前一晚。

不到千分之一。這是他成爲陣學師的機率。對此抱著期望似乎太過可笑，但他的緊張仍驅逐了所有睡意。他有機會成爲陣學師。一個眞正、絕對的機會。

如果他被選中了又代表什麼？陣學師在前往內布拉斯克服役之後才能夠獲得津貼，所以媽媽應該還是要繼續工作。

內布拉斯克。他必須去內布拉斯克。他對那地方所知不多。當然會有野粉筆精。島上的陣學師們維持一個巨大的防禦陣，半徑有好幾千呎，好把粉筆精跟魔塔封鎖在裡面。

據說島上還有其他黑暗，無法解釋的事情。如果喬依成爲陣學師，有一天他都需要面對，而他只有一年的時間可以準備、學習，其他學生卻有八、九年。

所以他們不讓年紀大的人成爲陣學師。他們需要在年輕時學習，接受訓練。喬依終於明白。

學生在內布拉斯克完成他們最後一年的學業，然後服役十年後得到自由。有些人選擇在發條站工作，但梅樂蒂說大多數的陣學師會留在內布拉斯克。不是爲了錢，而是爲了挑戰，爲了跟敵人交手、戰鬥。這會是喬依的未來嗎？

想這些沒用。喬依心想著翻過身，試著強迫自己睡著。我不會成爲陣學師。神主不會選我，因爲我來不及受訓。

可是仍然有機會。接下來的三十分鐘，光想著這個機會就讓他無法入睡。

終於，喬依起身摸向床邊的燈，扭緊了旁邊的轉軸，然後看著玻璃裡面的轉動器開始旋轉、磨擦讓燧石發熱，釋放出光線，光線再被反射鏡集中後從上方照射出去。

他彎下腰翻著床邊的書，最後挑了一本，第一頁寫著：瑪麗·羅蘭森的囚禁與拯救。這是一本日記，是美國諸島最早一批移民留下來的文字紀錄之一，發生時間介於野粉筆精全面進攻和它們開始騷擾人之間。

> 以神主的神威與慈悲，以及信徒對承諾表現出的虔誠敘述出瑪麗·羅蘭森的囚禁與拯救。第二增訂版。由當事人親手寫下用以自娛，如今因某些朋友的誠摯願望而公諸於世。
>
> 二月十日，我們到這裡的第十六年，野粉筆精大批出現在蘭卡司特。我們聽到水聲探頭出去，看到屋子在燃燒，煙霧升向天空。怪物在地面上，閃躲我們的男人灑出的一桶桶水。

水可以沖掉粉筆，卻不是很有效，當時他們還沒發現只要一點就能讓粉筆精融化的酸液。

第一間屋子裡有五個人被吃掉：父親，母親，襁褓中的嬰兒，他們的皮被剝光，眼睛也被吃了，另外兩個人則受到包圍後被趕出門外。還有兩個人因爲某種原因離開營地，所以受到攻擊，一個的皮膚被剝下，另一個逃走了。

有個男人看到他的穀倉周圍聚集著很多粉筆精，鼓起勇氣衝出去，卻很快遭受攻擊。它們不斷啃他的腳，直到他一邊尖叫，一邊倒在地上，然後爬滿他的全身。有三個與他同營地的人也被殺死。野粉筆精順著牆壁往上爬，從四面八方攻擊，推倒油燈，引起火災。這些嗜殺的怪物就這樣不斷前進，焚燒、摧毀它們面前的一切。

喬依在沉默的房間中發抖。書中理所當然的語氣讓人毛骨悚然，卻也忍不住看下去。如果沒有看過粉筆精會怎麼反應？對於一個活生生的圖片會順著牆壁攀爬，從門縫鑽進來，毫無慈悲地吃皮扒骨，又會如何應變？

床邊的檯燈繼續發出旋轉的嗡嗡聲。

終於，我們的屋子也受到攻擊，這一天很快就變成我所見過最悲慘的一天。它們從門下鑽進來，很快就把我們這邊的一個人吃了，然後又一個，再一個。

我經常聽人描述這樣的時刻——那些人一樣都在戰場上——但是現在活生生出現在我眼前。我們的屋子裡有些人正在以性命相搏，有些人倒在血泊之中，頂上的屋梁皆已著火。我聽到母親跟孩子們爲了自己，也爲了彼此哀號：「神主，我們該怎麼辦？」

我帶著我的孩子們和我妹妹的一個孩子準備離開，但我們才剛到門口，外面的怪物便順著山坡朝我們湧來。

我的小叔——先前保護房屋時受了傷，雙腳在流血——從後面被襲擊，在尖叫聲中倒下，手中還提著一桶水，而野粉筆精鄙夷、沉默地在他周圍上下跳竄。它們絕對是深淵來的惡魔，多數類似人形，卻彷彿是以粗細不一的線條所組成。

我眼睜睜看著我們遭到包圍。我的家人被這些毫無憐憫之心的怪物屠殺，卻只能震驚地站在原地，任血流到腳跟。當孩子們被怪物攻擊的時候，我衝向水桶，想要用水來對付它們，但水桶已經空了。我感覺腿上有冰涼的東西，之後是一陣尖銳的刺痛。

然後我看到它。在黑暗中，燃燒的房屋火光依稀勾勒出它的身影，那個模糊的輪廓似乎能將光吸進去，是全然的黑暗、幻化的暗影。就像是碳筆在地面上畫出的形狀，卻直直地站在屋子旁邊的陰影中。

它在看。那深闇，可怕的黑影。來自深淵的怪物。它的形狀在蠕動、顫抖，像是用炭畫出來的漆黑火焰。

看著。

有東西打上喬依房間的窗戶。

他驚跳起來，看到一個影子從小窗外跑走。工作室的窗戶在

牆壁的最上方，就是地面與天花板銜接位置的狹小空間。

又有人來亂畫！喬依想起人文大樓外牆上被人畫上的髒話。他從床上一躍，披上外套，沒多久就跑上樓梯衝出大門。

他繞到建築物外想看那些破壞公物的人寫了什麼，卻發現大樓的外牆乾乾淨淨。他猜錯了嗎？然後他看到了。一個用粉筆寫在磚牆上的符號。螺旋圖樣。他們還沒查出來是什麼用處的陣學線。

這個夜晚異常地安靜。

慘了……喬依感覺到可怕的寒意，倒退著遠離牆壁，張開口要求救。

他喊出的尖叫聲微弱而不自然，彷彿有人把他的聲音從喉嚨裡奪走，被那個符號吸收、壓制。

那些綁架案……喬依驚愕地心想。沒有人聽到那些陣學師求救的聲音。除了幾個僕人，他們待在符號畫得太急促的走廊那端。

這就是那個符號的用處。它會把聲音給吸走。

喬依踉蹌後退。他得去找警官提出警告，塗鴉人來到宿舍要……

宿舍。這是普通宿舍。裡面沒有陣學師。那綁架犯是要來抓誰的？

幾個顫抖的白色圖形出現在建築物上方，開始順著牆往下爬。

朝喬依跑來。

喬依大叫——聲音瞬間熄滅——然後衝向草地的另一邊。不可能吧。他驚訝心想。我又不是陣學師！塗鴉人不是應該只抓陣學師的嗎？

他瘋狂地奔跑，尖叫救命，但是只有發出細微的一絲聲音。他回頭看到白色物體形成的波浪跟著他奔過草地，大概有十幾隻怪物，似乎比抓走其他人的要少。可是，喬依不是陣學師。

他再次大叫，感覺自己心跳如雷，全身冰冷，但是嘴巴裡沒發出半點聲音。

快點想想，不要慌。你一慌就死定了。他這麼告訴自己。

偷走聲音的線不可能涵蓋這麼大的範圍，否則在其他案發地點一定會有人發現自己發不出聲音，讓眞相暴露出來。

意思是附近一定還有同樣的符號。畫了一排，因爲……

因爲塗鴉人猜到我會往哪裡跑。

喬依立刻煞車，慌亂地看著黑夜中的草地，只有幾盞昏暗的油燈還亮著，但在光線下他看到了：一條白色的線畫在前面的水泥地上。一條禁制線。

他回頭看著身後。粉筆精繼續向前，把喬依逼向禁制線，想要讓他退到死角。旁邊應該也有禁制線——要在地上畫粉筆線並不容易，但仍然是可能的，如果他被困在禁制線後面……

他會死。

光是這個念頭就差點讓他僵在原地。粉筆精們越來越近，喬依現在可以認出查理斯留下字句中的描述，那些東西看起來不像一般的粉筆精，它們的形體彷彿隨著某種聽不見的聲音劇烈地顫抖，手臂、腿、身體融合在一起，像是一個瘋狂的畫家沒有下定決心畫出的怪物。

跑啊！喬依內心的聲音大喊。他深吸一口氣，全速衝向粉筆精，在很靠近的時候用力一跳，越過那些怪物的上方。喬依落地後，朝來時的方向衝回去。

快點想。他告訴自己。不能回宿舍，它們會從門下面進來。我得去找警官。他們有酸液。哈丁的巡邏隊在哪裡？喬依全速衝向陣學師學院的方向。

他開始上氣不接下氣，他不可能一直跑得比粉筆精快。然後他看到前面有光線。學院辦公大樓。喬依發出沙啞的叫聲。

「救命！」

感謝神主，他的聲音恢復了！他從陷阱裡逃了出來。雖然聲音現在沒有被壓制，聽起來仍很虛弱。他全速奔跑了好一段時間。

辦公室大門被猛然推開，艾克斯頓探出頭，辦事員穿著平常時的背心跟領結。

「喬依？怎麼了？」他大喊。

喬依搖頭，滿頭大汗，他冒險地回頭瞄了一眼，看到粉筆精爬在身後的草地上，離他只有幾吋遠。

「我的老天啊！」艾克斯頓大喊。

喬依把頭轉回去，但慌亂中腳步一絆，摔在地上。

喬依大喊出聲，那一跤跌得很重，讓他猛地喘不過氣。暈眩中，他害怕地縮成一團，等待曾在書中讀到的那樣，被粉筆精攻擊而感覺疼痛、冰冷。

什麼都沒發生。

「救命啊，警官！來人啊！」艾克斯頓在尖叫。

喬依抬頭。他爲什麼沒死？透過辦公大樓窗戶裡的唯一一盞燈，喬依看見粉筆精在附近顫抖，發顫的身軀將他包圍住。小小的頭、眼睛、臉、腿、爪子不時出現在翻騰、狂亂的粉筆軀體之間。

它們沒有前進。

喬依把自己撐起來，看到梅樂蒂給他的金幣從口袋裡掉出來，躺在草地上閃閃發光。裡面的齒輪靜靜地轉動，粉筆精躲在旁邊，離它遠遠的。有幾隻嘗試地想要往前，卻非常不情願。突然一陣液體潑灑出來，一隻粉筆精被酸液沖走。

「快點，喬依。」艾克斯頓在不遠處伸出手，另一手提著空的水桶。喬依連忙站起來，抓起金幣，從艾克斯頓突破的包圍缺口衝出去。

艾克斯頓衝進了辦公大樓。

「艾克斯頓！」喬依跟著他跑進門，來到辦公室。「我們得逃。這裡擋不住它們！」

艾克斯頓猛然把門關上，不理會喬依，然後他跪在地上拿出一段粉筆，在門口前畫了一條線，牆壁跟門框周圍也都畫上線條，畫好後後退一步。

粉筆精停在外面。喬依看到它們開始攻擊。此時艾克斯頓在自己跟喬依周圍又畫了一條粉筆線，把兩個人封在裡面。

「艾克斯頓，你是陣學師！」喬依說。

「失敗的陣學師。」艾克斯頓顫抖地承認。「我好多年沒帶粉筆在身上了，可是學校最近發生這些事情……」

房間另一邊的粉筆精在窗框上爬動，尋找進屋的其他方法。辦公室裡唯一那盞燈光閃爍著，讓這裡顯得鬼影幢幢。

「到底發生什麼事？它們為什麼要追你？」艾克斯頓問。

「我不知道。」喬依測試周圍的禁制線。其實沒有畫得很好，沒辦法擋住粉筆精多久。

「你還有酸液嗎？」喬依問。

艾克斯頓朝在防禦方陣裡不遠處的第二個桶子點點頭。喬依抓了起來。

「這是最後一桶了。哈丁替我們在這裡留了兩桶。」艾克斯頓絞著手說。

喬依瞥向門框下清楚可見的粉筆精，它們正在攻擊艾克斯頓的線。他拿出錢幣。

錢幣擋下了粉筆精。為什麼？

他努力不讓內心的恐懼使聲音顫抖。「艾克斯頓，我們必須逃往大門。那裡的警官會有更多酸液。」

「逃？我……我跑不動！我不可能跑在粉筆精前面！」艾克斯頓說。

他說得沒錯。艾克斯頓圓滾的身材是撐不了多久的。喬依感覺自己的雙手在發抖，於是握緊拳頭。他跪在地上，看著禁制線後方的粉筆精，它們以驚人的速度持續啃咬著線。

喬依拿出錢幣，丟向線條後面的地面。粉筆精躲開。

然後，它們慢慢地回來，又開始攻擊禁制線。

不妙。所以錢幣無法永久地阻止它們。喬依心想。他跟艾克斯頓有麻煩了。大麻煩。他拾回錢幣，轉向正在以手帕擦拭額頭的艾克斯頓。

「在你自己周圍再畫一個方陣。」喬依說。

「什麼?」

「盡量畫線，越多越好，不過除了直角處不可以有交叉的地方。你在這裡等。」喬依走向門口。「我去求救。」

「喬依，那些東西在外面。」窗戶發出的碎裂聲讓艾克斯頓一驚，他看向玻璃，那裡有幾隻粉筆精正刮著玻璃，發出可怕的噪音。玻璃上出現更多裂痕。「它們很快就要進來了!」

喬依深吸一口氣。「我不要像賀曼跟查理斯那樣呆坐著等防禦陣被破壞。我可以跑到大門，那裡不遠。」

「喬依，我——」

「快畫線!」喬依大吼。

艾克斯頓一陣手忙腳亂後跪倒在地，用一條條禁制線把自己困在裡面。喬依將手掌中的錢幣翻面，然後拿起水桶，把大多數的酸液都灑在門的下方，沖去禁制線，外面的粉筆精立刻像濺上白牆的泥濘一樣被洗掉。喬依把門推開，頭也不回地衝往學院大門。

他知道拿著一桶酸液絕對跑不快，所以把桶子往後甩。

他一直跑，手中握著錢幣。

如果門口沒人看守，他會變成怎麼樣?如果塗鴉人把警察殺了，或把他們引走怎麼辦?

喬依會死。皮被活活剝下，眼睛被挖出，就像瑪麗．羅蘭森描述的那些人一樣。

不。她活了下來，寫出她的故事。他堅定地心想。

我也要活下來，寫出我的故事！

他大喊一聲，逼自己在黑暗的校地上全速奔跑。前面有光。附近有人。

「停下！」其中一名警官大喊。

「粉筆精！粉筆精在追我！」喬依放聲尖叫。

一聽到他的叫喊，警官們朝四面八方散開，各自抓起桶子。喬依此時很感激哈丁有備無患的信念，因爲那些人甚至沒有多想或多問一句便迅速排成一排，喬依從他們中間穿過跪倒在地，精疲力竭地大口喘氣，心臟跳得飛快。

他扭轉身體，一隻手還撐著地面。原本有四隻粉筆精在追他，絕對能要他的性命，如今那些怪物在幾乎全然黑暗的地方停下，勉強可以看到它們的位置。

「神主啊，它們在等什麼？」其中一名警官低語。

「穩住。」另一人握著水桶說。

「我們該衝過去嗎？」又一人說。

「穩住。」第一個警官回答。

粉筆精急忙跑開，在黑夜裡消失。

喬依精疲力竭地喘氣，面朝天往後躺下。

「還有一個人……困在辦公大樓裡。你們得去幫他。」喬依一邊喘氣一邊說。

其中一名警官一指，示意一個四人小隊朝那個方向去，自己則拿出槍對空射擊，彈簧釋放、子彈撕裂空氣的聲音極爲響亮。

喬依滿身大汗，顫抖不止地躺在地上。警官們緊張地握著水桶，直到哈丁從東邊騎著他的發條駿馬衝了出來，手中握著來福槍。

「粉筆精，長官！在辦公大樓！」其中一名警官大喊。

哈丁咒罵。「叫三個人去警告陣學師宿舍附近的巡邏隊！」說完便調轉馬頭朝辦公室奔去，一手把來福槍扛在肩上，換成一個似乎裝滿酸液的酒囊。

喬依只是躺在地上，努力想弄清楚剛才發生了什麼事。

有人想殺我。

兩個小時後，喬依坐在費奇教授的辦公室，手裡捧著一杯熱可可，母親在他身邊淚流滿面。她不斷輪流擁抱他，還有責罵哈丁督察沒有派巡邏隊保護非陣學師以外的人。費奇教授睡眼惺忪地坐在那裡，聽到發生什麼事情後就一直表現得驚惶失措。艾克斯頓顯然沒事，不過警方正在辦公大樓後面跟他談話。

哈丁帶著兩名屬下站在不遠處，所有人都擠在像走廊一樣狹窄的辦公室裡。

喬依無法止住身上的顫抖，這讓他覺得很可恥。他差點死了。每次想到這點，他就感到一陣顫慄。

「喬依，孩子，你確定你沒事嗎？」費奇說。

喬依點點頭，喝了一口可可。

「對不起，兒子。我是個壞媽媽。我不應該整個晚上不回來！」

「妳講得好像這是妳的錯。」喬依靜靜地說。

「這是——」

「不，媽。如果妳在場，說不定已經被害死了。妳不在比較好。」喬依說。

她坐回圓凳上，依舊一臉煩惱。

哈丁要他的人退下，然後走向喬依。「士兵，我們找到你說的圖樣。總共有五個。一個在你房間外面的牆壁上，然後四個在你逃跑方向的地上，最後是一個禁制線的方形。如果你當時腦筋動得不夠快，就會被困在那裡。」

喬依點點頭。他母親又開始哭了起來。

「我已經叫整個學院進入警戒，士兵。你今天晚上做得很好。非常好。反應很快，勇敢，身體也很靈敏。你的表現令我印象深刻。」哈丁說。

「我差點尿褲子了。」喬依低聲說。

哈丁哼了一聲。「我看過年紀大你兩倍的人，在戰場上第一次看到粉筆精時僵在原地動彈不得的模樣。你表現得太好了，說不定就把這案子破了。」

喬依驚訝地抬頭。「什麼？」

「我現在還不能說。」哈丁舉起手。「可是如果我的猜測正確，我到早上就可以抓人了。

你現在該去睡一覺。」他想了想又說：「孩子，如果這是戰場，我會給你一個最高勳章。」

「我……我不知道回工作室能不能睡得著。」喬依說。

「他跟他母親可以留在這裡。我去睡空房間。」費奇站起身。

「太好了。薩克森太太，如果妳希望，我可以派十個人帶著酸液徹夜守著門，兩個在屋子裡戒備。」哈丁說。

「好的，拜託了。」她說。

「放寬心，我相信最糟糕的已經結束了。況且如果我沒弄錯，明天可是喬依的大日子。」哈丁說。

入教儀式。喬依幾乎忘記了。他點點頭向督察告別，哈丁走出去把門關上。

「好啦，床已經鋪好了，喬依你就用下面的軟毯打個地鋪，可以吧？」

「沒問題。」喬依說。

「喬依，孩子，你真的很棒。」費奇說。

喬依靜靜地說：「我逃了。我只能這麼做。我應該在房間裡面準備酸液，然後——」

「然後怎麼樣，孩子？潑一桶酸液，卻被粉筆精包圍？光憑一個人是沒有辦法抵抗所有粉筆精的，在內布拉斯克很快就會學到這點。要擋下一群那些怪物，需要一個水桶隊，幾十個人同時動作。」

喬依低頭。

費奇跪下。「喬依，不知道這對你有沒有幫助，但是我可以想像你的感覺。我……你也知道我在內布拉斯克表現不好。我第一次看到粉筆精衡鋒時，幾乎連線都畫不直。我甚至沒有辦法在跟另一個人決鬥的同時保持冷靜思考。哈丁說得對，你今天晚上表現非常好。」

我想要做更多。我想要能反擊。喬依心想。

「艾克斯頓是個陣學師。」但他說了這句。

「對。他剛來亞米帝斯不久就被退學了，原因很……複雜。這種事很罕見。」

「我記得你說過這件事。跟梅樂蒂說。教授，我想要你畫我們找到的新線，那個螺旋圖樣。」

「現在？」費奇問。

「對。」

「寶貝，你需要休息。」喬依的母親說。

「就這件事就好，教授。然後我就去睡覺。」喬依說。

「嗯，好吧，可以。」費奇拿出粉筆在地上畫。

「這條線會消除聲音。先跟你說一下，它會把聲音吸掉。」喬依說。

「你怎麼知道？」費奇的聲音隨著畫畫的動作完成而安靜下來。

費奇眨眼，然後抬頭看向喬依。

「這還眞罕見。」他的聲音聽起來非常微弱，像是從很遠的地方傳來。

喬依深吸一口氣，想要大喊：「我知道！」這句話受到更多壓制，變成極其微小的音量，可是如果他壓低了聲音說話，音量則很正常。

費奇驅散了線條。「眞驚人。」

喬依點點頭。「我們在犯罪現場找到的線已經沒有用了，所以那條線會因爲時間過去或其他原因而失效。」

「喬依，你明白你剛剛做了什麼嗎？你解決了你父親花了一輩子想要解開的問題。」

「很簡單。」喬依突然覺得很疲累。「答案是別人給我的。他們想用這條線來殺我。」

反彈剛猛線

剛猛線遇上禁制線的時候會有很有意思的效果。剛猛線不會折斷，也無法移動禁制線，而是會反彈往新的方向而去。

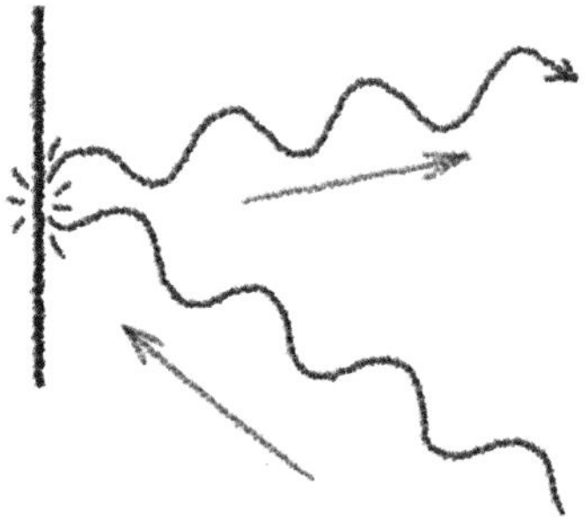

進階陣學策略包括學習畫出在禁制線上反彈的剛猛線。這是穿透敵人防禦陣的方法之一。

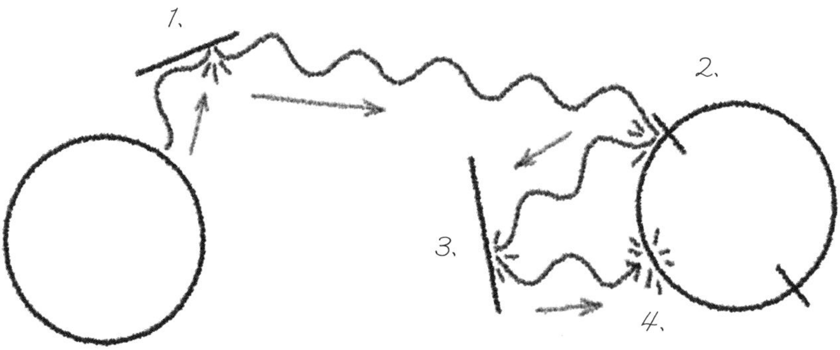

注意陣學師如何用自己的剛猛線在敵人的禁制線上反彈，好攻擊他們的防禦圈。

哈丁第二天一大早就逮捕了艾克斯頓。

喬依是在跟費奇一起穿過草坪，要去教堂參加入教儀式時聽他說的。喬依的母親緊抓著他的手臂，好像擔心會有怪物不知道從哪裡突然出現把他抓走。

「他抓了艾克斯頓？」喬依質問。「這沒有道理啊。」

「這個嘛，殺人通常是沒有什麼道理的。我可以明白你爲什麼很震驚。艾克斯頓也是我的朋友，但是他被退學之後就一直對陣學師沒有好感。」

「可是他回來這裡工作了！」

「充滿憎恨的人通常對於他們厭惡的事物極度著迷。你也看到查理斯家裡的畫，塗鴉人戴著圓頂禮帽跟拿著拐杖。那個人看起來很像艾克斯頓。」費奇說。

「那看起來像很多人。城裡有一半的人會戴圓頂禮帽跟拿拐杖！那只是一張粉筆小圖，他們不能拿這個當證據。」喬依說。

「艾克斯頓知道所有陣學師孩子住的地方。他有他們的紀錄。」費奇說。

喬依沉默。這一切似乎挺有道理，可是艾克斯頓？愛抱怨但好脾氣的艾克斯頓？

「別擔心，兒子。如果他是無辜的，我相信法院會還他清白。倒是你要先把自己準備好。如果你要進行入教儀式，你應該專注在神主上。」他母親說。

「不行，我得跟哈丁談談。我的入教儀式……」不能等。他已經等過了。但這件事也很重要。「他在哪裡？」喬依問道。

他們發現哈丁正在指揮一個小隊的警官徹查學院辦公室。約克校長站在不遠處，一臉不高興，佛蘿倫絲站在他身邊不斷掉淚。她朝喬依揮手。「喬依！跟他們說他們瘋了！艾克斯頓絕對不會傷害任何人！他是個最好不過的人了。」她喊著。

她身邊的警官要她安靜——顯然他正在詢問她跟校長。哈丁督察站在辦公室的門口翻閱一些筆記，當喬依走近時抬起頭。「啊，我們年輕的英雄。孩子，你不是有地方要去嗎？嗯，我想想啊，你其實應該要有護衛，我派幾個警官跟你一起去教堂。」

「有必要嗎？既然你都已經抓人了……」費奇問。

「恐怕有必要。每個好的督察都知道，調查不會因為抓了一個嫌疑犯而停止。除非我們知道艾克斯頓的共犯是誰，他把屍體藏……呃，他把孩子們關在哪裡，在那之前調查不會結束。」哈丁說。

最後一段話讓喬依母親的臉色刷白。

「督察，我能跟你單獨談談嗎？」喬依說。

哈丁點點頭，跟喬依一起走到一段距離之外。

「你確定你抓對人了嗎，督察？」喬依問。

「孩子，除非很確定，否則我不會抓人。」

「昨天晚上艾克斯頓救了我。」

「不，孩子。他救了自己。你知道三十年前他為什麼被陣學學院退學嗎？」

喬依搖搖頭。

「因為他控制不了自己的粉筆精，派他去內布拉斯克會給其他人帶來危險。你看到那些粉筆精歪歪扭扭的樣子，沒有特定的形狀或輪廓，因為畫得太差了。艾克斯頓派它們去攻擊你，可是又沒有辦法加以控制，所以當你把粉筆精帶去辦公大樓時，他沒有選擇，只能把它們擋在外面。」哈丁說。

「我不相信。哈丁，這不對。我知道他不喜歡陣學師，但這並不構成抓人的理由！最近諸島上似乎有一半的人都很恨他們。」

「昨天晚上艾克斯頓有立刻來幫你嗎？」哈丁問。

「沒有。」喬依想起自己跌倒後艾克斯頓放聲尖叫。「他只是害怕，而且最後他還是選擇出手救我。督察，我清楚艾克斯頓的為人，他不會做這種事的。」

「喬依，殺人犯的腦子是很奇怪的。有時候人們會很震驚或意外自己認識的人變成這種怪物。這是祕密情報，但是我們在艾克斯頓的抽屜裡找到三名失蹤學生的東西。」哈丁說。

「真的嗎？」喬依問。

「真的。他房間裡還有無數書頁寫滿他對陣學師的憤怒、憎恨，甚至提到……嗯，不是什麼愉快的事情。我碰過這種充滿執念的人，每次都令人意想不到。費奇幾天前給了我關於那個職員的資料，有東西讓他想起艾克斯頓曾經在亞米帝斯念書。」

「調查報告。費奇想起來的時候我在場。」喬依說。

「嗯，沒錯。哎，我眞希望當初更積極地聽教授說話！在那之後我開始對艾克斯頓私下進行調查，但是還是不夠快。你昨天晚上被攻擊後我才把事情的全貌拼湊出來。」哈丁說。

「因爲那些歪掉的線？」喬依問。

「其實不是，而是因爲昨天下午在辦公室裡的對話。你在跟費奇說話，他稱讚你在尋找塗鴉人的過程中給了他很大的幫助。所以當我聽到你被攻擊時，我的腦筋動了起來。誰有殺你的動機？只有知道你對費奇的工作有多寶貴的人。

「孩子，艾克斯頓聽到了你們的對話。他一定是害怕你會把他跟新陣學線連結在一起。他可能在你父親研究時看過那條線，因爲你父親曾要校長資助研究線條功用的資金。可是一直到我的人搜查了他的房間跟書桌以後，我們才找到眞正令人心驚的證據。」

喬依搖搖頭。艾克斯頓。眞的可能是他嗎？想到凶手這麼親近，是他認識、了解的對象，幾乎跟攻擊本身一樣讓他心焦。

他書桌裡有屬於那三個學生的東西。喬依全身發冷地心想。「那些東西……也許他會有那些東西因爲……我不知道，跟案子有關的原因？他是不是從學生宿舍拿來的，想要送還給他們的家人？」

「約克說他沒有下過這種命令。除了孩子的下落外已經沒有別的疑問了。孩子，我不會對你撒謊，我認爲他們可能死了，被埋在某個地方。我們必須審問艾克斯頓才能找到答案。

「這整件事眞是奇恥大辱。我對於自己轄區內發生這種事情覺得非常愧咎，也不知道會造成什麼樣的影響。武士議員的兒子死了，凶手卻是約克校長聘用的人……」

喬依麻木地點點頭。他仍然沒有完全被說服。有哪裡不對，但是他需要時間想想。

「艾克斯頓什麼時候受審？」他說。

「這種案子往往要花上好幾個月。一定不會太快，我們需要你當證人。」哈丁說。

「你要繼續封鎖學院嗎？」

哈丁點點頭。「至少還要一個禮拜。我們會小心盯著所有的陣學學生，正像我之前所說，嫌犯被逮捕不代表就能鬆懈。」

那我還有時間。艾克斯頓還要一陣子才會被審判，學院也是安全的。如果學院眞的安全的話。喬依心想。

現在這樣似乎就夠了。喬依感覺精疲力竭，而且還得面對接下來的入教儀式。等儀式結束之後，也許他就有時間可以思考，想清楚整件事的問題到底在哪裡。

「我有個請求。我的朋友，梅樂蒂，我想邀她去參加我的入教儀式。你今天可以把她暫時放出來嗎？」喬依說。

「就是那個紅頭髮的惹禍精？」哈丁問。

喬依苦著臉點點頭。

「如果是你的話……好吧。」哈丁說。他跟兩名手下吩咐了幾句，他們便趕去接她。

喬依等待的同時，心裡也為待在監獄裡的艾克斯頓感到難受。不過成為陣學師是很重要的。我必須先完成這件事。如果我是他們的一份子，我說的話會更有分量。

警官終於帶著梅樂蒂回來，從遠處就可以看到那一頭顯眼的紅頭髮。當他們來到附近，梅樂蒂奔向他。

喬依朝哈丁點點頭，走過去跟她會合。

「你，麻煩大了。」她指著他說。

「什麼？」

「你去進行了一場冒險，差點被殺掉，跟粉筆精搏鬥，卻都沒有邀我！」

他翻翻白眼。

「真的，你實在是太不體貼了。如果朋友不會偶爾讓你陷入致命危險，那交朋友幹嘛？」

「妳可以用悲慘來形容。」喬依虛弱地微笑，走去跟他母親還有費奇教授會合。

「算了。我覺得我需要換詞。悲慘已經不像以前那麼有效了。你覺得駭人如何？」

「可能有用。那我們走吧？」喬依說。

其他人點點頭開始朝學院的大門走去，身邊有幾名哈丁的警官陪同。

「我想我還是很高興你沒事。昨晚的事情傳遍了陣學宿舍，大多數人滿臉通紅，因為謎團解開，而他們被陣學師以外的人救了。當然，這臉紅的另外一半原因可能跟我們還不能離開宿舍有關。」梅樂蒂說。

「這倒是。哈丁是個很小心的人。我認為他知道自己在做什麼。」喬依說。

「所以你信他？我是說艾克斯頓的事。」梅樂蒂說。

屬於每個學生的東西，還有好幾張紙都寫著想要報復他們……喬依想著。

他們正走在喬依昨晚在黑夜中驚恐、衝向警官的那條路徑。「我不知道。」他說。

喬依記得上一次入教儀式史都華神父告訴他的大部分事情。他那次比較不緊張，也許他當時太小，根本不知道自己在做什麼。

喬依穿著白袍，膝蓋發疼地跪在史都華神父面前，神父正將水灑在他身上，以油膏爲他祝福。如果喬依要進入儀式間，他們就得把整個程序從頭到尾重新完成一遍。

爲什麼所有事情在同時間發生？他仍然因爲缺乏睡眠而疲累，而且沒有辦法不去想艾克斯頓。對方當時看起來是眞的很害怕，可是如果他自己的粉筆精跑回來攻擊他，那他當然會怕。

喬依覺得自己被捲入一件他無法掌握的事件。出現了新的陣學線。他完成了他父親的目標，卻不會因此拿到半分錢——他父親所有的契約都因爲五年內沒有成果而過期了。可是，這個世界仍然會因爲發現有別於其他線條的陣學線而大受震動。

史都華神父以古英文念了幾句，喬依根本聽不出來這是出自聖典。上方的使徒轉過他們的發條頭，在右方走廊的另一端，近聖人猶克利站在一幅獻給三角形的壁畫中。

喬依會是歷史上進行入教儀式年紀最大的信徒。這個世界似乎變得更加動盪，亞米帝斯學生的失蹤——可能是死亡——讓島嶼間的氣氛劍拔弩張，政治局勢在喬依眼裡顯得越來越眞實，越來越令人害怕。

人生不簡單。從來沒有簡單過。只是他以前不知道而已。

可是納利薩跟這一切的關係是什麼？喬依心想。我還是不相信那個人。艾克斯頓數次表示不喜歡納利薩，也許他應該再好好想想這件事。會不會是納利薩陷害了艾克斯頓？

也許喬依只是想要找出納利薩的犯罪證據。

史都華神父停止說話。喬依眨眨眼，發現自己沒有專心。他抬起頭，史都華神父對他頷首，稀疏的白鬍子發顫。他朝祭壇後的儀式間示意。

喬依站起身。教堂裡的木長椅上只坐著費奇、他母親、梅樂蒂，一般八歲小孩的入教儀式還要一個小時才會舉行。寬廣的教堂大廳因爲彩繪玻璃與精緻壁畫映照下的光線而閃閃發光。

喬依靜靜地繞過祭壇來到方正的儀式間，門上刻著六點圈。喬依抬頭注視，然後掏出口袋裡的錢幣舉到面前。

裡面主要轉動的齒輪有六齒，每個齒的中央都跟六點圈的其中一點位置相符。右邊的齒輪比較小只有四齒，左邊的則有九齒，分布並不平均。三個齒輪必須以特定的位置擺放，才能跟不規則的九齒齒輪共同運作。

眞是奇特。喬依心想著把錢幣塞回口袋，然後他把門推開。

裡面是一個白色大理石的房間，擺放著供人跪拜的墊子和一座由整塊大理石做成的小聖壇，上面有個可以讓手肘依靠的軟墊，除此之外房間裡似乎沒有別的東西。不過上方的發條吊燈倒是很明亮，透明的燈罩讓吊燈在牆壁的四面八方投射出亮晶晶的光線。

喬依站在那裡心跳如雷地等待。什麼都沒發生。他遲疑地跪了下來，卻不知道該說什麼。

陣學的謎團中有另外一塊他不了解的部分。天上眞的有神主嗎？像是瑪麗．羅蘭森——昨天晚上他讀到的早年移民——信仰的是上帝。

野生粉筆精沒有殺她。它們把她拘禁起來不讓她逃跑。沒有人知道它們這麼做的動機。她最後還是逃了，一部分要歸功於她丈夫和其他男性移民。她能存活下來是神主的指示，還是只是運氣？喬依相信什麼？

「我不知道該說什麼。如果祢在這裡，我明明不信卻又裝作信的樣子，祢會生氣的。事實是我自己也不確定。說不定祢眞的在那裡。至少我希望祢在。

「無論如何，我眞的想成爲陣學師。雖然這會帶來很多麻煩，但我需要這個力量作戰，我不想又逃跑。我會是一個好的陣學師。我幾乎比學校裡的任何人都更熟悉種種防禦陣，我會去內布拉斯克來保衛島嶼，只要你讓我成爲陣學師。」

什麼都沒發生。喬依站起來。大多數人進去後很快就出來了，所以多等也沒用。他離開時要不就是能畫出具有陣學力量的線條，要不就是不行。

他轉身準備離開。

房間裡有東西站在他背後。

他大吃一驚，往後退了幾步，差點被小祭壇絆倒。他身後的東

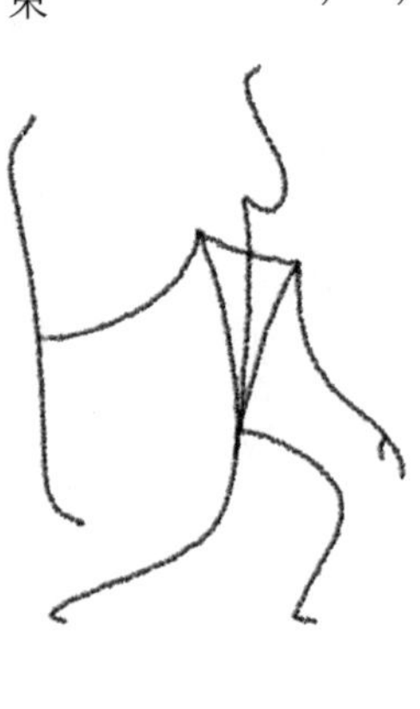

西是一團燦爛的白色人形，跟喬依一樣高，但是非常細瘦。它的手臂纖細，頭是一個圈，手上似乎正握著一把粗糙的弓。

那東西看起來像是被畫出來的，卻沒有像粉筆精那樣黏在牆壁或地板上。它的形狀很原始，類似在山壁上出現的史前壁畫。

喬依突然想起他先前讀到的故事，那個探險家找到一個峽谷，上面畫的形狀在跳舞。它沒有動。喬依遲疑地把身子偏向旁邊，發現從那個角度看，那東西幾乎消失不見。喬依重新站好從前面看去。它會做什麼？他遲疑地向前一步，伸出手，想了想之後碰它。

那東西猛烈地顫抖，然後倒在地上，像粉筆畫一樣黏著地板。喬依跌跌撞撞地往後退，看到它從祭壇下面消失。

喬依跪下發現祭壇下面有道開口，裡面一片漆黑。

「不。求求你，回來！」喬依低語，伸出手。

他在那裡跪了將近一個小時。終於，有人在敲另一扇門。

他打開門，看到史都華神父站在外面。「來吧，孩子。其他需要入教的人很快就會到了。發生的已經發生了，我們來看結果。」

他拿出一段粉筆。

喬依帶著震驚跟不解的情緒走出房間，麻木地握起粉筆，走到地板上一塊用來畫畫的石頭邊跪下。梅樂蒂、費奇、他母親都圍了過來。

喬依在石塊上畫了一條禁制線。梅樂蒂焦急地伸出手，但喬依已經知道會發生什麼事。她的手從線條上空穿過去，臉上表情跟著垮下。

史都華神父一臉擔憂。「唉，孩子，想來神主對你另有安排。以祂之名，我宣布你正式成為君主教會的一員。」他頓了頓又說。「不要把這件事視為失敗。去吧，神主會帶領你走上祂為你選擇的道路。」史都華八年前也跟喬依說過類似的話。

「不對，這不對！你應該……這次應該要不一樣……」梅樂蒂說。

「沒關係。」喬依站起來。他覺得好累，如今還加上頹喪，讓他甚至無法呼吸。

他其實只想一個人獨處，於是轉過身緩緩離開教堂，走回學院。

泰勒防禦陣

有人聲稱這是所有陣圖中最強大的防禦陣。

泰勒防禦陣擅長把敵人的攻擊跟粉筆精集中在這些空曠的通道中。

這個防禦陣因為有兩個圓圈引起不少爭議。它可以在一般決鬥中使用，但只要外圈被破壞就視為輸。

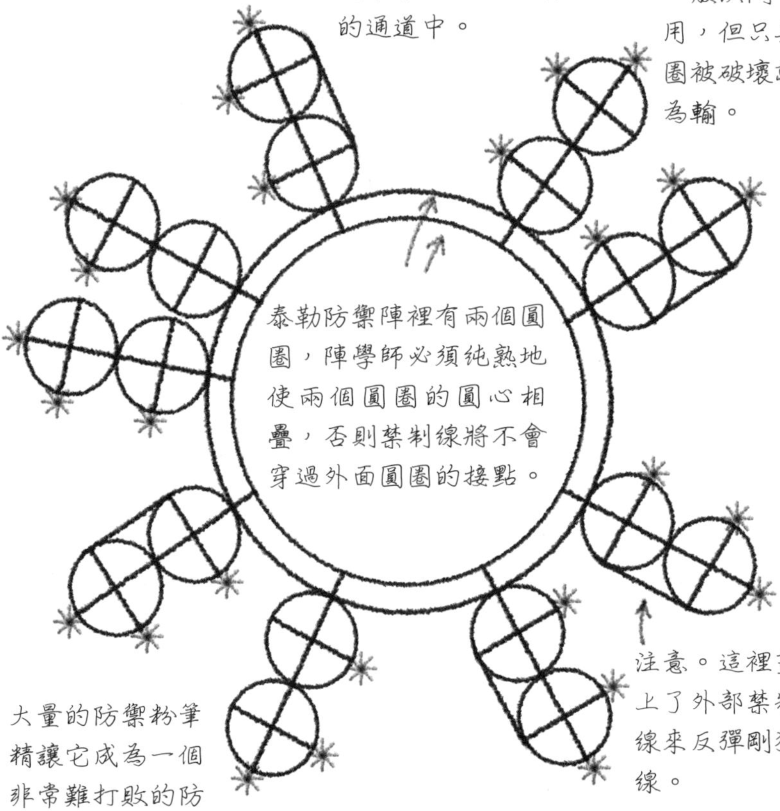
泰勒防禦陣裡有兩個圓圈，陣學師必須純熟地使兩個圓圈的圓心相疊，否則禁制線將不會穿過外面圓圈的接點。

注意。這裡畫上了外部禁制線來反彈剛猛線。

大量的防禦粉筆精讓它成為一個非常難打敗的防禦陣，但畫圖的陣學師動作必須非常快。

泰勒通常被稱為「不可能的防禦陣」，是已知防禦陣中最困難的一種，因為必須仰賴不只一個，而是兩個九點防禦圈。

喬依幾乎睡掉整個白天，但是晚上時沒有想再入睡。他坐在他父親的書桌前，一盞發條燈在他身後嗡嗡旋轉。

他把桌上的書清空放在旁邊，多出來的空間放了他父親的舊筆記跟注記，以及他父親做出來最好的幾隻粉筆。筆記跟圖表顯得不重要了。謎團已經解開，問題也已結束。

喬依不是陣學師。他讓他父親失望了。

*夠了，你已經自怨自艾夠久了。*他告訴自己。

他想要掀翻桌子大聲尖叫，他想要把粉筆折斷，踩成粉末。他爲什麼允許自己抱持希望？他原本就知道只有非常少數的人會被選中。

人生多半在失望。他經常思考人類怎麼能夠延續這麼久？難得少數順遂的瞬間，是否眞的就彌補了其他所有遺憾？

如今結束了。喬依回到他開始的地方，跟以前一樣。他的課業成績太差，從亞米帝斯畢業後沒有學校會收，他甚至失去了那一絲最渺茫、最深藏內心的希望，希望自己有一天能找到成爲陣學師的方法。

三個被帶走的學生死了，被艾克斯頓埋在無名墓裡。儘管殺手遭到逮捕，但那對失去孩子的家庭又有什麼意義？他們的痛苦會延續下去。

喬依向前傾身。「爲什麼？爲什麼會變成這樣？」他向無法回答的紙張跟筆記問道。

他父親的成就會因爲艾克斯頓的可怕行爲而被遺忘。人們會記得那名普通的辦公室職員是個殺人犯，但同時也是解決新陣學線之謎的人。

怎麼會？他是怎麼解決這個謎的？喬依心想。艾克斯頓的學業成績一直被當，他是如何發現所有陣學學者都不知道的事情？

喬依站起身來回踱步。他父親的筆記持續逼問他，似乎在燈光下閃閃發光。

喬依走過去翻著書頁，想要找出最古老的筆記。他拿出一張發黃的紙，邊緣已變成褐色。

我又去了內布拉斯克前線，卻沒有多少新發現。那裡的人一直在說有奇怪的事情發生，但是似乎從來不會在我在場的時候發生。

我堅信一定有別的陣學線。在我有其他的判定之前，我需要知道它們的功效。

紙張下方有一個畫好的符號，是螺旋狀的消音線。

「在哪裡？爸，你是從哪裡找到這個圖樣？你是怎麼發現的？是內布拉斯克嗎？」喬依問。

如果眞是這樣，那麼其他人也會知道。前線的陣學師如果看到這樣的線，一定會猜出其中的意義。而且又是誰畫的？野粉筆精不會畫線，不是嗎？

喬依把紙張放到旁邊，翻著他父親的筆記，想要找出他寫下那段話的確切日期。

日誌的最後一天是他父親死前的那一天，旅行的地點寫著內布拉斯克。

喬依坐下開始思考，然後翻回他父親開始旅行的第一天。是去桑納亞歷達。

桑納亞歷達在邦恩還有德州附近，都是西南區的島嶼。根據日誌，喬依的父親去過那裡幾次。喬依皺著眉看向地板上的書，其中有一本是納利薩曾借過關於新陣學線的書。喬依把書拿起，翻到最後一頁的出借紀錄卡，上面記載著這本書的借還紀錄。這麼多年來，這本書看起來只借出過幾次。

喬依的父親是最早借閱這本書的人之一。他的父親借了這本書後，過不了幾個禮拜就首次前往桑納亞歷達。

喬依翻開書瀏覽章節列表，有一章叫作「新線理論回顧」。他翻到那一章，藉著一盞燈的光線瀏覽。他花了好幾個小時才找到他要的內容：

> 有些早期的探險家紀錄上寫著西南方島嶼的懸崖上有奇怪的圖形。我們看不出來這是誰畫的。大多數學者都不看重這件事，因爲造物線可以畫出很多奇怪的形狀，讓其活起來，不代表這些就是新的線。

喬依翻到第二頁，結果他一眼就看到他先前在儀式間裡看到的那個東西。

這是怎麼一回事？喬依讀著圖片下面的注記：艾斯特維茲船長前往桑納亞歷達島探險時所

做的許多圖畫之一。

喬依眨眨眼，然後轉頭望向書桌。

有東西在敲他的窗戶。

他大叫著從椅子上跳起來，取過從哈丁督察那裡拿來的一桶酸液，這時才看到窗戶外面是誰。

紅頭髮，大眼睛。梅樂蒂笑著向他揮手。喬依瞥了一眼時鐘。現在是凌晨兩點。

他呻吟一聲走出房間，爬上樓梯打開上了鎖的宿舍大門。梅樂蒂站在外面，裙子上有泥汙，頭髮上還纏著樹枝。

「梅樂蒂，妳來這裡做什麼？」他說。

「我冷得發抖。你不打算請女士進去嗎？」

「這好像不太合適吧……」

她還是硬擠了進來，步下樓梯來到工作室。喬依嘆口氣，關上門，跟她一起走下去。一進到屋內，她便轉身雙手叉腰地看著他。

「這太驚駭了。」她說。

「妳說什麼啊？」他問。

「聽起來沒有『悲慘』好，對不對？」她往椅子上大剌剌地坐下。「我需要一個新字。」

「妳知道現在幾點了嗎？」

「我煩死了。」她完全不理會他的問題。「他們把我們關了一整天。你老是失眠，所以我猜我可以來吵你。」

「妳躲過那些警官了？」

「我從二樓窗戶爬出來的。窗戶旁邊有樹，眞正往下爬的時候比看起來難多了。」

「沒被警官抓住算妳運氣好。」

「沒事，他們根本不在。」她說。

「什麼？」

「大門是有一兩個啦，但也就只有那兩個。在窗子下巡邏的那些都走了，大概是換班什麼的吧。不管啦，不重要，重要的是我想要跟你說的悲劇。」

「妳被關起來？」

「這是一個，還有就是艾克斯頓被關起來。這不是他做的，喬依，我知道不是他。那個人曾經分過我半個三明治。」

「所以他不會是殺人犯？」

「不只這樣。他是個好人。他很愛抱怨，但是我喜歡他。他的心地善良，而且很聰明。」

「做了這件事的人很聰明。」

「一點沒錯。艾克斯頓爲什麼要攻擊武士議員的兒子？如果他不想引人注意，這麼做就太蠢了。這一點完全不合理。我們應該要問爲什麼查理斯被攻擊？如果知道答案，那我敢打賭，隱藏在這一切事情背後的眞正動機就會水落石出。」

喬依坐在那裡沉吟。

「哈丁有對艾克斯頓不利的證據。」喬依說。

「那又怎麼樣？」

「那通常證明一個人是有罪的。」喬依說。

「我不相信。如果艾克斯頓這麼多年前從這裡被趕出去，他又怎麼會是那種厲害到可以創造出新線的陣學師？」梅樂蒂說。

「嗯，我也這樣想。來吧。」喬依站起來走出門口。

梅樂蒂跟在後面。「我們要去哪裡？」

「費奇教授的辦公室。」喬依說著跨進漆黑的校園裡。在兩人沉默地走了一段路之後，他注意到一件事。「巡邏的警官呢？」

「我不知道。剛才就跟你說了。」梅樂蒂說。

喬依加快腳步來到禦敵樓，然後衝上台階。在敲了一陣子的門後，費奇教授終於睡眼惺忪地前來應門。「嗯？」

「教授，我覺得情況不對。」

費奇打了個呵欠。「現在幾點了？」

「凌晨了。教授，你有看到那些要困住我的線吧？那些據說是艾克斯頓所畫，幾條要困住我的禁制線？」

「怎麼樣？」費奇問。

「那些線畫得怎麼樣？」

「非常好。像專家畫得一樣筆直。」

「教授，我看到艾克斯頓在門口畫的線。形狀根本不對，他畫得亂七八糟。」喬依說。

「那他就是想要騙你，喬依。」

「不是。他那時候怕死了，我從他的眼神裡可以看得出來。他不可能在那種情況下還畫很爛的線。教授，如果納利薩——」

「喬依！」費奇怒叱：「我受夠你一直這樣咬著納利薩教授不放！我……我很不想對你發脾氣，但眞的應該適可而止！你在這種時候把我叫起來說納利薩的事情？不管你有多希望動手的人是他，這些事都不是他做的。」

喬依沒再說話。

費奇揉揉眼睛。「我不是要生你的氣，只是……唉，早上你再回來找我談吧。」

說完，費奇打著呵欠，把門關上。

「這下好了。」梅樂蒂說。

「他是個一定要睡飽的人，睡不飽就都是這樣。」喬依說。

「那現在怎麼辦？」梅樂蒂問。

「我們去找妳宿舍前面的警官。」喬依跑下樓梯。「去看爲什麼其他人沒有在巡邏。」

他們再度在黑暗中穿過校園，喬依這時開始後悔自己沒帶著那桶酸液。可是哈丁的人一定會——

他猛地停下。陣學學生宿舍就在前方，門是開的，門外的草地上躺著兩個人。

「灰的！」喬依衝上前去，梅樂蒂跟在他身邊。那兩人是警官。喬依緊張地用手指檢查其中一人的脈搏。

「還活著，但是昏迷了。」喬依走到另一人身邊，發現他也活著。

「呃，喬依，你記得今天早上我說自己很生氣，因爲你被攻擊卻沒邀我一起？」

「記得啊。」

「我徹底收回那句話。」

喬依抬頭看著敞開的門口，深處傳來閃動的光影。

「去求救。」他說。

「去哪裡？」

「前門。辦公室。我不知道！妳去找人就是了。我要去看誰在裡面。」

「喬依，你不是陣學師，你去有什麼用？」

「梅樂蒂，說不定裡面正在死人。」

「我是陣學師。」

「如果塗鴉人眞的在裡面，那我們誰去都一樣。妳的線是擋不了他的。快去！」

梅樂蒂站在原地片刻後快速跑走。

喬依看著敞開的門心想：我在幹嘛？

他咬著牙走進宿舍，在拐角找到幾桶酸液，頓時覺得自信心稍稍回復。他提著一桶酸液，偷偷摸摸地爬上樓梯。陣學宿舍裡的男孩住在一樓，女孩們在二樓，有些教授的家人在三樓，此外二樓還有女舍監在那裡看守著。如果喬依能找到舍監，也許她能幫忙。

他來到二樓，轉進走廊，走廊上似乎空無一人。

然後他身後的樓梯傳來聲響。

他驚慌地看到黑漆漆的三樓有晃動的身影，正從樓梯下來，喬依想都沒想，立刻舉起酸液潑了出去。

那東西原來是個人。一桶酸液潑濕了滿臉訝異的納利薩。

教授驚呼一聲，揉著眼睛。喬依大喊一聲，在二樓的走廊上狂奔。他驚慌地想要找到梅樂蒂的房間，利用她之前提過的大樹逃走。他聽到納利薩咒罵著在後面跟著他。

喬依直直撞上一面隱形的東西，整個人呆愣地往後倒。走廊幾乎沒有任何光線，他沒看到畫在地上的禁制線。

「笨孩子。」納利薩抓著他的肩膀。

喬依大喊，用盡全力朝納利薩的肚子揮拳。納利薩悶哼一聲卻沒有放手，反而伸出腳在地上拖行，畫下一條粉筆線。

*鞋尖底下有粉筆！好主意。很難畫直線，但還是個好主意。*喬依心想。

納利薩把喬依推到地上，在兩人周圍畫了一個禁制方陣。喬依的手臂痛得令他發出呻吟，納利薩的手勁很大。

他被困住了。

喬依大喊，摸著隱形的方陣。非常結實。

「白痴。」納利薩用外套乾燥的部分擦著臉。「如果你今天晚上活下來，你欠我一件新外套。」教授的皮膚看起來因爲酸液而過敏，眼睛也充滿血絲，不過酸液的腐蝕性不會強到對人造成嚴重威脅。

「我——」納利薩開口。

走廊上一扇門打開，打斷他要說的話。一個高大的人影踏上走廊，納利薩轉過身去，喬依藉著陰暗的燈光勉強看到那人的臉。

哈丁督察。

納利薩全身滴著酸液，站在原地。他瞥向喬依，再看看哈丁。

然後納利薩對哈丁說：「原來是你。我終於追到你了。」

哈丁靜靜地站在原地。在充滿陰影的光線下，他的圓頂警帽看起來非常像圓頂禮帽；他放下來福槍，一隻手撐著槍托，槍口抵著地面，就像支拐杖。

他把帽子拉低遮住眼睛，讓喬依看不見他的眼神，但可以看到駭人的笑容。哈丁仰頭把嘴巴打開。

一群扭曲的粉筆精如潮水般從他嘴巴裡湧出，順著胸口爬下，越過他的身體。

納利薩罵了一聲，雙膝跪下，在自己周圍畫了一個圓圈。喬依看著納利薩以快速、仔細的動作畫完伊斯頓防禦陣。

哈丁……喬依心想。他說莉莉・懷廷家旁邊有個聯邦警局。他說他正在賀曼・立貝被抓走

的那一區巡邏——他聲稱塗鴉人挑了那麼近的地方攻擊，根本就是在挑釁。

還有查理斯．卡洛威。我們到查理斯家調查的時候，哈丁提到他前一晚才剛去過，想要那家人把他們的兒子送回亞米帝斯。

我被攻擊的那天晚上，哈丁出現後衝向大門，那時候他是從東邊來的，那是普通學區，不是陣學區的方向。他一定是在普通學區操縱粉筆精。

當時聽到費奇教授說我有多重要的人，不只艾克斯頓。哈丁也在。

灰的！

喬依大聲喊救命，用手搥著隱形的牆。這樣就合理了！爲什麼要攻擊學院外的學生？爲什麼要帶走武士議員的兒子？

爲了引起恐慌。讓所有陣學學生都聚集在亞米帝斯，而不是待在家裡。哈丁封鎖了學院，要所有的陣學師都來這裡，包括平常住在家裡的另一半學生，然後把他們統統鎖在宿舍。他就可以把他們同時一網打盡。

喬依繼續徒勞無功地搥著隱形的監牢，他大吼著，發現聲音只要到達一定的音量便會消失。他轉頭看到在白色的牆壁上藏著一條消音線，不過線的距離遠到只有在他大吼時才會把聲音吸走，正常說話則不會。

喬依咒罵著跪在地上。哈丁此時已驅散了走廊中的禁制線，也就是喬依撞上的那一條，一堆粉筆精衝向他們，包圍納利薩教授之後開始攻擊他的防禦陣。納利薩動作很快，手伸到圓圈外畫了一條條剛猛線打碎粉筆精，可是效果似乎不太好，那些沒有固定形狀的粉筆精很快就把碎掉的肢體長回來。

喬依推著監牢的底部，尋找感覺最弱的一段，最後找到納利薩用腳畫的區域。當時他用的力氣少了一點，那條粉筆線不夠直。

喬依舔舔手指，開始搓粉筆的線的底端。這不是什麼好方法，禁制線是四種陣學線中最強韌的。他只能搓著邊緣，一點點地把線破壞掉。書上說這個過程或許會花上好幾個小時。

戰況對納利薩不利。雖然他的防禦方法極為出色，但粉筆精實在太多了。哈丁督察站在陰影中，似乎沒有太多動作，只是一個微笑、黑暗的雕像。

他的手臂在移動，身體其他部分則是完全靜止。他放下來福槍的末端，喬依可以看到槍口上黏著一段粉筆。哈丁在地上畫了一條剛猛線。

不，那不是剛猛線。那條線的角度過於銳利——不是曲線，而是類似鋸齒狀的突起，像是他們在莉莉．懷廷家找到的第二組新陣學線。喬依幾乎忘記那條線的存在。

這條新線像剛猛線那樣往前射，穿透了幾隻哈丁自己的粉筆精後擊中納利薩的防禦陣。納利薩罵了一聲，伸手畫了一條弧線，然後開始修補被炸掉的那段。

他的袖子滴著酸液，有些滴到圓圈上腐蝕出一個洞。納利薩盯著洞，粉筆精們先是因為畏懼而紛紛避開，然後其中一隻撲上來被酸液融化，又一隻跟著衝上前。這麼一來，酸液就被稀釋掉了，因為撲上來的第三隻沒有立刻消失，而是開始攻擊酸液留下的空洞周圍。

「你犯下了錯誤。」納利薩抬頭看哈丁。

哈丁又畫了一條鋸齒線。這條線穿過洞擊中納利薩，把他打得往後飛。

喬依瞠目結舌。這條剛猛線能影響的物體不只粉筆。眞的太……太驚人了！

形狀不斷變化的粗糙粉筆精撤退了。納利薩躺在圓圈中間，神智昏迷。哈丁掛著微笑，眼睛籠罩在陰影中。他走向喬依右手邊的房間，把門推開，喬依可以看到年輕女孩躺在床上。野粉筆精從哈丁身後湧入，充斥房間。喬依尖叫著，可是消音線偷走了他的聲音。其中一個女孩翻動一陣後坐了起來。

粉筆精爬上她的身體，布滿她的全身。女孩嘴巴張得老大，卻沒有聲音傳出來。那邊的牆上畫了另外一條消音線，讓聲音不會吵醒其他學生。

喬依只能繼續搥著隱形的牆，看著那女孩發抖、痙攣，又一群粉筆精趁她想尖叫時爬進她嘴巴裡。它們掐著她的皮膚，引出幾滴鮮血，越來越多的粉筆精爬進她的嘴巴。

她沒有停止顫抖，而是不斷抽搐、倒在地上，整個人縮得小而扁平，最後她的輪廓只剩一片模糊。喬依驚恐地看著。沒多久，這個女孩看起來就跟其他塗鴉人畫出的粉筆精沒有兩樣。

哈丁露出大大的笑容和陰森的白牙，消失在陰影下的眼睛默默目睹這一切。

「爲什麼？你在幹嘛？」喬依質問。

哈丁沒有回答。粉筆精則忙著攻擊房間中的其他女孩。另外兩個女孩一個個被吞食、變成粉筆精。可怕的景象讓喬依別過頭去，而剛才被酸液融化的粉筆精重新成形，從酸液裡爬了出來。

哈丁經過喬依，來到另一個房間。他打開門走進去，喬依可以看到門上已經畫了一條消音線。也許哈丁一開始就把所有的線都畫好了。

像是塗鴉的粉筆精密密麻麻地跟在哈丁後面，消失在房間裡。喬依想像躺在裡面的女孩們接下來的遭遇，感到一陣反胃。他跪在地上繼續摳著線，想要出去，但沒有什麼成效。

一個粉筆精突然衝到他面前開始攻擊。

喬依往後跳抓起錢幣，想把那東西趕跑，但是那隻粉筆精卻沒有理會他跟錢幣。

這時候喬依才發現這是一隻獨角獸。

他瞥向旁邊，一張臉出現在他前方的轉角，與他有段距離。這時，梅樂蒂又畫了一隻獨角獸，讓它去幫第一隻。喬依往後退，對獨角獸這麼快就在納利薩的線上鑿出洞感到驚訝。

她眞的很會畫粉筆精。喬依心想。獨角獸們沒多久就破壞了一段他可以擠出去的空隙，喬依立刻滿頭大汗地衝向她。

「梅樂蒂。」他壓低聲音說。只要他不用喊的，消音線就不會奪走他的聲音。他猜壓低的聲音傳得不夠遠，無法擊中消音線，令它們發揮作用。

「喬依，有大問題了。大門或辦公室沒有半個警官。我想要敲教授的門，但是沒有人回應。地上是納利薩教授嗎？」

「對，梅樂蒂，快點，我們——」

「你打敗他了！」她驚訝地站起身說。

「不對，我想我看錯他了。」喬依急忙地說。「我們得要——」

哈丁走出房間，轉頭看向他們。他的位置正好擋住他們通往樓梯的去路。梅樂蒂尖叫，但大部分的聲音被壓制。喬依咒罵一聲把她拖往自己身後，兩人順著走廊朝反方向跑去。

宿舍走廊呈方形，內外側都有房間，如果他們可以繞一圈，就能抵達樓梯口。梅樂蒂在他身邊奔跑，然後突然把他往旁一扯。「我的房間。出窗戶。」她指著門。

喬依點頭。她把門打開，但眼前出現一堆從敞開的窗戶爬進來的粉筆精，像是一地爬向他們的白蜘蛛。哈丁派它們從大樓的外面繞進來。

喬依咒罵，用力把門關上，梅樂蒂則再次尖叫。這次聲音沒有像先前那麼微弱了，他們正逃離消音線。

粉筆精從門底下鑽過來，其他則從哈丁那裡順著走廊逼向他們。喬依拉著梅樂蒂朝樓梯的方向跑去，但是看到另一群粉筆精也從那個方向接近，頓時僵在原地。

他們被包圍了。

「灰的啊，灰的啊，灰的啊。」梅樂蒂說完立刻跪倒在地，在他們周圍畫了一個圓圈，又加了一個禁制方陣在外面。「我們完蛋了。我們會死。」

哈丁這時也繞過轉角。那個漆黑的身影腳步安靜，沒說半句話，然後他停下來看著粉筆精開始啃咬梅樂蒂的方陣，舉起手轉了旁邊一盞燈的轉鑰，讓走廊變得明亮。

在半明半暗的光線下，他似乎比在陰影中更爲扭曲。

「你說話啊！哈丁，你是我的朋友！你爲什麼要這麼做？你在內布拉斯克發生什麼事了？」喬依說。

哈丁在地上畫了一條他的改良版剛猛線，讓梅樂蒂的方陣被破壞，一隻粉筆精開始咬她的圓圈。粉筆精們蠕動、顫抖，好像迫不及待地要啃食喬依跟梅樂蒂的血肉。

筆。

突然間，一個聲音在走廊中響起，那聲音清澈而憤怒。「不准你動他們！」

哈丁轉身，看到一個人站在走廊彼端，穿著一件敞開的陣學師外套，兩手各握著一支粉筆。

費奇教授。

喬依所畫
該晚陣學宿舍二樓

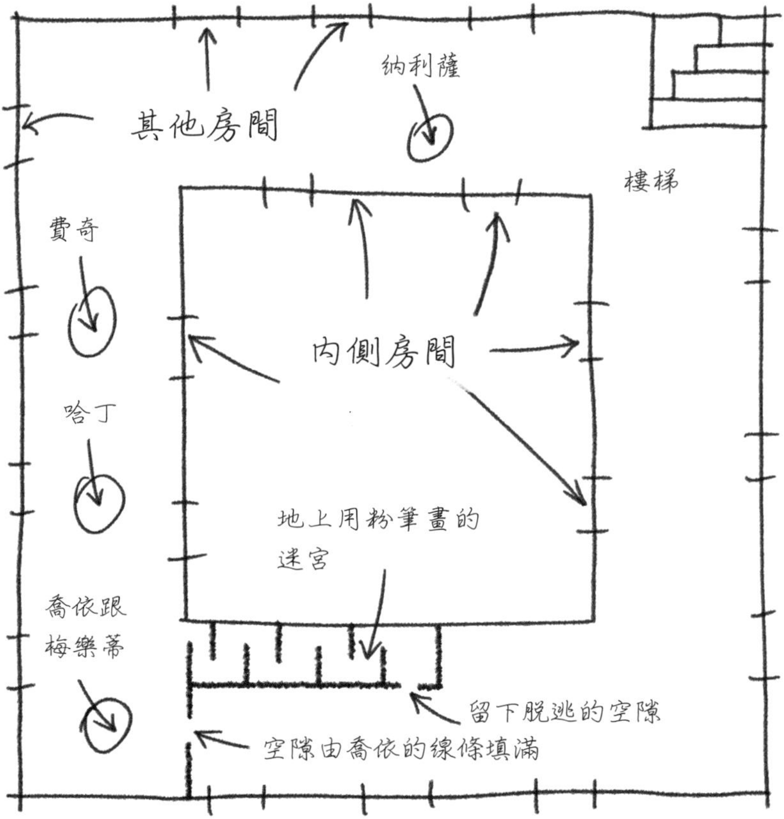

費奇教授全身都在發抖，喬依隔這麼遠都看得出來。粉筆精們不再把注意力放在喬依跟梅樂蒂身上，而是朝他衝去。

哈丁舉起來福槍。

費奇跪在地上畫了一條禁制線。接著傳來一個喀答聲和一波氣浪，來福槍發射。

子彈順著走廊穿過，射中禁制線形成的牆，停在離費奇幾吋遠的地方。子彈失去慣性後往後反彈，清脆地落在地上。

哈丁這次終於發出聲音——一陣憤怒的咆哮，儘管被消音線壓制，音量仍然大到讓費奇一陣搖晃。他抬起頭，眼睛因害怕而睜大。教授遲疑了。

然後他看向困在圓圈裡的喬依跟梅樂蒂，兩人的圓圈岌岌可危。費奇一咬牙，雙手也停止顫抖。他低頭看著如波浪朝他湧來的粉筆精，伸出雙手讓粉筆落在身體兩側的地面。

他畫了起來。

喬依筆直站著，目瞪口呆地看著費奇用粉筆畫了兩條禦敵線，一條內一條外，兩條都是喬依看過最完美的線條。費奇在外面增加小圈，一個接一個畫得飛快無比，他一隻手畫著圓圈，另一隻手同時在每個圓圈裡畫了一條禁制線來加強結構。

泰勒防禦陣。

「教授……」喬依低語。這個防禦陣完美而莊嚴。「我就知道你可以。」

「喂，喬依？專心點。我們得逃出去。」梅樂蒂說。

她跪下來，用粉筆解除他們周圍的禦敵線。

「不行。」喬依低頭看著她。「梅樂蒂，這些粉筆精不是正常的粉筆精。費奇打不過它們，它們也不能被摧毀。我們得幫他。」

「怎麼做？」

喬依轉頭。「解除我們周圍所有的線。」

她一邊照做，喬依一邊跪下，從外套口袋拿出一支藍色粉筆。

「哇，你開始帶粉筆了！」梅樂蒂驚呼。

「我爸的粉筆。」喬依在地上畫出一段長方形的迷宮。「去那裡的走廊裡把它畫出來，畫越長越好，兩端留個小開口。」

她點點頭，然後走過去開始畫。喬依拿著自己的粉筆，把她留下的開口封住。

「這有什麼用？」她一邊急忙地畫著，一邊問道。

「等下妳就知道了。」喬依轉身去看哈丁跟費

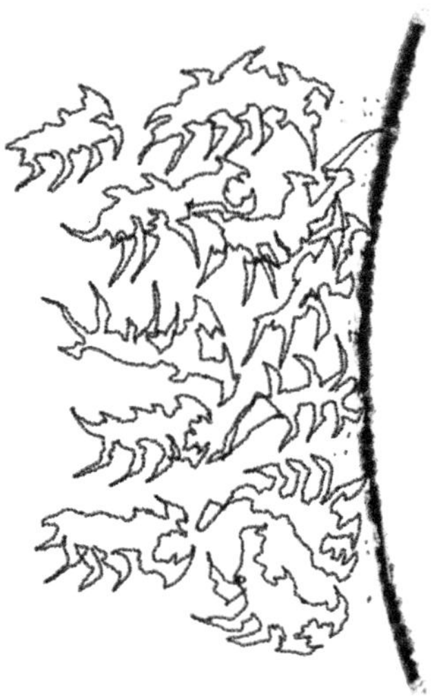

奇。費奇畫得飛快，遠比納利薩當時的情況要好。他把塗鴉人的兩隻粉筆精困在方陣裡面。

可惜外圍防禦陣也快被吃完了。他撐不久。

喬依盡力讓梅樂蒂畫到最後一刻，然後他大喊：「喂，哈丁！」

督察轉身。

「禮拜三晚上，你想殺我。現在你有機會了。因爲你不殺我，我就會找人來，然後——」

他大叫一聲，沒再說下去。哈丁顯然不需要太多鼓勵，因爲三分之一以上的粉筆精開始順著走廊朝喬依跟梅樂蒂爬去，讓原本左支右絀的費奇少了一些壓力。

喬依轉身朝走廊另一端衝去。梅樂蒂畫得很快，雖然她的線並不筆直完美，但是也堪用。

喬依進入她畫的粉筆走廊，兩邊都有禁制線，拐著彎穿過這段短短的迷宮。

如他所料，粉筆精跟在他後面衝進迷宮。如果它們知道喬依畫的那段線不是眞的陣學線，它們便能直接朝梅樂蒂衝去，但跟之前一樣，粉筆精似乎也像人類會因爲假線而上當。

喬依從小迷宮另一端的開口衝出去。「關起來！」

梅樂蒂照做，擋住了粉筆精的去路。

怪物們立刻轉身，想要從迷宮前面逃出去。

「快點！」喬依跑著，梅樂蒂跟在他身邊。

他們跑得比粉筆精快，因爲它們必須繞來拐去才能抵達另一端。兩人穿過喬依畫的假陣學線，然後梅樂蒂把迷宮的入口關上。

她站在那裡喘氣，裡面的粉筆精憤怒地顫抖，開始攻擊牆壁。

喬依轉身，喊道：「梅樂蒂！」另一群粉筆精從費奇教授那兒朝他跟梅樂蒂跑來。她大叫一聲，在走廊及牆壁兩邊畫線，好保護她跟喬依。

他們又被困住了。

哈丁把第二批粉筆精留在那裡，啃著讓喬依跟梅樂蒂遠離戰場的禁制線。

「教授，我們只能做到這麼多了！」喬依用不會受消音線影響的音量說。

然後他更小聲地加了一句：「加油啊……」

費奇無比專注地畫著。每次似乎要動搖的時候，他就會抬起頭看向被粉筆精包圍的梅樂蒂跟喬依，然後臉上表情變得越發堅定，繼續努力下去。

哈丁——塗鴉人的眞實身分——發出咆哮，開始施放他的增強版剛猛線。教授畫著精湛的禁制線，不只是爲了抵擋，更是爲了反彈攻擊。

喬依呼吸急促地觀戰，眼睛緊盯著費奇的動作。梅樂蒂則忙著鞏固他們的防線，在快被粉筆精突破的地方加強線條。

「加油啊……你可以的。」喬依繼續祈禱。

費奇的雙手急速地畫著，防禦陣完全是大師級的水準。他先把粉筆精引誘到看起來薄弱的位置，再用禁制線把它們困住。

然後費奇臉上露出一絲微笑，畫出跟哈丁一樣的鋸齒狀剛猛線。線條射過房間，擊中一臉驚訝的督察，讓他往後倒下。哈丁悶哼一聲摔在地上，卻又迅速站起來在周圍畫了一個防禦圈，之後前面加上一條禁制線。

哈丁什麼時候變成陣學師的？喬依第一次發現這件事怪異之處。那條禦敵線簡直是完美得不像人畫的，而且他距離地面還很遠，他是用來福槍末端的粉筆畫的！

費奇一點都不氣餒。

他俐落地讓兩條剛猛線用反彈的方式避開哈丁擋在前面的防禦牆，哈丁被逼著在兩側都要畫禁制線。

費奇接著讓一條剛猛線從梅樂蒂畫的牆壁反彈，擊中哈丁防禦陣的背面。

「厲害。」喬依說。

哈丁大吼，然後在自己後面也畫了一條線。

「哈！」費奇大叫一聲，同時粉筆精也突破了他的圓圈。

「教授！」喬依大喊。

可是費奇卻站起身，在粉筆精衝進圓圈的同時跳了出來。它們愣了一下，費奇快速地畫了一條禁制線擋住圓圈，把它們困在防禦陣裡面，然後費奇衝向房間另一端又畫了一條禁制線，把那裡的粉筆精困在梅樂蒂的線前面。

終於，他轉身面向哈丁。

那個人，或是那個東西，站在那裡，眼睛籠罩在陰影中。他臉上沒了笑容，只是在那裡等待。怪物知道那些粉筆精很快就會掙脫，再次施展攻擊。

「教授。」喬依低聲喊著，腦中突然閃過一個念頭。他沒有多少把握，但是……

費奇轉身看他。

「鐘。去找一座鐘。」喬依說。

費奇皺眉，但照做了。他衝進一間學生的房間，拿著一座時鐘走出來遞向喬依。「要我拿這個幹嘛？」

「把鐘面打破，給怪物看裡面的齒輪！」喬依說。

費奇氣急敗壞地把鐘面扯下，然後把時鐘抬起來，露出內部的齒輪。

哈丁往後一縮，拋下來福槍，舉起雙手。

費奇向前走，清楚地現出滴答的齒輪、上緊的發條、旋轉的圓圈。哈丁大喊，在唯一一盞燈光的照耀下，喬依看到怪物的影子開始顫抖扭曲，模糊的影子看起來像是碳筆畫的。

「深淵的！是忘魔！」費奇說。

「忘魔是他灰的什麼鬼！」喬依說。

「內布拉斯克的怪物。它們統領野粉筆精。可是……它是怎麼來到這裡的？而且還在哈丁身上附身了！我不知道會發生這種事。這很嚴重，喬依。」

「你說的最後一句我也猜到了。我們要怎麼殺它？」喬依說。

「酸液。」費奇把鐘舉在前面。「我們需要酸液！」

「梅樂蒂，讓我從後面出去。」

「可是——」

「動手！」喬依說。

她把手伸到後方解除線條。喬依跑進走廊，衝下台階，來到放置第二桶酸液的地方，他一把抓了酸液後立刻跑回樓上，從另一個方向繞過走廊，經過倒在地上的納利薩，來到費奇教授後面。

喬依在教授身邊停下腳步。距離兩人不遠處，被費奇困在防禦陣裡的粉筆精衝了出來，順著地板湧向他們。

喬依深吸一口氣，把酸液朝哈丁的腳一潑。

酸液沖掉了禁制線跟防禦圈，灑在哈丁的影子上。

影子融化了。好像它是碳筆或是粉筆畫的一樣，溶進酸液中。

督察放聲尖叫，然後倒在地上。

粉筆精僵在原地不動。

四下陷入寂靜。

喬依屏息等待，肌肉緊繃地看著那些粉筆精。它們繼續僵立不動。

我們打敗他了！成功了！

「哎呀，哎呀。」費奇伸手擦擦額頭。「我居然贏了決鬥。這是我第一次贏！我的手幾乎沒抖。」

「你太棒了，教授！」喬依說。

「這我可不確定。唉，你們走了以後，我一直睡不著，想著剛才我是怎麼對待你們的。還有，嗯，好幾次你都說對了，但我卻連聽也不聽地把你們趕走。所以我出來找你們，看到這棟樓前面的警官，然後……」

他呆了呆，伸手一指。「那個，它們怎麼了？」

喬依瞥向粉筆精。它們比平常抖動得更厲害，然後開始膨脹。

糟了。喬依心想。

「解除困住它們的線！快點！」喬依說。

另外兩人不敢置信地看著他。

「相信我！」喬依說。粉筆精們開始變得具有形狀，費奇衝向他的防禦陣，釋放被困在方框裡的粉筆精。梅樂蒂給了喬依一個「你最好知道自己在幹嘛」的眼神，然後也彎下腰來解除她的線。

第一隻粉筆精變成立體的形狀，最後形成喬依之前看到被附身的年輕女子。費奇驚叫一聲，伸出第二支粉筆，連忙趁裡面的人被牢籠壓扁之前把他們放出來。

幾分鐘後，喬依、梅樂蒂、費奇就被一群神智不清的人包圍。有些是學生——喬依認出賀曼．立貝——但有許多是年紀比較大的陣學師，大約二十幾歲，穿著畢業學生的制服。是內布拉斯克前線的陣學師。

「威廉？」梅樂蒂看著其中一名年輕的陣學師說，那是個生著紅頭髮的男人。

「我灰的在哪裡？小梅？這是什麼……」年輕人說。

梅樂蒂用力抱住她哥哥，讓他沒辦法再說下去。

在那瞬間，喬依聽到腳步聲，納莉薩氣喘吁吁地在走廊轉角現身，他手上握著粉筆，身上仍滴著幾滴酸液。

「我會救——」他開口，然後突然頓住。「噢。」

「來得正好啊，教授。」喬依說完精疲力竭地往地下坐倒，背靠著牆壁。

梅樂蒂雙手叉腰地走過來。

「這樣就累啦？」她帶著微笑問，她的哥哥一臉迷惘地跟在後面。

「悲慘吧？」喬依問。

「絕對。」

進階伊斯頓防禦陣

陣圖的這半邊防禦性比較強，圓圈也比較多。聰明的陣學師會先專心對付東南方的敵人，因為那裡的防禦性稍弱，卻也相對空曠。

陣學師在此圖形外圍可增加許多防禦型粉筆精，這是使用伊斯頓極大量接點的絕佳辦法。

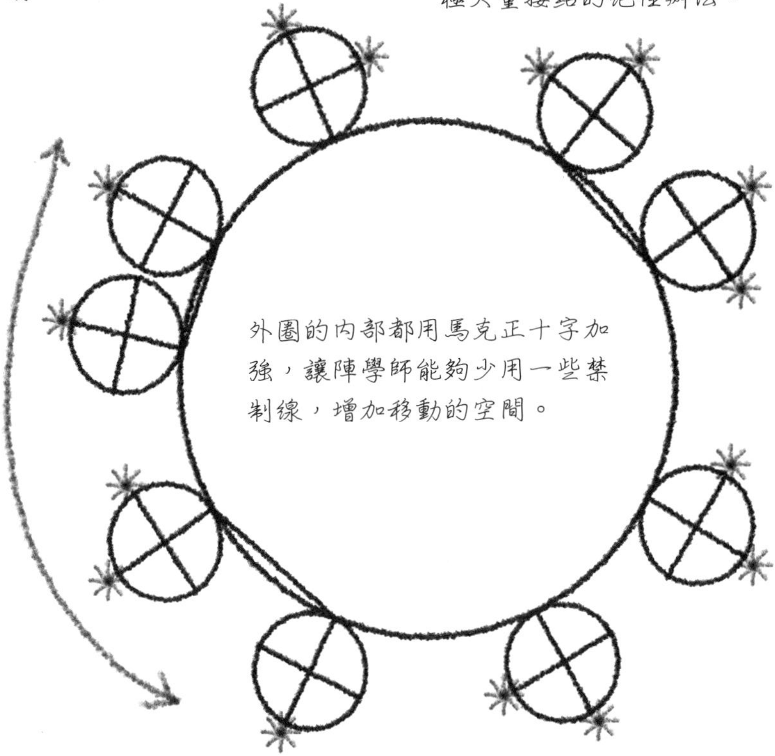
外圈的內部都用馬克正十字加強，讓陣學師能夠少用一些禁制線，增加移動的空間。

拿一個基本伊斯頓防禦陣跟一個進階版本相比時，可以有很多收穫。要留意的是，伊斯頓本身已經是不好畫的防禦陣，所以在困難的情況下，就算只是完成基本版也是相當不錯的成就。

「我們應該向納利薩教授道歉吧？」約克校長問。

喬依聳聳肩。「校長，要是我，我會先去找艾克斯頓道歉。」

約克笑得鬍子抖動。「小子，我老早就道過歉啦。」

兩人站在禦敵樓外，人群不斷湧入大混戰會場。在打敗塗鴉人經過一天混亂之後，約克就宣布校地重新開放。校長想要讓所有人知道，亞米帝斯將會不受阻撓地延續下去，他刻意對外宣傳不只是失蹤學生找到了，更包括幾十名大家以爲在內布拉斯克失去的陣學師，讓所有媒體因此而瘋狂。

「而且還發現不只一條，而是兩條新的陣學線。」約克雙手背在身後，一臉心滿意足的表情。

「嗯。」喬依有點不置可否地說。

約克看了他一眼。「喬依，我寫了一些信給其他幾所學校的校長朋友。」

喬依轉過身。

「我想根據眼下的情況，我可以說服幾個人履行他們跟你父親的部分契約。亞米帝斯絕對會。也許總額不是你父親夢想的大筆財富，但是我會負責償還你母親的債務之外還有些餘額，孩子。這是我們欠你跟費奇教授的。」

喬依開心地笑了。「應該也包括兩個看大混戰的好位置吧？」

「已經幫你留了，孩子，還是第一排的。」

「謝謝！」

「說謝謝的應該是我們。」約克說。喬依這時注意到有幾個穿著奢華西裝的人走來，其中一人就是武士議員卡洛威。

「嗯，我得先走一步，有些政治人物需要招待一下。」約克說。

「當然，校長。」喬依說，然後約克離開了。

喬依站在那裡好一會兒，看著人們紛紛走進大門，擠滿了裡面的競技場。艾克斯頓跟佛蘿倫絲一起出現，他們兩個最近鬥嘴的次數似乎減少很多。

哈丁的職務遭到解除，但是他聲稱自己對於發生了什麼事情全都不記得。喬依傾向相信，畢竟他親眼見識到哈丁的變化，但其他單位則沒有那麼快能理解，顯然從來沒有忘魔有過類似的行為。

喬依開始懷疑在入教儀式間裡發生的事情，在內布拉斯克也能發生。他不應該讀的那本書裡面說，入教儀式跟某個叫作「影燃」的東西有關。

他在儀式間裡看到了一個，也問了幾個非陣學師的人，但沒有人有看過，而他知道包括梅樂蒂在內的陣學師，不願意去談他們的經驗。

喬依不確定他為什麼看到影燃，或者他後來為什麼沒有成為陣學師，但他的經驗似乎代表入教儀式其實比大多數人知道的要更加複雜。

哈丁在過去沒有展示任何陣學能力，現在也畫不出陣學線。不論忘魔對他做了什麼，當時它給了哈丁陣學的能力。影燃在入教儀式的時候是不是也有類似的效用？

喬依知道這件事後很不安。成爲陣學師的方法不只一種，其中一種血腥又黑暗。難道還有其他方法嗎？

這個想法讓熄滅的希望重新升起。他不確定這是不是好事。

「喬依！」胖胖的艾克斯頓快步走過來，緊抓住喬依的手。「太謝謝你了。費奇告訴我，他們把我抓走的時候，你仍然相信我。」

「哈丁差點就說服我，可是有些事情實在不合理。督察在搜查辦公室的時候一定栽贓陷害你。」喬依說。

艾克斯頓點點頭。莉莉．懷廷跟查理斯．卡洛威都指認哈丁就是塗鴉人。

「孩子，你眞的是個好朋友。我是認眞的。」艾克斯頓說。

佛蘿倫絲微笑。「所以你不會再抱怨他了？」

「這可不一定，要看他會不會打擾我工作！講到工作，我得去協助評判大混戰。要是我沒被放出來，天知道會發生什麼事。別人對這團混亂可沒有熟悉到可以當裁判！」

然後兩人便朝競技場去了。

喬依繼續在外面等待。傳統上，陣學師會等到大多數人都入場坐定後再進來，今天也不例外。參與比賽的學生們一一到場，抵達後去找艾克斯頓抽籤，決定他們在場中開始畫陣的位置，或者如果他們是多人一組的話，那就是團體所在的位置。

「喂。」一個人在他後面喊。

喬依對梅樂蒂微笑。她穿著制服裙子跟上衣，但這條裙子中間有開叉，而且長及腳踝，方便她跪下來畫圖。

她大概在裙子底下戴著護膝。

「來看我輸得一敗塗地嗎？」她問。

「那天晚上妳對付粉筆精的時候表現得很不錯啊。」

「我的線幾乎擋不住它們，你也看到了。」

「反正不管今天發生什麼事，妳都從塗鴉人手中救出大概三十個陣學師。今天獲勝的人必須接受當妳在拯救六十諸島的時候，他們都在不遠的地方呼呼大睡。」

「很有道理。」梅樂蒂贊同，然後皺起眉頭。

「怎麼了？」喬依問。

她指著一小群穿著陣學師外套的人。喬依認出來她哥哥威廉也在其中。

「妳爸媽？」他問。

她點點頭。

他們看起來不像很糟糕的人。沒錯，梅樂蒂母親的頭髮打理得很整齊，妝容一絲不苟，她父親生著幾乎正方形的下巴，站在那裡很有氣勢的樣子，可是……

「我大概懂妳的意思了。很難達到他們的標準吧？」喬依說。

「沒錯。相信我，當粉筆匠的兒子眞的好多了。」

「我會記得這點。」

她誇張地嘆口氣，看著她的父母跟哥哥入場。「我該去被羞辱了。」

「我相信不管發生什麼事，妳的表現都會是引人注目的。」喬依說。

她進去了。喬依正要跟上的時候，看到一群陣學師。他們總共十二個人，穿著紅上衣，配著白長褲或裙子。納利薩隊到了。

教授本人走在最前面。爲什麼他光是站在那裡就可以讓一群學生顯得更高傲，更鶴立雞群？納利薩站在門邊，雙手抱胸，看著他們魚貫而入。

喬依咬著牙，強迫自己跟在納利薩後面，教授入場後往右邊的一小段走廊走去，準備步上台階前往觀戰室。喬依連忙跟上。大廳裡現在沒什麼人，但是可以聽到不遠處的競技場傳來眾人嗡嗡交談的聲音。

「教授。」喬依說。

納利薩轉頭看他，但只瞥了喬依一眼就繼續往前走。

「教授，我要道歉。」喬依說。

納利薩再次轉身，這次他的眼神定在喬依身上，好像是第一次看到他。「你想要爲了告訴別人我是綁架犯而道歉。」

喬依臉色刷白。

「對。我聽說你的指控了。」納利薩說。

「嗯，我錯了。對不起。」喬依說。

納利薩挑起眉毛，除此之外別無反應，但這動作似乎代表他接受道歉。

「你是來亞米帝斯來追哈丁的。」喬依說。

「對。我知道有東西逃了出來，但是內布拉斯克沒有人相信我。哈丁的嫌疑最大。我讓有關人士因爲某個技術理由讓我退伍，然後來到這裡。當有人開始失蹤時，我知道自己猜對了。可是忘魔很難纏，我需要證據才能正式提出指控。你現在也明白，指控無辜的人是一個非常不愉快的行爲。」

喬依咬咬牙。「所以他到底是什麼？」

「忘魔。你去讀報紙，上面說的夠多了。」納利薩說。

「上面沒有細節。沒有人願意提。我原本希望——」

「我不願意跟非陣學師談論這種事情。」納利薩喝斥。

喬依深吸一口氣。「好。」

納利薩又挑起眉毛。

「教授，我不想要跟你爭執。說到底，我們都是爲了同件事在努力。如果我們互相幫助的話，也許我們能成就更多。」

「能成就最多的，就是你不要擋我的路。要不是你隨便亂潑酸液，我就有力氣能打敗那個笨哈丁。現在，請你讓開，我要走了。」納利薩說完準備離開。

我就有力氣？喬依皺眉心想。

「教授？」

納利薩停下腳步。「又怎麼了？」他沒有轉身。

「我只是想要祝你好運，像兩個晚上以前那樣好運。」

「什麼兩個晚上以前的好運？」

「哈丁沒有開槍射你。他對費奇開槍，卻沒有對你這麼做，即使你沒有禁制線能夠擋下任何一槍。」喬依說。

納利薩靜靜地站著。

「而且很幸運地，在你失去神智以後，他沒有叫粉筆精來攻擊你。他不理會你，選擇去攻擊學生。要是我是他，我一定會把最大的威脅，也就是你這樣一個受過訓練的成年陣學師先變成粉筆精。」

喬依偏著頭，在他意識到自己幹了什麼之前，已經把結論說了出去。灰的！我才剛道完歉，現在又開始指控他了！我真的是對這個人有很深的偏見！

他想要收回指控，但是納利薩這時半轉過身，臉似乎籠罩在陰影中，讓他整個人僵住。

「有趣的結論。」教授靜靜地說，聲音不再帶有任何輕蔑。

喬依倒退兩步。

「還有什麼想法嗎？」納利薩問。

「我……」他吞口口水。「哈丁。控制他的那東西似乎不太……聰明。它困在自己的禁制線裡面，而且也沒有協調粉筆精的攻擊時間，反而讓我跟梅樂蒂逃了出來。它除了咆哮或大喊沒有說過話。」

「可是，這整個計謀很複雜。首先要設計艾克斯頓，抓走最合適的學生造成驚慌，再讓大多數學校裡的陣學師聚集在一起，可以被一網打盡。還有，威脅我們的東西似乎只有晚上才會出現，白天時，哈丁控制著自己的行動，計畫不是他安排的，那個忘魔似乎也沒聰明到能做這件事。所以我在想……是不是有人在幫忙？另一種更聰明的東西？」

此時納利薩完全轉過來，站得筆挺，但似乎有哪裡變得不同，就像喬依那天抬頭看著窗子裡的納利薩正在低頭看他的時候一樣。

納利薩的自大不復存在，而是呈現冷靜的思考，彷彿那個不知天高地厚的年輕人只是一個精心創造的身分，讓人厭惡，卻不會眞的把他視爲威脅。

納利薩緩緩走向前，喬依滿頭大汗，不得不退後一步。

「喬依，你表現得好像陷入危險一樣。」納利薩說。他的眼睛後面有某種黑暗的東西在閃爍——模糊、碳影一般的黑暗。

「你是什麼？」喬依低聲說。

納利薩停在喬依幾呎前笑了。

「一個英雄。」他低聲說：「被你親口洗刷冤屈。一個不受歡迎的人，但所有人仍然認爲他心地其實不錯。一個從內布拉斯克前來拯救學生的教授，雖然他到得太晚，也弱得無法打敗敵人。」

「那是一個騙局。」喬依說。他回想起納利薩發現喬依在宿舍時的訝異，還有他看見哈丁的反應。納利薩看到哈丁似乎不意外，而是……煩惱。好像發現他剛染上嫌疑。

納利薩當時是否改變計畫跟哈丁作戰，想要在喬依面前裝成英雄？

「你故意讓我活著。你躺在那裡假裝昏迷，等著手下把學生變成粉筆精，到時你再假裝甦醒挽救一切。你仍然會是英雄，但亞米帝斯同時也會受到損害。」

喬依的聲音在空蕩的走廊裡迴響。

「喬依，如果別人聽到你說這麼傷人的話，他們會怎麼想？你兩天前才公開承認我是英雄，不是嗎？我敢說這會讓你看起來像是個反覆無常的人。」納利薩說。

他說得沒錯。喬依茫然地心想。他們現在不會相信我。尤其是我之前才親自為他辯護。況且，梅樂蒂跟費奇也都證明納利薩最後有來幫忙。

喬依與他對望，看見對方眼睛裡面的黑暗——那是一團真實存在的東西，覆蓋了眼白，一團不斷變化、混亂的黑影……

納利薩朝喬依點點頭，彷彿在表達敬意。平常如此高傲的教授做出這種行為實在很奇怪。

「我……很抱歉之前如此看輕你。我必須說，你們這些不是陣學師的人，我實在辨認不太出來誰是誰。你們都長得很像。可是你……你很特別，眞不知道爲什麼他們不選你。」

「我是對的。」喬依低語。「我一直沒有看錯你。」

「啊，你錯得離譜。你以爲自己知道的，不過只是極其微小的一部分而已。」

「你是什麼？」喬依又問了一次。

「老師。也是學生。」納利薩說。

「圖書館的書。你不是在找資料，你是想要知道我們對陣學了解多少，幫助你掌握人類的能力範圍。」

納利薩什麼都沒說。

他是爲了學生而來的。喬依終於明白。以內布拉斯克的戰況看來，粉筆精已經好幾個世紀都沒有辦法突破。我們的陣學師太強了。可是如果像納利薩這樣的怪物能夠在學生接受訓練之前就抓住他們……

只有死去一個陣學師之後，才會有新的陣學師出現。如果他們沒死，而是全變成粉筆精怪物呢？

再也沒有陣學師。內布拉斯克再也沒有封鎖線。

先前事件背後的所有沉重瞬間壓在喬依身上。「人類的納利薩已經死了，對不對？在他從缺口進去尋找梅樂蒂的哥哥，你就占據了他的身體……哈丁當時也跟他在一起，對不對？梅樂蒂說納利薩帶著一群人進去，所以裡面還包括士兵。你同時占據了他們兩個，然後回到圓圈外。」

「看來我應該讓你多點時間想想。」納利薩說。

喬依把手伸入口袋，然後抽出金幣，握著它舉到納利薩面前。

怪物看了看，然後從喬依的手裡把金幣取走，藉著光線看裡面的發條。

「喬依，你知道爲什麼時間難倒一部分的我們嗎？」納利薩問。

喬依什麼都沒說。

「因爲那是人類創造的。他們把時間切割了。其實一秒鐘或一分鐘本身並不具任何重要性，全都是虛構的分野，是人類所建構、捏造的。」他打量著喬依。「可是在人類的手裡，這些東西有了生命。分鐘、秒、小時，這些隨意決定的事情成爲一種定律。對於外來者而言，這些定律很讓人不安、困惑、害怕。」

他把錢幣拋回給喬依。

「我們這邊的另一種想法是，這種事反而需要多花點心思來了解，因爲鮮少有人會害怕他了解的事物。現在，請恕我失陪，我必須去打贏這場比賽了。」

喬依無助地看著曾經是納利薩的怪物消失在台階上，走去跟其他教授會面。它失敗了，卻完全不像是只有一個計謀的模樣。

納利薩對於他自己的學生有什麼計畫？爲什麼要創造一群忠於他的陣學師？那些贏得大混戰的人將會在內布拉斯克擁有最佳的職位，成爲領導者……

灰的！喬依心想著衝回競技場。他必須做點什麼，但他能做什麼？沒有人會相信他對納利薩的指控。至少現在不會信。

參與混戰的學生們已經在場上就定位，有些是單個，有些則是群體。他看到梅樂蒂。她很不幸地抽到位於場地正中央的位置，周圍都是敵人，她必須同時在各個方位加以抵禦。

她跪在那裡，頭垂得低低的，沮喪地弓著背。喬依感到一陣揪心。

如果納利薩的學生贏得這場混戰，那些去內布拉斯克進行最後一年訓練的人就會負責管理其他學生。納利薩想要他們贏，他想要他的人獲得掌控權。不可以發生這種事。

納利薩的學生不可以贏得大混戰。

喬依看向旁邊。艾克斯頓正在跟城裡來的一些文書官聊天，他們會擔任助理裁判，負責仔細觀看場上的防禦圈。一旦有圓圈被破壞，裡面的陣學師便失去資格。

喬依深吸一口氣，走向艾克斯頓。「有規定禁止非陣學師不可以參加大混戰嗎？」

艾克斯頓一驚。「喬依？你想要做什麼？」

「有規定禁止嗎？」喬依問。

「其實沒有，但你必須是其中一個陣學教授的學生，沒有任何非陣學師符合這個條件。」

「除了我。」喬依說。

艾克斯頓眨眨眼。「嗯，對，我想在夏天的選修課中擔任研究助理在技術上行得通，但是喬依，非陣學師去參加簡直是蠢到極點！」

喬依看著場上，今年大概有四十個學生。

「我要加入費奇教授的團隊。我會跟梅樂蒂在一起。」喬依說。

「可是……我是說……」

「你只管把我的名字放進去，艾克斯頓。」喬依跑到場中央。

他的出現引起一陣騷動。學生們抬起頭，觀看的群眾也紛紛交頭接耳。梅樂蒂沒看到他。她仍然跪在那裡，頭垂得低低的，對喬依進場時引起的竊竊私語跟偶爾的哄堂大笑充耳不聞。

牆上的大鐘發出聲響，讓所有人知道整點已到。時間來到正午，一旦第十二聲鐘聲響起，參賽的學生就可以開始畫陣。所有學生把粉筆抵上黑色岩石地板，發出四十個清脆的聲響。梅樂蒂遲疑地伸出手。

喬依跪下，在她身邊把自己的粉筆抵上地面。

她震驚地抬起頭。「喬依？你灰的在做什麼？」

「我生你的氣。」他說。

「啊？」

「妳來這裡接受羞辱，卻沒邀我一起參加！」

她一愣後笑了。「白痴。你就算比我更快倒下，也證明不了什麼。」

「我不打算倒下。」喬依舉起他的藍色粉筆，此時響起了第六聲鐘聲。「妳就照著我畫的地方畫。」

「什麼意思？」

「描我的圖。灰的，梅樂蒂，妳一整個夏天都在練習描圖！我打賭妳比在場所有人描得都還要好。妳看到藍線的地方，就用白線畫上去。」

她頓了片刻，然後嘴上漾起一個大大的淘氣笑容。

隨著第十二聲鐘聲響起，喬依開始畫。他在自己跟梅樂蒂周圍畫了一個大圈，而梅樂蒂毫無差錯地描了他的線。畫完之後，他停下來。

「怎麼了？」梅樂蒂說。

「簡單安全？」

「灰的，當然不要！如果我們要倒下，當然也要倒得轟轟烈烈！九點圈！」她說。

喬依微笑著停下畫圖的雙手，聆聽周圍繪圖的聲音。他幾乎可以相信自己就是陣學師。

他重新放下粉筆，在心裡把圓圈分成數份，然後開始畫。

費奇教授靜靜地站在玻璃地面，手裡拿著一個杯子卻沒有喝。他太緊張了。他擔心自己把茶灑在身上。

競技場上方的觀賽廳很不錯，眞的很不錯。赭紅色的裝潢，頭頂上的燈光昏暗，將焦點引導至下方的比賽場地。地板的玻璃之間設置了鐵框，免得讓人因爲站在競技場的正上方而感覺暈眩。

費奇喜歡身爲教授而擁有的景致跟特權，也從這個房間裡看過許多場決鬥。可是這不代表他不會因此而緊張。

「費奇，你臉色好蒼白。」一個聲音說。

費奇轉過頭，看到約克校長來到他身邊。費奇想要用輕笑回應校長的話，裝成若無其事的模樣，但是他的笑聲聽起來頗爲虛弱。

「緊張？」約克說。

「呃，唉，對。眞不幸。我比較喜歡冬季競技，湯馬斯。那一場通常沒有我的學生。」

「啊，教授啊。」約克拍拍他的肩膀。「兩天前你才跟忘魔決鬥，還灰的贏了。你應該可以承受住一點決鬥的緊張吧？」

「呃，對。」費奇想要擠出笑容。「我只是……唉，你也知道我對於正面衝突的反應。」

「這當然比都不用比。」另一個聲音說。

費奇轉身，看到待在一群教授跟貴客之間，穿著紅外套的納利薩。他穿著曾經屬於費奇的外套——被酸液破壞的那件。

「我的學生接受最優秀的訓練。我們整個夏天都在練習決鬥。你們很快就可以目睹能夠迅速建立起強大的防禦陣是多麼重要。」納利薩繼續說。

*強大的防禦陣的確最適合決鬥，但是在戰場上這絕對是最糟糕的防禦方法，因爲經常面臨被包圍的局面。*費奇在心裡說。

納利薩當然看不到這點。他只看得到勝利。費奇不怪他。他還年輕。對於那些年輕人而言，快速攻擊總是最重要的事情。

約克皺眉輕聲說：「我實在覺得那個人太自大了。我……非常抱歉，我不該讓他進入學校，費奇。如果我知道他會對你做那樣的事……」

「亂說，湯馬斯。不是你的錯，根本不是啊。等納利薩年紀再大一點，他會變得更聰明。而且，他的確讓這裡變得很不一樣！」

「變得不一樣不見得是好事，費奇。尤其當你是主事者，也喜歡原本的狀態。」約克說。

費奇終於喝了一口茶。他發現下面的學生已經開始畫了。他錯過了開頭。他苦著臉，有點不敢去找可憐的梅樂蒂在哪裡。他是爲了她好才讓她慢慢重新打底，她還沒有準備好面對這種情況。

費奇又開始緊張起來。可惡！我爲什麼不能像納利薩那樣有自信？那個人天生對自己很有信心。

「喂，那是粉筆匠的兒子嗎？」康柏教授說。

費奇一驚，忙著在圓形的寬廣競技場上尋找，連手上的茶都差點灑了出來。在競技場中央，有兩個人在同一個圓圈裡畫畫——規則並未禁止參賽者這麼做，但卻非常罕見。只要圓圈一破，他們兩個人都會出局，不值得冒這樣的風險。

費奇緩緩地意識到這兩個人是誰。其中一個人沒有穿陣學師制服，而是穿著耐用、不起眼的僕人兒子服裝。

「這，眞是讓人……這合法嗎？」約克說。

「不可能合法！」哈齊教授說。

「我想應該是合法的。」金教授說。

費奇低下頭，在心裡計算兩人圓圈接點之間的弧度。「孩子啊，你畫得一點沒錯。眞美。」他微笑地說。

納利薩站在費奇旁邊低頭看著。他的表情變了，不再高傲，而變成緊張，甚至是入迷。

嗯。費奇心想。我相信他一定會成爲不錯的人，只要給他時間……

喬依的藍粉筆畫過黑色的地面，在他的手指尖微微震動。他沒有抬頭，一直畫個不停，他的周圍都是敵人——他只需要知道這件事。洞悉對他沒有用，他需要防禦陣，有了一個強大的防禦陣，之後才能展開攻擊。

他畫了一個半人半蜥蜴的粉筆精，連上接點後繼續往下畫。

「等等，你叫這個粉筆精？」梅樂蒂說。

「呃，對……」

「那是會走路的胡蘿蔔嗎？」

「那是蜥蜴人！」喬依在另一邊修補一個被擊破的圓圈。

「隨便啦。拜託你讓我畫粉筆精好不好？你要放粉筆精的地方畫個X就行了，我會畫該用的粉筆精。」

「妳該不會畫獨角獸吧？」喬依問道，一邊不忘背對著她繼續畫。

「獨角獸有什麼不行？」她在他身後質問，粉筆發出磨擦地面的聲響。「它們是尊貴，而且——」

「它們是尊貴而且女孩子氣到不行的動物。我得考慮我的男性尊嚴啊。」喬依說。

「算了吧，你必須接受我的獨角獸，還有幾個花人跟一、兩頭飛馬，而且你必須喜歡它們。要不然你就去畫自己的圈吧。」她說。

喬依微笑，緊張稍稍減退，他筆下的線條很自然。他練習了很久，最初是跟他父親，然後是自己在房間裡，最後是跟費奇教授。如今，每一條畫下來的線都有正因如此的感覺。

最先到來的是一波又一波的粉筆精，數量多得出奇。他抬起頭，看到納利薩的學生們——那些人接受過進階的決鬥訓練課程——已經殲滅了一些對手。那幾個人畫得快，攻勢又猛烈，讓他們在大混戰初期就占得優勢。只是隨著時間過去，缺點也逐漸出現。

喬依跟梅樂蒂，還有另外三、四個運氣不好的學生都在場地的正中心，被圍成一個圈的納利薩隊包圍。他們的計畫顯然是先剷除在正中心的對手，再朝邊緣攻擊。

*你對這些學生有什麼打算，納利薩？你拿什麼樣的謊言教他們？*喬依忍不住心想。

喬依咬咬牙。這個位置對納利薩的學生來說極好無比，但對喬依跟梅樂蒂卻是十分淒慘。他們兩人基本上被一圈敵人包圍了。

大批的粉筆精將喬依跟梅樂蒂團團圍住，可是梅樂蒂此時已經畫好了約一打獨角獸，這是伊斯頓防禦陣的最大好處之一——一個有九個接點的大圓圈，每個接點上各自有小圓圈，理論上可以搭配五隻粉筆精。

有了梅樂蒂在場，對他們來說就是很大的優勢。她的小獨角獸以在喬依眼中非常沒有形象的姿態到處蹦跳，但所到之處卻撕爛了敵人的山怪、龍、武士、圓團，納利薩隊的粉筆精根本沒有抗衡的可能。隨著它們殘破的屍體逐漸堆積，梅樂蒂又在防禦陣上多加了兩隻獨角獸。

「這其實很好玩啊！」她說。

喬依看到她額頭冒汗，他自己的膝蓋也因爲久跪而疼痛，但他不由得贊同她的說法。剛猛線很快地開始攻擊他們的防禦陣，不僅把梅樂蒂的獨角獸炸得殘廢——這讓她頗爲焦慮——也在外圈砸出缺口。納利薩的學生們已經發現他們必須靠猛攻才可能突破，幸好喬依的防禦陣附帶固定的禁制線。也許他畫太多條了。梅樂蒂一直撞上禁制線，嘴上咒罵連連。

他需要想個辦法。納利薩的學生早晚會突破他們的防線。

「妳準備好要好好露上一手了嗎？」喬依問。

「這還用問？」

喬依畫了新的陣學線——也就是介於禁制線跟剛猛線之間的線條，他們稱之爲廢撤線。他花了好幾個小時練習，這條線效用比剛猛線強一點，但沒強太多。

只不過這對士氣的影響應該很大。梅樂蒂描出他的線，畫完立刻順著牆壁衝去，還順便擦掉喬依原本的線條。他選擇的目標是一個沒有妥善固定圓圈的學生，結果也沒有令人失望。喬依的廢撤線撞上不幸學生的防禦圈，讓它偏離原本位置好幾呎。

這就算出局了，因爲學生已經跑到圓圈外。一名裁判走上來，讓男孩離場。

「少了一個。」喬依說完繼續畫。

聚集的教授與諸島貴賓們議論紛紛，費奇則是站在喬依跟梅樂蒂正上方，一言不發地默默看著。看著他們的防禦陣抵擋了幾十隻又幾十隻的粉筆精，看著它吸收一次又一次的攻擊，卻仍然堅固。看著喬依的攻擊——不常出現，但是時機抓得很精準——撞上敵人的圓圈。

他看著，然後感覺先前的緊張逐漸變成驕傲。在下方，他的兩個學生以少抗多，而且居然占了上風。納利薩的學生一個接著一個倒下，每一次都是因爲喬依細膩的攻擊使他們的圓圈被破壞。

梅樂蒂專注於保持粉筆精的狀態。喬依則負責在畫線耐心觀察，直到敵人的攻擊出現破綻，他就會叫梅樂蒂過來，而她會立刻低頭描出畫好的線，看都不看，完全信任他的準頭與技術。

通常兩個人在一起的防禦圈是很不划算的作法，兩個並列的圓圈往往比較有用，可是因爲場上有一個非陣學師，這麼做算是非常合理。

「眞驚人。」約克低語。

「這一定不合法。」哈齊教授說。「怎麼可以在同個圓圈裡？」

其他人多半安靜下來。他們才不管是否合法。這些人跟費奇一樣目睹這場決鬥，而且明白下面這兩個學生不只是在決鬥。他們是在作戰。

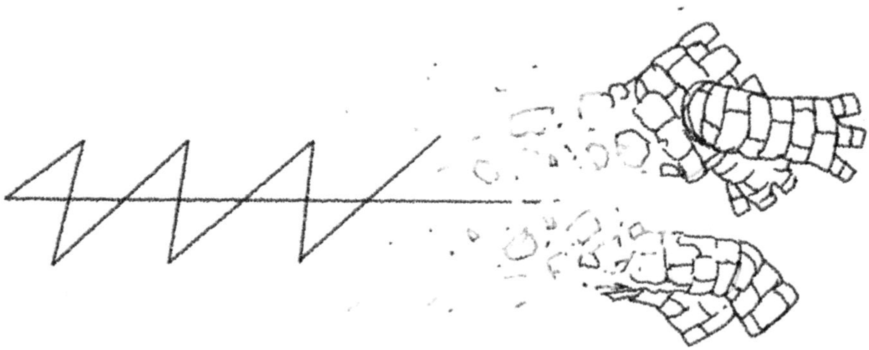

「太美了。」納利薩低語，讓費奇吃了一驚。他原本以爲年輕的教授會發怒。「我得多注意這兩個人。他們很驚人。」

費奇再度低下頭，驚訝於自己內心有多麼興奮。喬依跟梅樂蒂在納利薩隊的包圍下存活了下來，這使得納利薩的學生必須同時與兩方作戰。他們緩緩地摧毀了外圈的學生，但等到完成時，喬依跟梅樂蒂也已殲滅了他們一半的人。

最後形成了六比二的局勢。即使這樣，勝負應該也是立見分曉。

但並非如此。

喬依聽到鐘聲時，還不明白那是什麼意思。他只是一直畫，在外圈加上第二層防禦，因爲主要的幾個圈有十幾次幾乎遭到突破。

「呃，喬依？」梅樂蒂說。

「怎樣？」

「抬頭。」

喬依停手抬起頭來，整個黑色的場地已經沒人了，最後一名穿著紅衣的學生朝門外走去。那女孩踩過破碎的圓圈跟未完成的線條，在繞過禁制線時抹暈了圓圈。

喬依眨眼。「發生什麼事了？」

「我們贏了，白痴。」梅樂蒂說。「呃……你有料到嗎？」

喬依搖搖頭。

「嗯。那我想，現在是最戲劇化不過的一刻了！」她跳起來開心地尖叫，不停跳上跳下喊道：「成功了，成功了，成功了！」

喬依微笑抬起頭，雖然天花板顏色偏暗，他還是可以辨認得出納利薩的紅外套。那個人站在那裡，眼睛盯著喬依。

我盯住你了。教授的站姿似乎這麼說。

這時候，看呆了的觀眾們終於發出聲音，有了動作。有些人在歡呼，其他人衝向比賽場。

我也在盯著你，納利薩。喬依心想，繼續仰著頭。我已經阻止你兩次了。我還會再阻止你。

無論多少次。

《陣學師：亞米帝斯學院》全文完

謝詞

本書醞釀了很長一段時間。

我從二〇〇七年春季開始下筆，差不多是《時光之輪》完稿期限前半年左右，那時候我另一本奇幻史詩《帕特尼爾的騙子》（暫名）的創作過程遇到瓶頸，有一大堆當時難以克服的問題，讓我決定投向另一個比較有趣的寫作計畫，一本以「齒輪龐克」（Gearpunk）爲題材的小說，當時稱之爲《塗鴉人》。雖然這部作品並不在工作清單上面，我還是一頭栽進去，也讓我的經紀人只能無奈地搖頭。

雖然寫作過程非常順利，不過就像我其他即興編出的故事一樣，有幾個嚴重的疏漏需要重新修訂。然而《時光之輪》的完稿壓力讓我無法騰出時間分心到其他計畫上。加上當時我還沒打算讓這部作品問世，其中隱含了某些自我期許的成分，我自認在短期內無法達成目標，所以整個計畫暫時停擺。

隨著《時光之輪》完稿定案，在這些年來許多讀過這個故事的讀者朋友們不斷提醒下，我又把工作重心放回這部有趣的作品；在此同時，工作團隊也決定把小說改名爲《陣學師：亞米帝斯學院》（The Rithmatist）。從完成初稿到現在，已經過了六年（眞是時光匆匆啊），因爲籌備期過長，我感到非常惶恐，深怕無法對眾多參與過本書出版的朋友們一一表達謝意。如果以下所列有所疏漏，那我深感抱歉，也請您務必通知我，讓我能有彌補的機會。

本書初期的工作團隊包含艾薩克．史都華、丹．衛爾斯、珊卓拉．泰勒、珍曦．派特森、艾瑞克．詹姆斯．史東、卡拉．班尼恩。他們讀到的是非常早期的版本，對全書的完整性有極大的助益。此外，我要特別感謝瑪麗．羅蘭森夫人，她對美國早期發展投入相當多的心力，尤其是對於《瑪麗．羅蘭森的囚禁與拯救》一書的參考，也大幅增加了本書的分量。

其他參與早期試讀的朋友們包含克里斯．米亞比．王、喬許與蜜雪兒．瓦克、班．歐爾森、凱亞尼．波路理、奧斯丁．荷西、姬里娜．歐布里恩、克里斯汀娜．克格拉、C．李佩雷爾、布萊恩．希爾、亞當．荷西、班．麥克史威尼等，尤其班．麥克史威尼不只是一級貢獻的讀者，也是一位藝術家，我們在過程中玩出一本圖像式小說，如果你有機會遇到他，可以請他秀幾頁之前的測試手稿，眞的很棒！

此外，史黛西．惠特曼對於本書也有卓越的貢獻。身爲編輯，她一度想買下版權。史黛西，我很感激有妳的協助！

還有審稿的迪安那．浩克，眞的很謝謝你的明察秋毫，讓手稿少了很多錯別字，我認爲要讓這些手稿完全沒有誤謬，幾乎是不可能的任務！

本書編輯蘇珊．張和托爾出版社的凱薩琳．杜赫堤是很完美的工作夥伴，這些年來一直對這部作品深具信心，我很開心我們終於讓這本書終於問世了。一如以往，我要對一路相挺的摩西．費德和我的經紀人約書亞．畢姆斯和及其代理人艾迪．史奈德表達最深的謝意。

我還要特別感謝凱倫．阿斯拓姆和不時提供協助的彼得．阿斯拓姆，多年以來，他們從未放棄過本書，一直鞭策著我，並且投入時間和心血，本書才得以付梓。

最後，我想對自己的家人和摯愛的老婆愛蜜麗致上最深的謝意，在他們的寬容和鼓勵的滋養下，才有本書的誕生！

——布蘭登・山德森

導讀活動指南

以下所提供的資訊、活動和問題探討，主要用於強化讀者對《陣學師：亞米帝斯學院》內容的理解，可依照個人需求與趣選用適合自己的題目。

寫作和研究活動

1. 本書作者布蘭登．山德森以奇幻史詩小說聞名，試著到圖書館或上網查詢「史詩」（Epic）這個字的定義，寫一篇短文分析《陣學師：亞米帝斯學院》是否符合史詩小說相關條件。如果你有讀過其他史詩作品，像是布萊恩．賈桂斯的《紅牆》（Redwall）、安妮．麥卡弗的《帕恩龍騎士》（Dragonriders of Pern）或J. K.羅琳的《哈利波特》，也可以在內文當中加以比較。

2. 除了史詩小說的條件之外，《陣學師：亞米帝斯學院》也具備「蒸氣龐克」（Steampunk）或「齒輪龐克」等類型的科幻小說特色。試著到圖書館或上網查詢這類文學作品的構成元素；融合蒸氣龐克和齒輪龐克的圖像、概念和場景，將小說中的文字說明化爲圖像，製作成一張海報。

3.試著想像自己和喬伊一樣，雖然並非實體陣學的陣法學者，但卻一心想和前輩們看齊。藉由小說當中的資訊，用PowerPoint或其他軟體製作一個簡報，詳細說明陣學的線條、形狀和防禦機制，陣學師和一般人之間的關係，以及在陣學當中教堂所扮演的角色。試著和同學朋友們一起分享你的成果。

4.從梅樂蒂的角度寫一篇日記，詳述和費奇教授、喬伊共度的第一個早晨。如果你是她，對夏天的補修課程有什麼期待？爲什麼覺得自己無法融入其他陣學師？對喬伊又有什麼看法？

5.在小說尾聲，喬伊回到過去住的地方和父親的工作坊。試著從喬伊的角度記錄踏進大門那刻心中的感覺，或者比較再次踏入父親的工作室和教堂的儀式間時心境的轉變。你已經是十幾歲的青少年了而非小學生，想法當然也會有所不同，試著把這些感覺寫下來。

6.作者寫這部小說時，參考了美國女作家瑪麗·羅蘭森被美洲原住民俘虜爲主題的歷史文學作品，那也是美國史上第一本暢銷書。試著到圖書館或上網查詢瑪麗·羅蘭森的生平和相關著作，然後寫一篇短文，詳細說明你認爲作者特別偏好這段歷史的理由何在？以及這段史實如何融入本書的故事。

7.喬伊接受梅樂蒂邀請到鎮上享用冰淇淋，但他卻付不出錢，而由梅樂蒂請客。試著從喬伊或梅樂蒂的角度敘述內心的想法——透過他人的眼光來觀察自己住的小鎮，你是否覺得自在？你對請客或被請有什麼感覺？你覺得這次約會是否會改變彼此間的關係？

8.《陣學師：亞米帝斯學院》的世界是位於美國所在位置的另一度空間，具有不同的科技、邊界，來自內布拉斯克的野粉筆精不斷威脅其存亡。這是否讓你回想起自己所處的眞實世界中，社會和政府也面臨類似的處境？準備兩到三則內容讓你聯想到小說故事的剪報，針對每一則剪報，用二到三個句子說明小說和報導之間的關聯性。

9.梅樂蒂給了喬伊一個具有發條裝置的錢幣，喬伊在檢視錢幣的當下，從自己對人性和陣學的理解，開始思索時間構成的元素。試著和同學朋友一起玩角色扮演的遊戲，分別扮演喬伊、費奇教授和史都華神父，由喬伊負責發表自己對時間的看法，另外兩個角色可以贊同或反對，也可以針對他的意見提出更詳盡的說明。

10.當喬伊沒通過第二次陣學師資格測試的時候，梅樂蒂嚇呆了，你也會有和她一樣的反應嗎？試著把自己當作亞米帝斯學院的一員，而喬伊對你吐露自己第二次在儀式間的遭遇，你打算幫他寫請願書，要求第三次機會。倘若有需要的話，對朋友或同學大聲念出請願書內容，並邀請他們投票，看他們是否贊成舉辦第三次入教儀式。

11. 用油性蠟筆或其他素材創作一張圖像鮮豔的明信片邀請函，或是在社群網站上開個活動頁面，邀請大家參加亞米帝斯學院一年一度的大混戰。

12. 想像自己是亞米帝斯學院最高年級的陣學師，即將前往內布拉斯克完成修業。試著創造屬於自己的記號，用粉筆畫在普通或黑色紙上。另外準備一張大型索引卡，簡短描述這個圖像，如何繪製這個獨一無二的造型？使用哪一個陣法防禦名稱會讓它最具威力？身爲一個初出茅廬的陣學師，你最自豪的能力是什麼？倘若有需要的話，綜合自己與同學朋友的圖像敘述，大家同心協力打造一場「陣學藝術」的展覽。

問題探討

1. 《陣學師：亞米帝斯學院》以小女孩莉莉的恐怖遭遇作爲開場白，讀者剛開始可能會摸不著頭緒，隨著劇情發展才知道開頭這幾頁究竟發生了什麼事。在你還沒有閱讀內文之前，會如何解讀序幕描述的故事？開頭幾頁醞釀出的影像和情感如何呼應小說的其他章節？讀完整個故事再回頭看前面幾頁，你會如何重新詮釋？你這麼想的理由爲何？從情節和選材的角度來看，你認爲作者以這個場景拉開序幕，是否表示這是陣學師第一起失蹤案件？

2. 從小說開頭，讀者可以明顯感受到喬伊深爲缺乏陣學天分所苦。這對他往後的作爲造成什麼影響？試著至少列出兩個理由，說明喬伊爲什麼是亞米帝斯學院的邊緣學生。接著再列出至少兩個理由，說明喬伊爲什麼比其他很多入選的人更有資格稱爲陣學師。

3. 你會怎麼敘述喬伊和費奇教授之間的關係？當費奇在對決時敗給納利薩，他爲什麼那麼沮喪？作者這樣的安排，對喬伊產生什麼影響？

4. 試著描述一下喬伊和艾克斯頓、佛蘿倫絲、他母親與其他非陣學師角色的關係。這些人隱藏了什麼祕密，爲什麼不敢透露自己和陣學之間的關聯？你認爲在這個包容一切的世界中，陣學師和其他人究竟有什麼關係？

5. 各章節之間都有穿插一些陣學藝術的圖像，從讀者的角度來看，這些輔助元素會讓你聯想到什麼？是否讓你更清楚瞭解這個陣學對決的世界？這個複雜的圖像系統，只有被選定的少數人才能資格入門學習，作者這個安排是否讓你聯想到現實社會獎學金或領導者這種菁英架構的體系？不論你的想法爲何，試著把理由列出來。

6. 在第九章的開頭，喬伊非常肯定「……神主的天意絕對不是讓他成爲一位辦事員」；但在第二十二章，喬伊陷入沉思，「天上眞的有神主嗎？……事實是我自己也不確定。說不定祢眞的在那裡，至少我希望祢在。」（338頁）。你是否像喬伊一樣曾對自己的信仰或政府存疑，對自己未來所選擇的方向充滿不確定感？你會用什麼話安撫喬伊？

7.幾何形狀和粉筆記號，創造力和控制欲，成為陣學師和理解陣學，教堂和學院。你可以從故事中的這些元素中感受到藝術和科學，歷史和信仰之間的衝突嗎？請加以說明。

8.在揪出眞正的凶手之前，試著幫喬伊列出可能的嫌疑犯。所有案發現場都發現了從未見過的神祕粉筆記號，喬伊從中找到什麼有助於破案的關鍵線索？這個記號是否預言了陣學的未來？

9.被綁的兒童如何獲釋？什麼是「忘魔」？你認為忘魔和喬伊在儀式間看到的東西是否有關？你作出這個判斷的理由為何？

10.為什麼哈丁會涉入綁架案？你認為書中包含喬伊的眾多角色，誰才能阻止他？

11.在結尾的大混戰中，喬伊和梅樂蒂湊在一塊，這個組合讓觀眾眼睛一亮，最主要是因為「……這兩個學生不只是在決鬥，他們是在作戰。」（391頁）戰鬥和對決之間究竟有何差異？喬伊和梅樂蒂如何在陣法中覺醒，看出自己的弱點，贏得這場出人意料的勝利？你是否曾因為學習障礙或是家庭問題等負面因素陷入低潮，但這些遭遇卻反而讓你越挫越勇？

12. 在故事結尾，你對納利薩這個角色有什麼感覺？在喬伊、梅樂蒂和哈丁督察英勇的對決當中，你認爲他會站在哪一邊？他會乘機加害，還是出手相救呢？

13. 在小說結尾喬伊到了哪裡？神祕的綁架事件已經水落石出，你會如何描述書中世界目前所面臨的危機？你認爲喬伊將在與敵人的衝突上扮演什麼角色？《陣學師：亞米帝斯學院》若推出續集該用什麼標題比較恰當？

中英名詞對照表

A

Acadia 阿卡地亞
Adam Li 李亞當
Adam Makings 亞當·梅金斯
Adelle Choi 亞黛·曹
Ahmes 阿梅斯
Albert 亞伯特
Andrew Nalizar 安德魯·納利薩
Anticipating 預想
Armedius Academy 亞米帝斯學院
Attin Balazmed 亞丁·巴拉茲梅德
Aztec Federation 阿茲提克聯邦

B

Ballintain Defense 巴林坦防禦陣
Baltimore 巴爾的摩
Bindagent 束者
Blad Defense 布雷德防禦陣
Bonneville 邦恩鎮
Book of Common Prayers 祈禱之書
Britannia 不列顛尼亞

C

Californian Archipelago 加利福尼亞群島
Canadia 加拿地亞
Carson 卡森
Cascadia 卡卡迪亞艾瑞
Chaining 捆綁
Chalklings 粉筆精
Charles Calloway 查爾斯·卡洛威
Charlington（Charlie） 查林頓（查理）
Chuck 查克
Cincinnatus 辛辛納特斯
Circle of Warding 防禦圈
Clockwork Crab 機械蟹
Cornelius 柯奈流斯
Crew-Choi 克魯對曹
Crockett 克洛奇

D

Dakote 達克特
Darm 黛姆
Davis 戴維斯
Decatur 德卡特
Defensive Ring 防禦圈
Denver City 丹佛城

Jamestown 詹姆斯鎮
Jasper 賈斯柏
Jephs Daring 傑斯・戴林
Joel Saxon 喬依・薩克森
John 約翰
Jordan Defense 喬登防禦陣
Joseph 約瑟夫
JoSeun 朝鮮

K

Keblin Defense 克柏林防禦陣
Keening 洞悉
Keewatin 奇瓦汀
King Gregory III 葛列格里三世
Knight Street 武士街
Knight-Senator 武士議員
Kokomo 科科蒙
Koreo Dynasty 可銳王朝

L

Lancaster 蘭卡司特
Leland Libel 李藍・立貝
Lily Whiting 莉莉・懷庭
Line of Forbiddance 禁制線
Line of Revocation 廢撤線
Line of Silencing 消音線
Line of Warding 禦敵線
Lines of Making 造物線
Lines of Vigor 剛猛線
Luc 路克

M

Maineford 緬因弗
Maineford Academy 緬因弗學院
Man and Rithmatics: Origins of Power 《人類與陣學：力量的起源》
Manitoba 曼尼托巴
Manuel Estevez 曼紐・艾斯特維茲
Margaret Libel 瑪格麗特・立貝
Marquette 瑪奇特
Mary Isenhorn 瑪麗・艾森赫
Mary Rowlandson 瑪麗・羅蘭森
Master 神主
Master Freudland 佛羅藍大師
Mathew Jordan 馬修・喬登
Matson Defense 馬森防禦陣
McTavish 麥克塔維西
Melee 大混戰
Melody Muns 梅樂蒂・孟斯
Mexica 墨西哥
Michael 麥克
Michigan 密西根
Minnesota 明尼蘇達
Miyabi Defense 雅防禦陣

S

Saint Louis　聖路易斯
Santa Fe　聖塔菲
Shadowblaze　影燃
Shoaff　邵夫
Silversmith　西佛史密斯
Sioux　蘇族
Springrail Line　彈簧軌道
Stewart　史都華
Sumsion Defense　蘇迅防禦陣

T

Tennessee　田納亞
Texas Coalition　德州聯盟
Thadius　薩狄亞斯
The Tower　魔塔
Theoratical Postulations on Developmental Rithmatics
《發展型陣學理論探討》
Trent Saxon　特倫・薩克森
Tulsa　圖沙
Tzentian　森提安

U

Unicorn　獨角獸
United Isles　美利堅合眾島

V

Valendar Academy
法倫達學院
Vancouver　溫哥華
Viscay　維斯凱
Virginia　維吉尼亞

W

Warding Hall　禦敵樓
Wendy Smith　溫蒂・史密斯
West Carolina　西卡羅萊納
Wisconsin　威斯康辛
Wyoming　懷俄明巴爾的摩

Y

Yallard　亞拉
Yellow Stone　黃石

Z

Zona Arida　桑納亞歷達

BEST 嚴選

書號	書名	作者	定價
1HB004X	諸神之城：伊嵐翠	布蘭登．山德森	520
1HB009	最後理論	馬克．艾伯特	320
1HB013	刺客正傳 1：刺客學徒（經典紀念版）	羅蘋．荷布	299
1HB014	刺客正傳 2：皇家刺客（上）（經典紀念版）	羅蘋．荷布	320
1HB015	刺客正傳 2：皇家刺客（下）（經典紀念版）	羅蘋．荷布	320
1HB016	刺客正傳 3：刺客任務（上）（經典紀念版）	羅蘋．荷布	360
1HB017	刺客正傳 3：刺客任務（下）（經典紀念版）	羅蘋．荷布	360
1HB018	2012：失落的預言	麥利歐．瑞汀	320
1HB019	迷霧之子首部曲：最後帝國	布蘭登．山德森	380
1HB020	迷霧之子二部曲：昇華之井	布蘭登．山德森	399
1HB021	迷霧之子終部曲：永世英雄	布蘭登．山德森	399
1HB025	方舟浩劫	伯伊德．莫理森	320
1HB027	血色塔羅	尼克．史東	380
1HB028	最後理論 2：科學之子	馬克．艾伯特	320
1HB029	星期一．我不殺人	尚—巴提斯特．德斯特摩	320
1HB030	懸案密碼：籠裡的女人	猶希．阿德勒．歐爾森	320
1HB031	迷霧之子番外篇：執法鎔金	布蘭登．山德森	320
1HB032	2012：降世的預言	麥利歐．瑞汀	320
1HB033	彌達斯寶藏	伯伊德．莫理森	320
1HB034	颶光典籍首部曲：王者之路（上）	布蘭登．山德森	499
1HB035	颶光典籍首部曲：王者之路（下）	布蘭登．山德森	499
1HB036	懸案密碼 2：雉雞殺手	猶希．阿德勒．歐爾森	320
1HB037	末日之旅．上冊	加斯汀．柯羅寧	399
1HB038	末日之旅．下冊	加斯汀．柯羅寧	399
1HB039	懸案密碼 3：瓶中信	猶希．阿德勒．歐爾森	380
1HB040	刀光錢影：戰龍之途	丹尼爾．艾伯罕	380
1HB041	懸案密碼 4：第 64 號病歷	猶希．阿德勒．歐爾森	380
1HB042	皇帝魂：布蘭登．山德森精選集	布蘭登．山德森	320
1HB043	第一法則首部曲：劍刃自身	喬．艾伯康比	380
1HB044	第一法則二部曲：絞刑之前	喬．艾伯康比	380
1HB045	第一法則終部曲：最後手段	喬．艾伯康比	450
1HB046	刀光錢影 2：國王之血	丹尼爾．艾伯罕	380
1HB047	末日之旅 2：十二魔．上冊	加斯汀．柯羅寧	380
1HB048	末日之旅 2：十二魔．下冊	加斯汀．柯羅寧	380

書號	書名	作者	定價
1HB049	陣學師：亞米帝斯學院	布蘭登．山德森	320

謎幻之城

書號	書名	作者	定價
1HS005Y	基地（紀念書衣版）	以撒．艾西莫夫	280
1HS007Y	基地與帝國（紀念書衣版）	以撒．艾西莫夫	280
1HS010Y	第二基地（紀念書衣版）	以撒．艾西莫夫	280
1HS000U	基地三部曲（經典書盒版）	以撒．艾西莫夫	840
1HS011Y	基地前奏（紀念書衣版）	以撒．艾西莫夫	420
1HS012Y	基地締造者（紀念書衣版）	以撒．艾西莫夫	420
1HS000V	基地前傳（經典書盒版）	以撒．艾西莫夫	840
1HS013Y	基地邊緣（紀念書衣版）	以撒．艾西莫夫	420
1HS014Y	基地與地球（紀念書衣版）	以撒．艾西莫夫	450
1HS000W	基地後傳（經典書盒版）	以撒．艾西莫夫	870

日本名家

書號	書名	作者	定價
1HA026	艾比斯之夢	山本弘	380

幻想藏書閣

書號	書名	作者	定價
1HI001C	靈魂之戰 1：落日之巨龍	瑪格麗特．魏絲等	480
1HI002C	靈魂之戰 2：隕星之巨龍	瑪格麗特．魏絲等	480
1HI003X	靈魂之戰 3：逝月之巨龍（新版）	瑪格麗特．魏絲等	480
1HI004	黑暗精靈 1：故土	R．A．薩爾瓦多	380
1HI005	黑暗精靈 2：流亡	R．A．薩爾瓦多	380
1HI006	黑暗精靈 3：旅居	R．A．薩爾瓦多	380
1HI007	南方吸血鬼 1：夜訪良辰鎮	莎蓮．哈里斯	280
1HI010	南方吸血鬼 2：達拉斯夜未眠	莎蓮．哈里斯	280
1HI012	南方吸血鬼 3：亡者俱樂部	莎蓮．哈里斯	280
1HI029	南方吸血鬼 4：意外的訪客	莎蓮．哈里斯	280
1HI031	尼伯龍根之戒	沃夫崗．霍爾班等	360
1HI032	南方吸血鬼 5：與狼人共舞	莎蓮．哈里斯	280
1HI033	南方吸血鬼 6：惡夜追琪令	莎蓮．哈里斯	280
1HI034	南方吸血鬼 7：找死高峰會	莎蓮．哈里斯	280
1HI035	南方吸血鬼 8：攻琪不備	莎蓮．哈里斯	280
1HI036	黑暗之途 1：無聲之刃	R．A．薩爾瓦多	380
1HI037	南方吸血鬼 9：全面琪動	莎蓮．哈里斯	280
1HI038	邪馬台國戰記 II：炎天的邪馬台國(完結篇)	桝田省治	399
1HI039	南方吸血鬼 10：噬血王子的背叛	莎蓮．哈里斯	280
1HI040	黑暗之途 2：世界之脊	R．A．薩爾瓦多	380
1HI041	黑暗之途 3：劍刃之海	R．A．薩爾瓦多	380
1HI042	南方吸血鬼番外篇：我的德古拉之夜	莎蓮．哈里斯	299
1HI043	獵人之刃 1：千獸人	R．A．薩爾瓦多	399
1HI044	南方吸血鬼 11：精靈的聖物	莎蓮．哈里斯	280
1HI045	獵人之刃 2：獨行者	R．A．薩爾瓦多	399
1HI046	獵人之刃 3：雙劍	R．A．薩爾瓦多	399
1HI047	地底王國 1：光明戰士	蘇珊．柯林斯	250
1HI048	地底王國 2：災難預言	蘇珊．柯林斯	250
1HI049	地底王國 3：熱血之禍	蘇珊．柯林斯	250
1HI050	地底王國 4：神祕印記	蘇珊．柯林斯	250
1HI051C	龍槍編年史 I：秋暮之巨龍	崔西．西克曼&瑪格麗特．魏絲	480
1HI052C	龍槍編年史 II：冬夜之巨龍	崔西．西克曼&瑪格麗特．魏絲	480
1HI053C	龍槍編年史 III：春曉之巨龍	崔西．西克曼&瑪格麗特．魏絲	480
1HI054C	龍槍傳奇 I：時空之卷	崔西．西克曼&瑪格麗特．魏絲	480
1HI055C	龍槍傳奇 II：烽火之卷	崔西．西克曼&瑪格麗特．魏絲	480
1HI056C	龍槍傳奇 III:試煉之卷	崔西．西克曼&瑪格麗特．魏絲	480
1HI057	靈視者哈珀康納莉 I：觸墓驚心	莎蓮．哈里斯	280
1HI058	靈視者哈珀康納莉 II：移花接墓	莎蓮．哈里斯	280
1HI059	靈視者哈珀康納莉 III：草墓皆冰	莎蓮．哈里斯	280

書　號	書　　　　名	作　　　者	定價
1HI060	靈視者哈珀康納莉 IV：不堪入墓	莎蓮・哈里斯	280
1HI061	地底王國 5：最終戰役	蘇珊・柯林斯	250
1HI062	死亡之門 1：龍之翼（全新封面）	崔西・西克曼&瑪格麗特・魏絲	360
1HI063	死亡之門 2：精靈之星（全新封面）	崔西・西克曼&瑪格麗特・魏絲	360
1HI064	死亡之門 3：火之海（全新封面）	崔西・西克曼&瑪格麗特・魏絲	360
1HI065	死亡之門 4：魔蛟法師（全新封面）	崔西・西克曼&瑪格麗特・魏絲	360
1HI066	死亡之門 5：混沌之手（全新封面）	崔西・西克曼&瑪格麗特・魏絲	420
1HI067	死亡之門 6：迷宮歷險（全新封面）	崔西・西克曼&瑪格麗特・魏絲	420
1HI068	死亡之門 7：第七之門（完）（全新封面）	崔西・西克曼&瑪格麗特・魏絲	360
1HI069	南方吸血鬼 12：神祕的魔法鎖	莎蓮・哈里斯	280
1HI070	滅世天使	蘇珊・易	280
1HI071	天使禁區	麗諾・艾普漢絲	250
1HI072	南方吸血鬼噬血真愛全方位導覽特典	莎蓮・哈里斯	650
1HI073	御劍士傳奇 1：鍍金鎖鍊（全新封面）	大衛・鄧肯	360
1HI074	御劍士傳奇 2：火地之王（全新封面）	大衛・鄧肯	420
1HI075	御劍士傳奇 3：劍空(完)（全新封面）	大衛・鄧肯	420

城邦文化奇幻基地出版社

Fantasy Foundation Publications

http://www.ffoundation.com.tw

TEL：02-25007008 FAX：02-25027676

圖書館出版品預行編目資料

師：亞米帝斯學院／布蘭登・山德森
andon Sanderson）著; 段宗忱譯 - 初版 - 臺
：奇幻基地：家庭傳媒城邦分公司發行；
. 11
面：公分. -（BEST嚴選：049）
自：The Rithmatist
BN 978-986-5880-52-1
7　102019713

978-986-5880-52-1
d in Taiwan.

城邦讀書花園
www.cite.com.tw

BEST嚴選 049

陣學師：亞米帝斯學院

原著書名／The Rithmatist
作　　者／布蘭登・山德森（Brandon Sanderson）
內文繪者／班・麥克史威尼（Ben McSweeney）
譯　　者／段宗忱
企劃選書人／王雪莉
責任編輯／李幼婷
行銷企劃／周丹蘋
業務主任／范光杰
行銷業務經理／李振東
總編輯／楊秀真
發行人／何飛鵬
法律顧問／台英國際商務法律事務所　羅明通律師
出版／奇幻基地出版
城邦文化事業股份有限公司
台北市 104 民生東路二段 141 號 8 樓
電話：(02)25007008　傳真：(02)25027676
網址：www.ffoundation.com.tw
e-mail：ffoundation@cite.com.tw
發行／英屬蓋曼群島商家庭傳媒股份有限公司城邦分公司
台北市 104 民生東路二段 141 號 11 樓
書虫客服服務專線：(02)25007718・(02)25007719
24 小時傳真服務：(02)25170999・(02)25001991
服務時間：週一至週五09:30-12:00・13:30-17:00
郵撥帳號：19863813　戶名：書虫股份有限公司
讀者服務信箱 e-mail：service@readingclub.com.tw
歡迎光臨城邦讀書花園　網址：www.cite.com.tw
香港發行所／城邦（香港）出版集團有限公司
香港灣仔駱克道 193 號東超商業中心 1 樓
電話／(852) 2508-6231　傳真／(852) 2578-9337
e-mail：hkcite@biznetvigator.com
馬新發行所／城邦（馬新）出版集團　Cité (M) Sdn Bhd
41, Jalan Radin Anum, Bandar Baru Sri Petaling, Lumpur,
57000 Kuala Lumpur, Malaysia.
Tel: (603) 90578822　Fax:(603) 90576622
e-mail：cite@cite.com.my

封面設計／黃聖文
排　　版／浩瀚電腦排版股份有限公司
印　　刷／高典印刷有限公司
■2013 年（民 102）11 月 5 日初版
■2022 年（民 111）6 月 27 日初版13刷

售價／320元

廣　告　回	
北區郵政管理登記	
台北廣字第000791	
郵資已付，免貼郵	

104台北市民生東路二段141號11樓

英屬蓋曼群島商家庭傳媒股份有限公司城邦分公司 收

請沿虛線對摺，謝謝

奇幻基地

每個人都有一本奇幻文學的啓蒙書

奇幻基地官網：http://www.ffoundation.com.tw
奇幻基地粉絲團：http://www.facebook.com/ffoundation/

書號：**1HB049**　　書名：陣學師：亞米帝斯學院

奇幻基地創社11年

奇幻戰隊好讀有禮集點贈獎活動

活動期間，購買奇幻基地作品，剪下封底折口的點數券，集到一定數量，寄回本公司，即可依點數多寡兌換獎品。

點數兌換獎品說明：

5點 奇幻戰隊好書袋一個

10點 2012年布蘭登·山德森來台紀念T恤一件
有S&M兩種尺寸，偏大，由奇幻基地自行判斷出貨

15點 【蕭青陽獨家設計】典藏限量精繡帆布書袋
紅線或銀灰線繡於書袋上，顏色隨機出貨

兌換辦法：

2013年2月～2014年1月奇幻基地出版之作品中，剪下回函卡頁上之點數，集滿規定之點數，貼在右邊集點處，即可寄回兌換贈品。

【活動日期】：即日起至2014年1月31日

【兌換日期】：即日起至2014年3月31日（郵戳為憑）

其他說明：

＊請以正楷寫明收件人真實姓名、地址、電話與email，以便聯繫。若因字跡潦草，導致無法聯繫，視同棄權

＊兌換之贈品數量有限，若贈送完畢，將不另行通知，直接以其他等值商品代之

＊本活動限臺澎金馬地區讀者

【集點處】

1	6	11
2	7	12
3	8	13
4	9	14
5	10	15

（點數與回函卡皆影印無效）

為提供訂購、行銷、客戶管理或其他合於營業登記項目或章程所定業務之目的，英屬蓋曼群島商家庭傳媒(股)公司城邦分公司，於本集團之營運期間及地區內，將以電郵、傳真、電話、簡訊、郵寄或其他公告方式利用您提供之資料（資料類別：C001、C002、C003、C011等）。利用對象除本集團外，亦可能包括相關服務的協力機構。如您有依個資法第三條或其他需服務之處，得致電本公司客服中心電話(02)25007718請求協助。相關資料如為非必要項目，不提供亦不影響您的權益。

個人資料：

姓名：____________________ 性別：□男 □女

地址：____________________

電話：____________________ email：____________________

想對奇幻基地說的話：____________________

請剪下右側點數，貼於背面的集點處，集滿5點以上，即可寄回兌換抽獎

1

Brandon Sanderson

布蘭登・山德森

Brandon Sanderson

布蘭登・山德森